Collection QA **compact**

De la même auteure

Adulte

Les Chemins d'Ève

Tome 4 – *L'Heure des choix*, roman, Libre Expression, 2006.

Tome 3 – *La Fin des utopies*, roman, Libre Expression, 2005.

Tome 2 – *Les Chemins d'Ève*, roman, Libre Expression, 2002.
Grand Prix du livre de la Montérégie 2003, catégorie Roman.

Tome 1 – *Les Funambules d'un temps nouveau*, roman,
Libre Expression, 2001.
Grand Prix du livre de la Montérégie 2002, catégorie Roman.

Un homme comme tant d'autres,

Tome 3 – *Charles Manseau*, roman, Libre Expression, 1994;
collection Zénith, Libre Expression, 2002.

Tome 2 – *Monsieur Manseau*, roman, Libre Expression, 1993;
collection Zénith, Libre Expression, 2002.

Tome 1 – *Charles*, roman, Libre Expression, 1992;
collection Zénith, Libre Expression, 2002.

**La trilogie a mérité le Prix Germaine-Guévremont 1995,
volet Littérature, Gala des Arts du Bas-Richelieu.**

Héritiers de l'éternité, essai, Libre Expression, 1998.

La Quête de Kurweena, conte philosophique, Libre Expression, 1997.

Un homme comme tant d'autres

Tome 3 – Charles Manseau

Catalogage avant publication de Bibliothèque et Archives nationales
du Québec et Bibliothèque et Archives Canada

Renaud, Bernadette
Un homme comme tant d'autres
(Collection QA compact)
Éd. originale: Montréal : Libre expression, 1992-1994.
Sommaire: t. 1. Charles -- t. 2. Monsieur Manseau -- t. 3. Charles
Manseau.
ISBN 978-2-7644-0688-5 (v. 3)
I. Titre. II. Titre: Charles. III. Titre: Monsieur Manseau. IV. Titre:
Charles Manseau.
PS8585.E63H65 2009   C843'.54   C2009-940475-3
PS9585.E63H65 2009

**Conseil des Arts
du Canada** **Canada Council
for the Arts**

Nous reconnaissons l'aide financière du gouvernement du Canada
par l'entremise du Programme d'aide au développement de l'industrie
de l'édition (PADIÉ) pour nos activités d'édition.

Gouvernement du Québec – Programme de crédit d'impôt pour
l'édition de livres – Gestion SODEC.

Les Éditions Québec Amérique bénéficient du programme de subvention
globale du Conseil des Arts du Canada. Elles tiennent également à
remercier la SODEC pour son appui financier.

Québec Amérique
329, rue de la Commune Ouest, 3e étage
Montréal (Québec) Canada H2Y 2E1
Téléphone : 514 499-3000, télécopieur : 514 499-3010

Dépôt légal : 2e trimestre 2009
Bibliothèque nationale du Québec
Bibliothèque nationale du Canada

Mise en pages : Sylvain Boucher
Conception graphique : Isabelle Lépine
Ilustration de couverture : Thérèse Fournier

© 2009 Éditions Québec Amérique inc.
www.quebec-amerique.com

Imprimé au Canada

Bernadette Renaud

Un homme comme tant d'autres

Tome 3 – Charles Manseau

roman

QUÉBEC AMÉRIQUE

1

– Papa, protesta Léontine de sa voix chantante, laissez-vous aller un peu! Vous êtes raide comme un piquet!

La jeune fille de vingt ans éclata de rire devant la maladresse de son partenaire. De la cuisine, la mère les trouva ridicules et indécents. «Une affaire défendue par l'Église, en plus!»

– J'ai jamais dansé de ma vie! protesta Charles, mi-amusé, mi-bougon.

La benjamine remit le disque au début et le tango *Jalousie* emplit le salon de sa mélodie langoureuse. Léontine enlaça son père et l'entraîna dans un rythme complexe, alternant quelques longues enjambées rapides avec des pas lents et courts, virevoltant sur elle-même. L'homme, qui n'y comprenait rien, s'esquiva presque à regret des bras enjôleurs de la plus jeune de ses filles. L'abandonnant en riant, Léontine continua à danser toute seule, chantonnant l'air à la mode, tournoyant, évitant soigneusement les meubles qui gênaient ses mouvements.

La cadette des neuf enfants Manseau était svelte, un peu plus grande que certains de ses frères et sœurs. Sans doute sa taille fine, ses membres déliés et sa démarche souple, presque féline, contribuaient-ils à donner instantanément cette impression qu'elle aimait la vie, qu'elle y mordait à belles dents, qu'elle était née pour être heureuse.

Mais elle dégageait plus que cela. Quand son regard attentif se posait sur quelqu'un, elle semblait voir jusqu'au fond de l'âme. Ce regard scrutateur, elle le tenait de son père, Charles Manseau. De sa mère, Imelda Lachapelle, elle avait hérité l'acceptation toute simple des autres, tels qu'ils étaient. En tournoyant, elle regardait son père avec une sorte d'insouciance et de confiance indéfectible en la vie, qui ne l'avait que comblée depuis sa naissance.

En ce jour de mai 1938, Léontine portait une robe rouge à petits pois blancs ajustée à la taille et dont la jupe s'évasait, donnant aux gestes tantôt vifs, tantôt alanguis du tango une grâce sensuelle. Un cardigan blanc couvrait ses épaules au galbe arrondi, faites pour être admirées nues. Le vêtement était ouvert, non boutonné, et le lainage délicat épousait les mouvements de Léontine, comme s'il avait été dessiné pour elle.

Charles retourna s'asseoir dans la berçante en attendant que le repas de midi soit servi. À soixante-cinq ans, il avait le front toujours aussi carré, mais ses cheveux, maintenant poivre et sel, étaient moins abondants que dans sa jeunesse. Son dos était moins droit, mais sa carrure et son pas décidé suggéraient encore la solidité, même s'il n'était pas vraiment grand. Ce qui n'avait pas changé, c'était sa propension à jauger tout un chacun d'un coup d'œil plutôt que de s'exprimer en paroles.

L'homme contemplait sa fille avec une tendresse évidente. Un souvenir diffus surgit dans sa pensée. Le curé avait un jour cité en chaire les paroles que Dieu le Père aurait fait entendre à propos de Jésus-Christ. Le tiède paroissien dut faire un effort de mémoire; celle-ci lui était moins fidèle qu'autrefois et les textes bibliques n'avaient jamais accaparé son esprit. Il retrouva néanmoins la citation : « Voici mon fils bien-aimé, en qui j'ai mis toute ma complaisance. » *Complaisance.* Ce mot pompeux l'avait irrité, enfant; cela ne rimait à rien pour lui. Aujourd'hui, il l'appliquait à sa fille et il y adhérait sans condition : « ... en qui j'ai mis toute ma complaisance ! »

Un sourire erra sur ses lèvres. Oui, c'était bien ce qu'il ressentait, avec délectation, pour sa fille. Il avait la certitude profonde que Léontine réussirait tout, qu'elle le vengerait en quelque sorte, par ses réussites, de tous les coups durs que la vie lui avait assenés si cruellement. À travers sa fille, il effaçait, il annihilait ses échecs, ses erreurs, ses souffrances. Sa joie, son bonheur à elle le réconciliait avec l'existence. Il se sentait comblé par procuration. « Elle, au moins, elle va se faire une vie à son goût. »

Les pas de Léontine, dansants, fugaces comme sa démarche, la conduisirent à la grande table de la cuisine, qui ne servait plus maintenant qu'à eux trois mais qui, autrefois, y avait vu rassemblés les neuf enfants Manseau : Victor, Henri et Marie-Louise, nés d'un premier mariage avec Mathilde Gingras, emportée par une hémorragie lors de son troisième accouchement, ainsi que Wilfrid, Gemma, Antoinette, Lucien, Blandine et Léontine, nés du remariage de Charles Manseau avec Imelda Lachapelle.

Léontine était née au printemps 1918, alors que Victor et Henri, conscrits, étaient entraînés dans un camp de l'armée canadienne. Les deux frères étaient ensuite partis combattre dans la guerre qui sévissait en Europe depuis 1914. Mais ils n'étaient finalement jamais parvenus au front, la guerre ayant pris fin pendant leur traversée de l'Atlantique en bateau. Dans le cœur de son père, la petite dernière occupait la première place ouvertement, mais elle s'en apercevait à peine dans l'inconscience de sa jeunesse. La deuxième place, Charles la réservait toujours à sa scierie, qui assurait sa sécurité financière mais lui servait aussi d'alibi pour ne pas consacrer de temps à sa famille et encore moins à lui-même. La troisième place réunissait de façon éparse et mal définie sa seconde épouse et ses autres enfants. Charles ne se reprochait rien : tous les autres étant sur un pied d'égalité, ce partage était donc équitable à ses yeux. Que la place qui leur était impartie fût dérisoire à côté de celle accordée à sa chère Léontine ne lui effleurait pas l'esprit et encore moins le cœur : «Léontine, c'est pas pareil!»

Il observa la tête de sa fille, qui venait enfin de s'asseoir en enlevant distraitement son cardigan, avec le sourire absent d'une fille amoureuse. Elle portait les cheveux courts, ondulés avec souplesse sous l'effet d'une permanente à la mode. Ils étaient d'un châtain très clair, ce qui était étonnant car Charles et Imelda les avaient bruns. Mais une cousine d'Imelda arborait aussi cette teinte rare dans la famille. «C'est la plus belle de mes filles», se redit le père, avec raison. Imelda coupa court à la contemplation béate de son mari, qu'elle jugeait indécente :

– Attendez pas que ça refroidisse!

Imelda replaça machinalement une mèche de ses cheveux où le gris abondait. Elle ne les resserrait plus en chignon depuis longtemps; elle les portait maintenant à la nuque, largement ondulés, Léontine lui ayant donné une permanente avant Pâques. Imelda avait maintenant soixante et un ans et la démarche plus lente, mais le corps toujours fier et sans raideur. La ménopause lui avait fait prendre du poids, raisonnablement. C'était davantage le poids des ans et celui de sa solitude dans son couple, qui n'en était un, en fait, que sur papier et dans le lit, qui l'accablaient depuis si longtemps.

Après le repas, Charles alla s'allonger une quinzaine de minutes sur le lit de la chambre du fond, qui avait autrefois servi aux accouchements d'Imelda. Cette courte sieste du midi lui permettait de terminer sa longue journée de travail plus facilement depuis qu'il avait atteint la soixantaine.

Léontine essuya la vaisselle, prolongeant indûment cette tâche. Sa mère n'était pas dupe de son manège. Le temps passait et finalement la benjamine se résolut à demander la permission d'une sortie qui ne parut pas convenable à sa mère.

— Te promener en chaloupe avec des garçons? Le soir? Perds-tu la tête?

— Ben voyons donc, maman! protesta la jeune fille. Toutes mes amies vont y être!

— C'est pas une raison! s'obstina Imelda.

La mère préféra couper court à la discussion : avec sa plus jeune, elle était toujours perdante. Elle alla réveiller son mari, comme à l'accoutumée, puis, en revenant par le salon, elle ouvrit la radio, attendit que l'appareil se réchauffe et, dès que le son se fit entendre, augmenta légèrement le volume pour bien signifier à sa fille qu'elle n'était plus disponible pour l'écouter. Une chanson enlevante de la Bolduc envahit le salon et la cuisine, détonnant dans l'ambiance tendue qui y régnait. Léontine, sachant que sa mère était chatouilleuse sur le travail bien fait, essuya jusqu'à la dernière assiette, la rangea avec soin dans l'armoire, plia le torchon en deux parties bien égales et le suspendit soigneusement à la barre prévue à cette fin. Puis elle alla chercher son cardigan, prête à repartir pour le bureau, où elle risquait d'arriver en retard.

— Puis? redemanda-t-elle presque joyeusement, certaine de faire céder sa mère.

Celle-ci la toisa et alla chercher un gâteau qui avait refroidi sur le comptoir.

— C'est non.

Léontine s'affala sur une chaise. Elle avait épuisé toutes ses finesses. «Elle n'a pas d'affaire à me dire non. Réal va me trouver sainte nitouche! Pour qui je vais passer, moi? Pour une fille de douze ans?» Par ailleurs, l'enjeu était trop important pour qu'elle risque de se mettre sa mère à dos. Elle retint sa colère et revint vers Imelda qui brassait le glaçage préparé avant le dîner, pour un gâteau d'anniversaire. Léontine insista :

— Voyons donc, maman! C'est quand même pas pour moi que Lucien va descendre de Sherbrooke!

— Ton frère prend la peine de venir pour sa fête, c'est normal que tu sois là.

— Sa fête! Franchement! C'était en mars, sa fête!

— Ça se peut, mais Lucien n'a pas eu le temps de venir avant aujourd'hui. Si personne est là pour le fêter, c'est pas la peine de dire qu'on le fête!

— Vous y serez, vous! Puis papa aussi.

— Toi aussi. Tu fais partie de la maisonnée.

Réalisant la pauvreté de cet argument, Imelda ajouta :

– Ton père serait pas content.

Elle regretta aussitôt ces paroles qui, pour Léontine, se révélaient au contraire prometteuses; mais c'était trop tard.

– Comme ça, si papa dit oui, je pourrai y aller?

Imelda serra les lèvres. «Qu'est-ce que j'avais à lui dire ça? C'est sûr qu'il va dire oui, même si c'est juste pour me contredire.»

– Ton père a assez de bon sens pour te demander d'être là avec nous autres.

Léontine ne se sentait plus de joie.

– On fera ce qu'il voudra!

Charles passa aux cabinets avant de retourner à la scierie. Quand il remonta la glissière de son pantalon, cette invention qui venait de remplacer les boutons, il prêta attention à son geste : la peau sensible se souvenait d'un mouvement hâtif et douloureux. Une fois ses ablutions terminées, il se regarda dans le miroir. Comme son père Anselme, il avait souvent souhaité être d'une plus grande taille. Il s'en moquait, maintenant : sa fille Léontine le dépassait de quelques centimètres accentuant sa sveltesse, ce qui compensait la taille moyenne de son père.

Effectivement, Charles ne vit aucune objection à la promenade nocturne de sa fille sur la rivière. Léontine l'embrassa furtivement et sortit à la hâte pour se rendre à son travail, où elle serait manifestement en retard.

Imelda secoua la tête pour tenter de chasser une tristesse latente. Depuis le temps, elle ne se culpabilisait même plus de sa jalousie face à la connivence manifeste de Charles et de Léontine. Cette tendresse paternelle était prude et honnête, certes, mais si cruellement exclusive. Imelda l'avait trop attendue en vain de son mari pour ne pas souffrir profondément de le voir en gratifier constamment sa fille. D'autant plus que celle-ci ne semblait pas se rendre compte du privilège exceptionnel dont elle bénéficiait.

Charles sortit à son tour et descendit lentement les trois marches du perron. Puis il traversa la rue, jetant machinalement un coup d'œil vers la droite, vers le pont que traversait sa fille et qui avait été construit dans le coude de la rivière, au bout de son terrain. Ce pont avait été érigé peu de temps avant la naissance de Léontine. Il avait nécessité aussi l'ouverture d'une rue, ce qui avait divisé en deux le lot de Charles Manseau, séparant malencontreusement sa scierie de sa maison, malgré ses protestations véhémentes au conseil municipal d'alors.

Sa scierie, bâtie depuis 1896 à Saint-François-de-Hovey, dans les Cantons-de-l'Est, avait connu une grande prospérité à la fin des années vingt. Le krach de 1929 avait ensuite anéanti la plupart des commerces et réduit de nombreuses familles à la misère. Mais cette déroute économique avait, au contraire, servi Charles Manseau et tous ceux qui avaient pu accumuler des épargnes. La banque avec laquelle Charles Manseau faisait toujours affaire avait été rachetée et se nommait maintenant la Banque de Commerce du Canada. Il en était un client fort respecté. Les entrepreneurs qui, comme lui, disposaient de liquidités avaient pu obtenir une main-d'œuvre à bon marché; les salaires étaient à la baisse partout à travers le pays, dans tous les secteurs de l'économie.

Depuis le début des années trente, la scierie produisait des marchandises connexes au sciage du bois : portes, fenêtres, jalousies, plinthes et moulures diverses.

Peu de gens apportaient maintenant leurs billots à scier et Charles Manseau commandait une partie de son bois brut de l'Ouest, du pin rouge de Colombie. Les profits n'étaient cependant pas inversement proportionnels au coût de la main-d'œuvre, parce qu'il y avait peu d'acheteurs, de toute façon, en bout de ligne.

Depuis le début de la crise, tous avaient dû se restreindre dramatiquement sur la quantité et la variété de nourriture, et certains avaient même dû accepter la «soupe populaire», ration alimentaire quotidienne offerte aux plus démunis. Les femmes avaient dû découdre et recoudre et raccommoder le même vêtement dix fois. La plupart des ménages avaient dû se priver de toute forme de luxe, et souvent même du nécessaire. Indépendamment des restrictions sur les vêtements, les produits de luxe et le confort, tous avaient dû se loger, surtout dans ce pays où l'hiver dure six mois. La crise du logement sévissait depuis des années; les habitations étaient rares et personne ne pouvait se construire de maison neuve. Charles Manseau l'avait compris. Comme il était inutile de produire des marchandises que personne ne pouvait acheter, il avait plutôt investi à long terme, c'est-à-dire dans l'immobilier.

— Celui qui réussit, c'est celui qui prévoit les affaires d'avance! avait-il dit et redit cent fois.

Il avait engagé du personnel supplémentaire, et ses ouvriers, désormais une quinzaine, s'étaient convertis en menuisiers sans rechigner. Les hommes qui trouvaient un emploi, même pour des gages presque dérisoires, se considéraient comme si privilégiés qu'ils s'acquittaient avec conscience de leurs tâches, quelles qu'elles fussent. Les quelques maisons à logements que Charles Manseau avait ainsi fait construire étaient sobres et sans luxe, ce qui lui permettait de les louer à des prix abordables.

À cette diversification de son entreprise, Charles Manseau aurait pu faire participer son fils aîné, Victor, qui vivait à Sherbrooke. Pourtant, le père s'était trouvé conséquent en refusant même d'évaluer sa collaboration. C'était ce besoin farouche de garder l'exclusivité du pouvoir qui lui avait fait repousser autrefois l'offre de Victor de mettre sur pied un service d'électricité pour les clients de la scierie. La scène avait été orageuse et avait crevé l'abcès de l'accident bête qui avait provoqué l'incendie de la scierie, quelques années auparavant. Le fils aîné avait été incapable de supporter un rejet de plus de la part de son père et il avait quitté la maison paternelle, à dix-sept ans, en 1913.

Victor était le portrait de son père : cheveux bruns, yeux perçants, taille un peu au-dessous de la moyenne, épaules carrées; il était toutefois un peu plus mince. Comme lui, il aimait le travail bien fait, au point d'en être méticuleux, et il avait aussi le même caractère un peu tourmenté. Si, comme son père, il se sentait le pourvoyeur exclusif de sa famille, il avait hérité de sa mère, Mathilde Gingras, le souci des autres, le désir d'être heureux et de rendre heureux, ce qui mitigeait, chez lui, l'ardeur démesurée que son père avait toujours consacrée à son travail. Victor s'était installé à Sherbrooke, avait été apprenti électricien chez les Marcoux, puis engagé chez les Langlois. Finalement, il avait démarré modestement son propre commerce d'électricité. Celui-ci fonctionnait au ralenti depuis la crise, comme toutes les entreprises, mais il couvrait ses frais. Victor avait maintenant quarante et un ans, se disait très occupé et venait peu souvent chez ses parents. Ceux-ci connaissaient à peine, à vrai dire, leur bru Angèle Marcoux, toujours aussi rieuse et de caractère avenant, semblait-il, et leurs deux petits-enfants Félix et Anne, maintenant âgés de dix-sept et presque quatorze ans.

Ce refus du père d'associer ses fils à son entreprise s'était appliqué tout autant à Henri, son deuxième fils. Celui-ci avait été tenté de donner une troisième expansion au commerce en y ajoutant la fabrication de divers meubles, mais le père avait rapidement refréné les ambitions filiales. «Quand il héritera, il fera ce qu'il voudra. Comme c'est là, c'est moi le boss, puis à l'âge que j'ai, je vais pas me tuer à commencer de nouvelles ouvrages!» Dissimulant sa déception de voir son projet d'expansion refusé, Henri avait dû plier, comme il l'avait toujours fait.

— Papa! l'interpella Henri qui revenait de dîner lui aussi. Je suis passé par la gare. Le pin de Colombie est arrivé. On en a deux fois trop! Je l'ai dit quand on l'a commandé! Deux fois trop!

— Mon garçon, l'interrompit son père sans cesser de marcher de son pas rapide, ce qui força son fils à accélérer le sien, si on veut vendre, faut avoir le stock sous la main.

— Oui, mais c'est deux fois plus cher, une commande deux fois plus grosse! s'inquiéta le fils, qui tenait les comptes du commerce.

Son père fronça les sourcils devant la prudence craintive de son héritier.

— Ça peut faire deux fois plus de ventes aussi! coupa-t-il, irrité, en pénétrant dans la scierie.

À trente-neuf ans, Henri, élancé comme tous les membres de la famille Gingras, blond comme sa mère, frisé comme son grand-père Éphrem qui avait été forgeron jusqu'à sa mort, était plus timoré en affaires que son frère Victor. Son caractère conciliant, teinté de réserve et d'humour, tranchait avec le tempérament sérieux et bourru de son père. Ce qui ne l'empêchait pas d'être reconnu comme un travailleur habile et fiable. Heureux en ménage avec sa femme Annette Beaudoin, il était fier de ses enfants : Francine et Françoise, les jumelles de douze ans, Gérald, son fils de huit ans, et Yvon, le bébé de quatre ans. Henri s'estimait satisfait de traverser la crise sans trop de difficultés avec un emploi assuré qu'il aurait été malvenu de menacer par des projets qui contrariaient son père-employeur.

Il n'en avait pas été de même pour son beau-frère Antoine Gendron, le mari de sa sœur Marie-Louise. Antoine avait travaillé pendant plusieurs années à la scierie. Mais il avait fini par quitter le commerce de sa belle-famille, incapable de supporter le harcèlement de son beau-père qui cherchait toujours à le prendre en défaut, se montrant plus exigeant envers lui qu'envers aucun autre de ses ouvriers. Son principal tort était d'être le gendre de Charles, sans que jamais celui-ci l'ait énoncé. Comme Charles n'avait jamais admis non plus qu'il en avait longtemps voulu à sa fille Marie-Louise de la mort de sa jeune mère, décédée en lui donnant naissance. Il lui en voulait aussi de ressembler tellement aux Manseau avec son front carré, ses cheveux et ses yeux bruns, quand, au contraire, il aurait souhaité retrouver chez elle, la seule fille issue de son mariage avec Mathilde, les traits de la jeune femme douce aux longs cheveux blonds bouclés qu'il avait tant aimée.

Cette mésentente sourde entre le beau-père et le gendre avait eu des répercussions sur Marie-Louise. Après son départ de la scierie, Antoine, bon travailleur, avait fini par se faire engager ici et là, ce qui le retenait fréquemment hors du foyer. Marie-Louise, qui avait toujours souffert du peu de tendresse de son père et ensuite de son mari, se languissait pourtant de lui à chacune de ses absences et, à trente-huit ans, l'imaginait encore selon ses attentes. À chacun de ses retours, elle perdait toutefois ses illusions devant le mutisme de son mari, qui ne comprenait pas de quoi elle aurait pu se plaindre puisqu'il réussissait à faire vivre sa famille malgré les difficultés économiques. Antoine était trapu, ses cheveux blonds et fins comme de la soie reculaient prématurément sur son crâne, ce qui lui donnait un air plus vieux malgré ses trente-huit ans, et Marie-Louise en avait parfois l'impression de devenir vieille avant le temps. Mère dévouée, elle se consolait avec ses trois enfants : Bruno, quatorze ans, Estelle, onze ans, et Jean-Marie, neuf ans.

Sans jamais se l'avouer, Charles Manseau avait toujours considéré ses trois aînés, Victor, Henri et Marie-Louise, comme sa seule véritable progéniture, parce qu'ils étaient tous trois issus de son mariage avec Mathilde Gingras. Les six autres, nés de son remariage avec Imelda Lachapelle en 1905, après cinq ans de veuvage, il s'en reconnaissait le père, mais différemment. Il avait toujours su qu'il s'agissait là d'une attitude ambiguë, mais il avait refoulé ce sentiment confus très profondément en lui.

L'aîné du second lit, Wilfrid, maintenant âgé de trente et un ans, était trapu comme son père, avait la chevelure aussi brune mais moins abondante et le visage plus allongé des Lachapelle. Il travaillait à la scierie depuis l'âge de quatorze ans, mais il n'était pas considéré, selon lui, comme ayant le même statut qu'Henri, son demi-frère. Cela tenait sans doute au fait que ce dernier était associé à la gestion du commerce, d'une certaine façon, puisqu'il en assumait la comptabilité. Wilfrid se sentait traité comme un simple employé, et cette injustice le chagrinait.

Parvenu dans la scierie, Charles alla droit vers Wilfrid et lui donna un ordre bref.

— Tu feras entreposer le bois du train, lui dit-il sans même s'attarder à le regarder ni à attendre une réponse.

Wilfrid le vit continuer son chemin vers la scie pour en inspecter la plus large des courroies, qui commençait à s'effilocher. Son regard songeur engloba son lieu de travail, où il n'avait pas trouvé la satisfaction puissante qu'il en avait attendue. Sa pensée dériva vers son jeune frère Lucien, qui vivait loin du commerce paternel.

Ce quatrième et dernier fils de Charles Manseau avait trouvé un travail à Sherbrooke et avait prétendu aider quelqu'un de sa famille, en ce difficile temps de crise, en pensionnant chez Victor, son frère aîné. À l'annonce de cette nouvelle, son père avait maugréé sourdement :

— Voir si Victor a besoin des quelques piastres de pension de son petit frère pour vivre !

Par ces seuls mots, il avait persisté à traiter le benjamin comme un enfant. Celui-ci avait maintenant vingt-six ans et, depuis moins d'un an, il vivait seul dans un petit logement. Charles n'avait pas commenté cette solitude choisie délibérément, qui n'était pas justifiée, à ses yeux, par une raison valable, c'est-à-dire l'impossibilité de fonder une famille. Il n'en avait plus reparlé et Imelda non plus.

Les parents n'avaient pas davantage commenté la décision pourtant inattendue de Blandine, l'avant-dernière, d'entrer au couvent l'automne précédent, chez les filles de la Charité du Sacré-Cœur, à Sherbrooke. D'ossature délicate comme Mélanie, la sœur cadette de son père, et les cheveux châtain clair, la voix toujours douce, Blandine semblait bien frêle, malgré ses vingt-deux ans, lors de son entrée au couvent. «Mais la vie d'une femme mariée, c'est certainement plus dur qu'une vie dans une communauté», s'était dit sa mère, à la fois fière de compter une religieuse parmi ses filles et attristée de la voir disparaître ainsi dans l'anonymat. «Au moins, elle aura ses nuits à elle, pas de mari, pas d'enfants», avait-elle conclu. Charles avait refusé de s'interroger. «Une sœur, dans une famille, c'est bien correct.»

Avec toutes ces phrases non dites, ces émotions bâillonnées, ces souffrances ravalées ou niées, Imelda avait développé des maux de dos qui surgissaient inopinément, et sans raison, au dire de son mari. Ou encore elle s'éveillait, le matin, avec une lourdeur aux épaules, comme si le haut de son corps s'était figé en un seul morceau et menaçait de ne plus jamais se débloquer.

Elle ne s'en était jamais plainte. Quelle oreille aurait été assez attentive pour recevoir les confidences qu'Imelda aurait eu du mal à énoncer? Marie-Louise, sa fille par adoption, la scrutait parfois d'un long regard maternel, mais celle qui avait épousé Charles Manseau pour prendre soin des trois jeunes orphelins ne s'était jamais résolue à se confier à l'un d'eux, même devenus adultes. «Une mère, ça reste toujours une mère. Puis une mère, ça conte pas ses problèmes à ses enfants.»

Au fil de ses années de mariage, Imelda avait eu l'impression de s'enfermer dans un ghetto de solitude quand, en fait, celle-ci avait été son lot durant toute sa vie. Elle avait été isolée par la mort de sa mère, seule à élever ses frères et sœurs sans l'appui de son père acariâtre qui s'en était entièrement remis à elle pour les affaires domestiques, épousée pour assumer seule la responsabilité de l'éducation des trois orphelins du premier mariage d'un homme presque inconnu, abandonnée dans les souffrances de l'enfantement de ses six enfants et dans le quotidien de leur croissance, isolée dans des travaux exigeants pour tenir maison, nourrir et vêtir tout ce monde, et, à la naissance de la dernière, Léontine, délaissée par son mari qui n'avait ouvert son cœur, après tant d'années, qu'à cette enfant, et à elle seulement.

Imelda avait tapissé les parois de son cœur avec acharnement d'une telle négation de sa solitude qu'elle s'y croyait même confortable. Paradoxalement, elle s'inquiétait dès que cette même solitude semblait s'emparer de l'un de ses enfants et surtout de Lucien, le plus jeune de ses deux fils. Et la mère s'ingénia doublement à décorer le gâteau d'anniversaire destiné à celui qui venait d'atteindre ses vingt-six ans.

— Comme ça, la crise te fait pas trop souffrir? T'as toujours ta job? lança le père sur un ton provocateur, à peine installé à table pour ce repas du soir qui se voulait de fête.

«Craignez pas; je viendrai jamais vivre à vos crochets!» protesta mentalement Lucien en lissant sa fine moustache. Il se trémoussa sur sa chaise adossée aux portes vitrées du salon, à droite de sa mère qui s'était toujours assise à l'autre bout de la table. Les cheveux aussi fournis et aussi bruns que ceux de son père, Lucien avait le corps plus allongé que ce dernier. Ses mains, longues et fines, ajustèrent sa cravate qui pourtant était bien centrée.

— Je suis toujours à *La Tribune*, à Sherbrooke.

— Charger puis décharger des journaux, ça doit ressembler à une job du moulin, ironisa son père.

Lucien refusa l'affrontement.

— Vous le savez bien, papa, que je ne suis plus aux entrepôts. Ça fait deux ans que je travaille au service des annonces classées.

Imelda servit la soupe aux choux, le seul légume qui restait dans le caveau, et elle encouragea son fils.

— Tu dois aimer ça, un travail de même. Les études puis les écritures, t'as toujours été bon là-dedans.

— Il y a toutes sortes d'écritures, dit Charles avec dédain. Quand c'est pour les chiffres, au moins, c'est utile.

— Un journal, papa, c'est pas seulement des «écritures de chiffres», comme vous dites.

— Des annonces pour vendre des affaires, répliqua son père, ça finit par faire des écritures de chiffres pareil!

— C'est pas seulement ça, un journal. Un journal, c'est de l'écriture, c'est... c'est des idées.

— Parce que nous autres, au moulin, on est des «sans idées»?

Cette fois, Lucien dut se pincer les lèvres pour réprimer la réplique irrévérencieuse qui lui brûlait la langue. Imelda sursauta. Ce geste discret, combien de fois ne l'avait-elle pas esquissé? «Commence pas ta vie de même, mon garçon. Dis-le, ce que t'as à dire!» Mais elle n'osa pas, elle non plus, formuler cette phrase; elle s'en voulut et en ressentit du chagrin à l'avance pour Lucien s'il persistait dans cette attitude. Mais celui-ci décida de provoquer son père à son tour.

– Tant qu'à parler de chiffres, ça vous tente pas de mettre des annonces dans *La Tribune*, papa?

Il le toisa le plus candidement possible puis avala une autre cuillerée de soupe, détournant son regard qui trahirait bientôt son refus de l'affrontement, qu'il tentait de masquer par un humour douteux.

– Comme ça, t'es venu ici pour vendre tes affaires? Pour faire de l'annonce? répliqua son père avec sarcasme. Les vendeurs, on les reçoit pas à souper, d'habitude.

Lucien serra les dents. Sa boutade, que son père avait pourtant cherchée, se retournait maintenant contre lui. «En dehors du moulin, il n'y a rien qui existe, pour lui.» Il se sentit méprisé insidieusement comme tant d'autres fois. Son père avala une autre cuillerée de soupe lui aussi, dédaignant sa pauvre victoire amère, contrarié que Léontine fût absente mais négligeant le fait que c'était lui qui avait accordé la sortie réprouvée par sa femme. De toute façon, il était content de lui; il avait coupé court à la discussion avant qu'il ne s'enlise en dépassant sa pensée, comme il ne pouvait s'empêcher de le faire, malgré ses bonnes résolutions, chaque fois qu'il était en présence de Lucien.

Le plus jeune de ses quatre fils avait toujours suscité chez lui un sentiment indéfinissable. Tout d'abord, il ne se souvenait pas vraiment des circonstances qui avaient entouré sa naissance; survenue un an après l'incendie de sa scierie, elle était passée inaperçue dans le travail acharné, presque dément, que Charles effectuait et exigeait des autres pour rembourser sa dette à la banque.

Du plus loin qu'il pût s'en souvenir, il avait toujours su que cet enfant ne s'intéressait pas vraiment à la scierie, même si, adolescent, il y avait travaillé comme ses frères, y abattant autant de besogne que son âge le lui permettait. Mais ce travail le laissait indifférent et cela humiliait son père, comme si cette absence d'intérêt diminuait l'importance de toute la scierie, et la sienne, par conséquent, puisqu'il était indissociable de son commerce. Non, la scierie n'avait jamais passionné Lucien autant que les trois autres fils de Charles Manseau.

De plus, sa présence silencieuse, comme une demi-absence, l'avait toujours rendu insaisissable. Le père haussait-il le ton? Ses autres fils pliaient; en ronchonnant, peut-être, mais ils pliaient. La pensée de Victor l'effleura. Son aîné avait cédé, certes, mais avec la colère dans les yeux. Lucien cédait comme les autres, mais avec une indifférence si sincère que son père en sentait son autorité rabaissée, comme s'il n'avait aucune prise sur lui. Comme si les arguments, les valeurs du père n'avaient aucune résonance sur le fils, comme s'il s'exprimait en une langue inintelligible pour le fils, qui lui retournait souvent un regard étonné. Et le père avait pressenti d'instinct que de l'obliger à se rentrer la scierie dans le cœur serait une lutte sans cesse renouvelée, sans éclats mais constante, et qui n'affecterait que lui. Le père avait su qu'il ne viendrait jamais à bout de son plus jeune fils, parce que celui-ci appartenait à un autre monde que le sien.

– Il pourrait pas faire les choses comme tout le monde, celui-là, de temps en temps? s'était-il écrié un jour avec exaspération.

– Pourquoi? lui avait répliqué Imelda. Ce que tout le monde fait, c'est si intéressant que ça?

Lors de la préparation du char allégorique, en juillet 1926, Lucien avait proposé d'y faire un feu dans un baril pour commémorer l'incendie de la scierie, en mars 1911. Cette fois, Charles avait été séduit par cette idée qui aurait mis l'accent sur sa détermination à rebâtir; mais il avait dû la rejeter devant les protestations d'Henri, effrayé du danger réel d'incendie qu'un baril enflammé aurait pu représenter. Cette propension à oser penser différemment avait cependant désarmé le père. Et ce qu'il ne maîtrisait pas, il ne pouvait le tolérer sur son territoire. Devant les conflits à venir, la mère avait un jour suggéré d'envoyer le puîné au pensionnat.

– Il apprend bien à l'école, avait-elle argumenté. S'il était instruit, il pourrait peut-être te rendre service au moulin d'une autre manière.

Ils savaient tous deux qu'ils se leurraient; mais ils savaient tous deux qu'un éloignement servirait mieux l'harmonie à la maison et à la scierie. Le milieu des années vingt étant prospère pour Charles, Lucien avait donc commencé sa vie de pensionnaire à l'automne 1926, même s'il avait dû reprendre une année scolaire pour commencer son cours classique en éléments latins comme tous les autres étudiants.

Au moment de l'effondrement de la Bourse, en 1929, Charles avait voulu le retirer du pensionnat. Imelda s'était interposée et avait insisté pour que Lucien termine au moins sa versification. Le père était suffisamment nerveux à cause des bouleversements financiers sans qu'il faille y ajouter la tension d'un affrontement quotidien dans la maison avec son plus jeune fils. Lucien en avait été reconnaissant à sa mère et il avait eu le temps d'élaborer des projets qui lui convenaient davantage.

À son retrait du collège, à la fin de juin 1930, Lucien était entré comme manutentionnaire au journal *La Tribune*. Les emplois étaient rares, surtout pour un jeune homme sans charge de famille. Heureusement pour lui, sa belle-sœur Angèle, l'épouse de Victor, avait de la famille qui y travaillait. Il avait ainsi pu obtenir un poste. Victor avait aussi compris à demi-mot l'importance pour son frère de ne pas retourner à la maison paternelle; il était bien placé pour le comprendre. Il avait pris le benjamin en pension, le laissant prétexter que cela l'aidait financièrement. L'alliance d'Imelda et de Victor pour rendre service à Lucien n'avait pas échappé au chef de famille et cela l'avait coupé encore davantage du trio.

L'emploi de manutentionnaire à l'expédition n'était pas à la hauteur des aspirations du garçon le plus instruit de la famille. Mais il s'estimait très chanceux de pouvoir au moins gagner sa vie et de pouvoir commencer sa vie d'adulte loin de son père. Le plus important pour Lucien, c'était d'être admis au journal, dont il espérait gravir les échelons pour parvenir, rêve suprême, jusqu'à la salle de rédaction.

Imelda l'observait à la dérobée, si heureuse de le voir là, devant elle, lui qui ne leur rendait visite qu'une fois ou deux par année. «Ça fait presque un an qu'il vit tout seul dans son logement. Il doit s'ennuyer, me semble. Il pourrait venir plus souvent», songea-t-elle.

«Il aurait pu nous inviter au moins une fois, pensa le père; on l'aurait pas mangé, son logement.» «Chez moi, répliqua mentalement Lucien aux reproches inexprimés, c'est petit, c'est pas riche, mais c'est chez moi. Quand je serai capable de passer par-dessus ses remarques méchantes, ça me fera plaisir de l'inviter. Mais j'en suis pas encore là. Je m'en veux, mais je suis pas encore capable.»

— C'est à croire que tu caches quelqu'un, insinua sa mère d'un ton mi-blagueur, mi-inquisiteur. Tu nous as jamais invités.

Lucien se renfrogna. «Comme si de vouloir être à mon aise, dans mon logement, c'était pas une raison valable. Non, maman, je ne cache personne, je n'ai rien à cacher. Mais c'est mon coin à moi, le premier de ma vie; personne ne va venir le dénigrer.» Un silence suivit la tentative maternelle de s'immiscer dans la vie privée de son plus jeune fils. Imelda mesura la distance qui la séparait de ce jeune homme pourtant issu d'elle. Solitaire de nature, Lucien observait par réflexe, aussi spontanément qu'il respirait, comme s'il eût été le dépositaire du dit et du non-dit.

Charles comprit soudain, du moins en partie, d'où venait le malaise qu'il avait toujours ressenti vis-à-vis de son fils. Et l'homme qui, toute sa vie, avait écarté à sa convenance tout ce qui le troublait et lui faisait mal eut conscience d'avoir devant lui une mémoire vivante qui n'oubliait et n'oublierait jamais rien, et qui avait affronté son père sans le savoir, l'affrontait encore et continuerait à l'affronter, du seul fait d'être ce qu'il était. C'était peut-être parce que Lucien travaillait maintenant dans un journal, dans l'écriture, qui capte les idées et les fige en mots pour les amener à la réalité des autres. La permanence des mots écrits affola Charles, qui frissonna brusquement comme sous une menace imprécise et sournoise.

Imelda proposa une visite chez Marie-Louise, qui habitait la rue voisine.

— Ma grande sœur est toujours aussi mère poule? s'amusa Lucien.

— Tu la connais : si quelqu'un vient nous voir, elle tient absolument à un bout de visite elle aussi.

Imelda débarrassa la table.

— Les jumelles d'Henri ont bien grandi, dit-elle d'un ton attendri de grand-mère.

— Ça leur fait quel âge, déjà? demanda leur oncle en allumant une cigarette, ce qui agaça son père qui détestait toujours autant cette habitude.

— Elles viennent d'avoir douze ans! Plus pareilles que ça, ça se pourrait pas! Elles sont rieuses comme leur mère, grandes comme leur père. Avec leurs tresses blondes, elles font penser à deux grandes filles, déjà. Gérald est un petit ricaneux et Yvon a eu ses quatre ans. Mon Dieu que ça pousse vite!

Lucien exhala une longue bouffée de fumée. Ses yeux se perdirent dans une pensée intense qui le coupa de ceux qui se trouvaient avec lui dans la pièce. Il se sentait tout à coup très proche de ces deux jeunes filles trop semblables l'une à l'autre. Il supposa qu'il devait être très difficile pour chacune de démêler son identité de celle de sa jumelle. «Déjà que c'est pas évident quand on est tout seul, ce doit être bien malaisé à deux!»

Il promena son regard sur la cuisine, où rien ne semblait avoir changé, sauf sa mère, qui avait vieilli. «C'est normal, pensa-t-il affectueusement; le temps passe pour elle aussi.» Il regarda son père. Sauf ses cheveux gris et son abdomen qui s'arrondissait, il semblait immuable. «Un chêne, papa, c'est fort et solide, pensa-t-il soudain; mais quand c'est l'heure, il casse d'un coup! Il frissonna lui aussi comme devant une menace impossible à prévoir.

— Bon, si on veut voir Marie-Louise et Henri ce soir, autant y aller! dit-il brusquement.

Charles se fit prier et accepta finalement de les accompagner.

— À condition qu'on rentre pas trop tard; je travaille demain matin.

«Comme s'il était le seul au monde à travailler», pensa Lucien avec lassitude. La mère et le fils se lancèrent un regard de connivence et Charles leur emboîta le pas. Quand ils rentrèrent, vers vingt-trois heures, Imelda monta à l'étage, en redescendit irritée et prit Charles à part dès que Lucien fut monté se coucher.

— Léontine n'est pas encore rentrée!

Il s'en inquiéta lui aussi. Mais pour contredire Imelda et couvrir sa fille, il se contenta de maugréer:

— C'est de son âge.

— Tu la laisses faire n'importe quoi! protesta la mère.

— Elle a vingt ans, c'est plus une enfant.

— Justement! C'est plus une enfant! Sais-tu qui c'est, au moins, ce Réal? Non? Bien, moi non plus. C'est avec lui que ta fille était ce soir, puis qu'elle est encore à cette heure-ci.

Le père était vraiment inquiet maintenant, mais il refusa de le montrer.

— On est en 1938, Imelda, pas dans notre temps.

— Dans notre temps, on se tenait pas avec n'importe qui puis on écoutait ce que nos parents nous disaient.

Charles avait mauvaise conscience dans ses fibres paternelles; mais, d'un autre côté, il se rebiffait contre l'autorité, comme il l'avait toujours fait et comme il avait toujours enseigné à Léontine à le faire.

— Ma fille est assez grande pour décider par elle-même de ce qui est bon pour elle ou pas.

— Elle a juste vingt ans, Charles. Qu'est-ce qu'elle connaît à vingt ans, fantasque comme elle est?

— Elle, au moins, elle se laissera pas marcher sur les pieds par la vie ni par personne.

Malgré l'heure tardive, Imelda décida de laver la vaisselle du souper d'anniversaire.

— Laisse donc faire ça, grogna Charles, ne voyant là qu'un prétexte pour ne pas monter avec lui.

«Je suis trop enragée pour dormir puis encore plus pour m'étendre à côté de toi!» songea Imelda qui ne disait toujours pas le fond de sa pensée, surtout pas à son mari.

Léontine arriva tard, très tard, les yeux brillants, avec un sourire qu'elle devinait elle-même si insolent qu'elle hésita à entrer en apercevant sa mère endormie dans la berceuse. Elle n'avait pourtant pas le choix et elle referma la porte derrière elle le plus discrètement possible. Pas suffisamment, toutefois. Imelda ouvrit les yeux, qu'elle leva vers l'horloge grand-père, ce qui la réveilla tout à fait.

— As-tu vu l'heure? gronda-t-elle à voix basse.

Léontine était trop heureuse pour laisser le moindrement s'effriter sa joie.

— Il doit pas être si tard puisque vous n'êtes pas encore couchée, murmura-t-elle. Bonne nuit, maman!

D'un coup d'œil, elle vérifia que son père avait négligé de changer l'heure à la grande horloge. Le conseil municipal avait décrété pour la première fois le régime de l'heure avancée, du 9 mai au 24 septembre, du moins pour cette année. Il s'était ainsi ajusté aux autres villes et villages. La jeune fille, moqueuse, fut reconnaissante à son père de sa difficulté d'accepter les décisions des autres. Cette manie lui évitait ce soir des reproches encore plus justifiés de la part de sa mère.

Léontine monta sur la pointe des pieds, entra dans sa chambre, ferma la porte à double tour et se coucha tout habillée pour ne pas perdre l'odeur de Réal dont elle était imprégnée, pour ne pas dormir tout de suite, pour essayer de ressentir encore les sensations si fortes produites par le corps de l'homme contre le sien, elle qui était devenue une femme, ce soir-là, dans la douceur de cette si belle nuit de mai.

2

À la mi-juillet, Antoinette, venue par autobus, débarqua chez ses parents avec une petite valise.

— C'est fin de ta part de venir nous voir. Viens-tu avec nous autres à la prise d'habit de Blandine? lui demanda sa mère en allant au-devant d'elle.

— Ton mari est pas avec toi? demanda son père en fronçant les sourcils.

— Il va nous rejoindre directement au couvent, répondit simplement sa fille, visiblement soucieuse.

Elle se sentit encore prise en défaut. Une fois de plus, elle ne recevait d'attention de son père que sous forme d'interrogations qui n'étaient que des reproches déguisés. Celui-ci se croyait pourtant en droit de les lui adresser. Il n'aimait pas voir sa fille délaisser le domicile conjugal comme elle le faisait parfois. Il reprocha cette attitude à Imelda ce soir-là, dans leur lit, comme s'il la chargeait de transmettre le message déplaisant à leur fille.

— La place d'une femme mariée, c'est avec son mari! grogna-t-il.

— Tu le sais comme moi que Gilbert travaille le soir et dort le jour. C'est dur, à la longue, pour une femme.

— Il pourrait pas se trouver une job comme tout le monde, lui?

– On fait ce qu'on peut, ces années-ci. C'est pas à toi qu'il faut expliquer ça, il me semble. C'est vrai que c'est pas un travail qui me plaît plus qu'il faut, mais...

– C'est pas pire qu'une femme mariée depuis trois ans puis qui a pas encore d'enfant, l'interrompit son mari, comme s'il ne supportait pas qu'un homme fût critiqué. Pourtant, il ne put s'empêcher de le faire lui-même en ajoutant :

– Ce ménage-là, c'est de travers depuis le début, je l'ai toujours dit. Se marier en pleine crise, en plus! C'est tout le contraire du bon sens.

– T'as trouvé à redire sur tous tes gendres, de toute façon, rétorqua Imelda, lassée de tant de mauvaise foi. Sur Antoine, le mari de Marie-Louise, même s'il est un bon travailleur; sur Paul-Aimé, le mari de Gemma, parce qu'il travaille dans les chantiers puis qu'il est souvent loin de la maison; sur Gilbert, parce qu'il a pas un travail à ton goût.

Le départ d'Antoinette, qui s'était mariée en 1935 avec Gilbert Cossette et qui vivait à Sherbrooke elle aussi, avait été accepté de façon ambiguë par Charles Manseau. Cette enfant, pas très grande, aux cheveux bruns, avait les traits de sa demi-sœur Marie-Louise. Toutes deux étaient sans véritable beauté, mais leurs visages aux traits réguliers étaient illuminés par leurs regards expressifs, chargés de mots inexprimés. Antoinette, lorsqu'elle était enfant, avait pris si peu de place dans la maisonnée que son absence, lorsqu'elle fut devenue adulte, aurait été difficile à mesurer de façon tangible. Son père avait seulement réalisé que les yeux de sa fille, chargés d'un tel besoin d'amour qu'il y voyait des reproches, ne le suivaient plus. Comme il avait toujours trouvé cette quête insupportable, l'absence de ces regards trop éloquents, si

34

souvent fixés sur lui, l'avait soulagé d'une certaine façon. Mais le choix du gendre lui avait déplu souverainement. Son travail de serveur dans un hôtel de Sherbrooke, malgré que celui-ci fût bien coté, était trop étranger à son expérience pour qu'il l'accepte. L'indifférence affichée de Gilbert Cossette à l'égard de son beau-père le privait, de plus, d'une reconnaissance de son statut de chef de famille et cela le brimait. Il avait préféré sortir sa fille et son gendre de sa pensée.

Imelda coupa court à la conversation avec son mari en prétextant qu'elle allait boire un verre d'eau avant de dormir. Une fois sortie de la chambre, elle avança sans bruit dans le corridor sur lequel donnaient les chambres. Léontine dormait dans la première de droite; Antoinette, dans la première de gauche. Dans le silence, la mère écouta un long moment si cette dernière, comme cela était déjà arrivé, pleurait discrètement dans son lit de jeune fille. Imelda respira, soulagée : elle n'entendait rien.

Elle allait retourner se coucher quand la porte s'ouvrit doucement. La mère et la fille se trouvèrent nez à nez et réprimèrent toutes deux une exclamation de surprise. Puis elles furent heureuses de cette occasion fortuite de converser seule à seule. Mais, en chemise de nuit et dans le silence, elles ne savaient comment se rejoindre.

— J'allais me chercher un verre d'eau, souffla Antoinette. En voulez-vous un, maman?

— On va aller le prendre ensemble, fit Imelda.

Elles descendirent, se firent couler deux verres d'eau, s'assirent à la longue table déserte et burent lentement, essayant de sortir de leur solitude respective. Elles profitèrent de la fraîcheur qui entrait par la porte moustiquaire et, finalement, leur complicité s'évanouit, faute de savoir comment s'exprimer.

Le lendemain avant-midi, la mère se décida en cueillant des framboises au bout du potager :

– Donnes-tu toujours du temps à la Croix-Rouge? demanda-t-elle.

Le regard d'Antoinette, éteint depuis son arrivée, s'alluma instantanément.

– Oui! Trois fois par semaine.

La petite fille qui autrefois soignait les bobos imaginaires de ses frères et sœurs avait ainsi trouvé, à défaut d'avoir pu poursuivre ses études pour devenir infirmière, le moyen de se rapprocher des gens qui souffraient.

– Un petit logement comme le nôtre, c'est facile à entretenir; en plus, Gilbert n'est jamais là le soir puis une grande partie de la nuit… Faut que je m'occupe. Autant en faire profiter les autres.

Antoinette commença à parler de son bénévolat. Sa mère l'écouta et il lui revint à l'esprit le cadeau que Victor avait offert à la petite, au jour de l'An 1916 : six figurines de cinq centimètres de hauteur. Antoinette avait été fascinée par ces jouets minuscules. Combien de fois les avait-elle baptisés, installés ici et là, leur construisant de petits meubles avec des bouts de carton, les traînant avec elle dans les poches de son petit tablier, leur inventant des maladies qu'elle soignait à l'excès! Une fois, elle s'était même levée la nuit pour leur prodiguer des soins urgents. Imelda était intervenue devant ce zèle intempestif et elle avait interdit à l'enfant de gâcher ses nuits pour des chimères. Antoinette, docile, ne s'était plus levée la nuit; elle avait couché ses figurines près de son oreiller. Mais la tête de lit aux volutes de cuivre ne constituait pas un rempart et, chaque matin, Antoinette se faufilait sous le lit, désemparée à la pensée de perdre l'une des figurines tombées durant la nuit.

— Te souviens-tu de la nuit où le chat avait emporté deux de tes petites poupées dans le vieux panier à linge? demanda Imelda.

Antoinette se tut, comprenant que sa mère ne l'écoutait pas. Celle-ci réalisa tout à coup que, entraînée dans ses souvenirs, elle avait été distraite et que sa fille s'en était aperçue. Elle voulut se racheter.

— Je t'écoutais parler de la Croix-Rouge, puis, je sais pas pourquoi, je me suis rappelée comment tu t'amusais à soigner tes petites poupées.

Antoinette ne la crut pas. Imelda se sentit fautive.

— Fais pas cet air-là! Je t'écoutais! insista-t-elle, mal à l'aise.

Pour bien le démontrer, elle poursuivit la conversation sur la Croix-Rouge.

— T'as pas peur d'aller, comme ça, visiter des hommes dans leurs maisons?

— Maman, vous parlez pas sérieusement? Ce sont des vétérans de la guerre de 14-18!

— Un homme, ça a de la force; ils sont pas en train de mourir, tes vétérans.

— J'espère bien! s'exclama Antoinette en riant. On va visiter ceux qui peuvent pas se déplacer pour venir à la clinique, mais c'est quand même pas des mourants.

— N'empêche que je me dis que t'es pas prudente. Un homme, ça reste toujours un homme.

— C'est pas si effrayant que ça, un homme.

Imelda se redressa, indignée.

— Tu vas quand même pas me dire que… que t'aimerais ça qu'un de ces hommes-là…

— Maman! s'indigna Antoinette à son tour. Je vous parle pas des hommes en général. C'est sûr que pour moi il y a seulement Gilbert. Mais avec Gilbert, je peux quand même pas dire que c'est effrayant! Même que…

Elle rougit et se tut. Sa mère s'irrita et, dans son trouble, échappa quelques framboises en les cueillant trop brusquement.

— Une femme peut pas aimer ça, vraiment…, marmonna-t-elle. Je peux pas croire que mes propres filles…

Elle laissa sa phrase en plan, et les sous-entendus répréhensibles éloignèrent les deux femmes l'une de l'autre. Antoinette soupira. Ce n'était un secret pour personne que ses parents n'avaient pas une entente harmonieuse au lit. Ce qui avait changé, ou du moins ce que les enfants avaient remarqué chacun leur tour après leur propre mariage, c'était que leur mère semblait de plus en plus hargneuse à ce sujet.

— Faut la comprendre, avait souvent dit Marie-Louise. Dans son temps, les hommes…

— Comment ça, dans son temps? lui avait un jour répliqué sa belle-sœur Angèle. Mon père est de l'âge de votre père puis ma mère n'a jamais eu à se plaindre de lui à ce sujet-là.

Antoinette se remémora cet incident et préféra ne pas poursuivre la discussion. Elle regretta seulement que sa mère n'ait jamais connu, comme femme, le plaisir que son mari Gilbert lui donnait. Un plaisir si grand que la jeune femme en avait été gênée, au début de leur mariage, et que, même après quelques années, elle se sentait plus à l'aise de l'accepter la lumière éteinte. Alors, protégée par la pénombre, comme il lui était bon de se faire prendre et reprendre par Gilbert! «Il a tellement le tour avec les femmes», se redit-elle avant que la jalousie lui griffe le cœur. Elle la refusa d'un coup en revenant à sa mère. «Si elle avait connu ça avec un homme comme Gilbert...» Elle en eut presque pitié et il lui vint à l'idée que celle-ci était peut-être jalouse de ses filles et de ses brus, et elle eut honte de cette triste pensée.

— T'en parleras à Gemma, ajouta tout à coup Imelda qui, elle aussi, continuait à penser à ce sujet. Elle va te le dire, elle, si elle aime ça.

Antoinette frémit de colère. Une fois de plus, sa mère la considérait comme une enfant innocente. Elle était pourtant mariée depuis trois ans. «On sait bien, Gemma a des enfants, elle; sa vie sert à quelque chose, elle!» Pour la première fois, elle associa sa mère et sa sœur: deux femmes avec une nombreuse famille, deux femmes qui n'aimaient pas les avances de leur mari. Elle chercha à les excuser. «Si j'avais eu des enfants presque à tous les ans, peut-être que je considérerais ça autrement, moi aussi. N'empêche qu'elles ont vécu un certain temps sans enfants, au moins! Même là, je suis pas sûre que...»

Pour chasser le malaise, les deux femmes se concentrèrent sur les fruits minuscules qui semblaient prendre un malin plaisir à se dissimuler sous le feuillage. Quand Imelda crut avoir tout cueilli sur le premier plant, elle recula, se pencha à gauche, à droite, et brusquement une talle généreuse s'offrit à son regard, là où pourtant elle aurait juré avoir tout raflé. Elle s'irrita de sa négligence, sachant pourtant fort bien que personne ne pouvait voir en même temps sous les feuilles, dessus, à gauche et à droite.

– Voyons! s'exclama Antoinette, agacée elle aussi. Je suis donc coq-l'œil aujourd'hui! Je pensais avoir tout pris, puis là j'en vois tout d'un coup dix fois plus!

Imelda, qui venait de s'adresser le même reproche, blâma pourtant sa fille d'être si sévère envers elle-même.

– Tu sais bien que c'est toujours comme ça avec les framboises. On dirait qu'elles se cachent de nous autres. Puis tout à coup, elles nous font de belles surprises.

Elle eut envie de dire : «Nous en préparistu une?» Mais elle ne le demanda pas, même si elle eût été heureuse de la savoir enceinte, heureuse pour elle. «Les enfants, c'est bien du souci, mais c'est les seules vraies joies pour une femme mariée. Heureusement qu'on a ça.» Elle regarda sa fille à la dérobée et la tristesse évidente d'Antoinette lui confirma que, décidément, celle-ci n'était pas heureuse. «Si au moins elle avait un enfant…»

Antoinette s'accroupit, déposa son gobelet, saisit une tige de la main gauche et la releva. Une vingtaine de framboises rouges, mûres à souhait, surgirent à la lumière. Elle en cueillit quelques-unes, puis, levant la tête par réflexe, s'assurant qu'elle ne serait pas vue, elle mangea les fruits un à un avec une gourmandise discrète. Le jus sucré inonda sa bouche et la jeune femme de vingt-huit ans se crut revenue à dix ans, engouffrant en cachette une partie des fruits destinés au dessert de la maisonnée.

Elle eut encore la sensation de voler quelque chose aux autres, à ceux qu'elle aimait, même si son avidité était dérisoire. Et elle se sentit en colère contre elle-même de se cacher ainsi, à son âge, quand il y avait dix fois plus de framboisiers qu'autrefois et pour trois personnes seulement. Pourquoi ressentait-elle encore de la culpabilité, au point de se cacher de sa mère, lui dissimulant surtout le but de sa visite, n'osant lui demander l'aide dont elle avait tant besoin, elle qui ne savait plus vers qui se tourner dans son désarroi?

Ce fut Imelda qui aborda le sujet, une fois le pouding aux framboises mis au four dans le poêle, chauffé au bois, malgré la chaleur étouffante de juillet. Elle essuya son front en sueur et lui posa la question qui lui brûlait les lèvres depuis la veille.

– Ça va avec Gilbert?

Antoinette sentit enfin sa grande appréhension l'abandonner. Maintenant que la question était posée, sa solitude lui semblait moins pesante. Elle baissa les yeux et répondit de sa voix timide avec laquelle elle déclinait ses maigres notes scolaires autrefois :

– Pas vraiment.

Cela, Imelda s'en doutait. Mais en quoi? Comment? C'était cela qu'elle avait besoin de savoir pour l'aider.

– Il te fait des misères? risqua-t-elle.

Antoinette haussa les épaules et commença par une réponse évasive.

– On s'entend sur rien, maman. Rien!

Sa mère fronça les sourcils. Depuis son mariage, elle se heurtait quotidiennement à une grande incompréhension de la part de Charles. Mais, curieusement, elle ne put ou ne sut compatir au désarroi de sa fille. Pour la protéger ou l'endurcir devant l'impossibilité d'une complicité entre un mari et sa femme, pour qu'elle se fasse une raison plus vite, peut-être, plutôt que de lui manifester de la compassion, elle la rabroua, lui reprochant quasiment son attente pourtant légitime.

– Si t'attends qu'il pense comme toi, ma fille, tu vas attendre longtemps !

Elle soupira profondément et ajouta :

– Les hommes, ça pense jamais comme nous autres, sur rien. Faut te faire une raison, ma petite fille.

« C'est pas ça, s'emporta Antoinette. Je le sais qu'on est pas pareils ! J'ai plus dix ans ! Mais seulement… »

– Il critique tes repas ? lui demanda sa mère en essayant de renouer la confidence.

Antoinette secoua la tête.

– Non. Enfin, pas vraiment… De toute façon, il prend son souper à l'hôtel, quand c'est pas le dîner aussi.

– J'ai jamais bien compris son affaire. Qu'est-ce qu'il fait, au juste, comme travail ?

– D'habitude, il sert aux tables. Mais à l'hôtel c'est comme partout ailleurs : ils gardent le moins d'employés possible. Ceux qui restent sont obligés de faire toutes sortes de jobines pour garder leur place.

– Manges-tu à ta faim, au moins ?

– Bien oui, maman.

– C'est quoi, d'abord, qui marche pas ?

Sa fille détourna les yeux pour refouler ses larmes. Sa mère sauta à la seule conclusion qui lui paraissait évidente même si elle ne concordait pas avec leur échange de tout à l'heure.

– La couchette… ? hasarda-t-elle, se sentant écorchée du seul fait de prononcer le mot.

Sa fille la rassura :

– Non, non, j'ai rien à redire là-dessus, maman. Gilbert a le tour avec les femmes.

Elle se tut, incapable d'aller plus loin. Elle ne pouvait, ne voulait plus, tout à coup, ajouter que c'était cela, le problème. Comment aurait-elle pu, sans se rabaisser elle-même, révéler tout ce qu'elle supportait, c'est-à-dire que son mari avait le tour avec les femmes, pas seulement avec sa femme?

La première fois qu'Antoinette avait vu Gilbert Cossette, il l'avait envoûtée dès que son regard s'était glissé sur elle. Il était grand, avec des cheveux noirs à peine ondulés qu'il peignait fréquemment. Ses yeux sertis de cils noirs coulaient son regard dans le velours. Sa moustache drue était très séduisante et, par contraste, rendait ses lèvres, qu'elle couvrait partiellement, encore plus douces. De haute taille, les épaules carrées, il était toujours élégant, malgré le fait qu'il ne possédait que deux complets. Il n'exigeait en réalité qu'une seule chose de sa femme, mais qui la tenait occupée : des chemises impeccables et empesées, qu'il ne portait qu'une journée. Combien de fois Antoinette ne les avait-elle pas lavées, et repassées en pleurant, au bout de quelques mois de mariage seulement, essayant de savoir si c'était pour une autre femme que son Gilbert se faisait si beau! Maintenant, sa question était plutôt de savoir avec laquelle. Elle en était même rendue à se demander si les autres femmes faisaient des remarques sur la propreté des chemises de son mari quand elles les lui enlevaient avant de s'abandonner dans ses bras. Mais c'étaient là des tortures inutiles, qu'elle s'obligeait à croire insensées, mais qui lui dévoraient le cœur lors de ses nuits d'insomnie pendant qu'il travaillait à l'hôtel. «J'ai tellement mal, maman; je me sens une moins que rien d'accepter ça depuis notre première année de mariage. Mais j'ai tellement peur de le perdre!» Elle refusa d'admettre sa douleur et la nia à elle-même et à sa mère.

– Inquiétez-vous pas, maman. Je suppose que tous les couples ont leurs petits problèmes.

Imelda sut qu'elle n'en tirerait rien de plus et que sa fille repartirait le cœur aussi lourd qu'à son arrivée. Elle soupira et elles allèrent chercher des légumes frais dans le potager.

Le soir, ils apportèrent le dessert chez Gemma pour le partager avec sa maisonnée. Il n'aurait été question de souper chez elle.

– Elle a pas à faire de dépenses pour nous autres, avait dit Imelda. Le peu qu'elle a, c'est pour ses enfants.

Léontine les accompagna, au grand étonnement de la mère, qui avait du mal à comprendre que sa fille ne soit pas sortie avec son ami Réal une seule fois de la semaine. Le pouding aux framboises fit fureur chez les enfants de Gemma.

– Ça faisait longtemps qu'on n'avait pas mangé de framboises, grand-maman. On n'en a jamais, nous autres, fit Guillaume en se léchant les lèvres pour jouir au maximum de la saveur sucrée.

– Nous autres, répliqua son grand-père, on en a seulement au mois de juillet.

– Ah oui? s'étonna le bambin de cinq ans, incrédule.

Le grand-père ajouta, pince-sans-rire :

– Parce que ça pousse juste en juillet, les framboises!

Les adultes s'amusèrent de la repartie du père. «C'est dommage qu'il en sorte pas d'autres de même plus souvent, regretta Imelda. Moi aussi, j'aimerais ça, rire.»

Gemma reprit une seconde portion du pouding avec appétit. Le soir, elle ne souffrait pas des nausées dues au premier tiers de sa grossesse et sa mère avait intentionnellement cuisiné une double recette pour que chacun se sente à l'aise d'être gourmand, pour une fois. La fille lança un regard de reconnaissance à sa mère.

Gemma, grande comme sa mère, était tout aussi vive et travailleuse. Ses cheveux bruns, courts et fins encadraient un visage ovale dont les traits étaient tirés par le début d'une cinquième grossesse. Comme sa mère, elle n'avait guère le loisir de s'interroger sur sa besogne quotidienne. Ayant des enfants en bas âge, elle se vouait corps et âme à sa marmaille, ne se demandant jamais si elle avait des besoins personnels et encore moins ce qu'ils auraient pu être. Elle ne respirait, ne vivait que pour sa famille. Ses peines et ses attentes, elle ne s'accordait pas le droit de les ressentir et elle les sublimait en un dévouement incessant auprès des siens, qui se trouvaient forcés de subir ce maternage omniprésent et presque étouffant. À trente ans, elle était la mère de Guillaume, Martine, Marcel et Christiane, et de nouveau enceinte.

Son mari, Paul-Aimé Dandurand, avait dû s'exiler dans les chantiers au Témiscamingue. Il y travaillait durement pour un salaire de misère, mais c'était le seul emploi qu'il avait pu dénicher pour subvenir aux besoins de sa famille. Il souffrait de cet éloignement, mais devait subir, comme tout le monde, les dures contraintes de l'époque.

Devant la situation financière précaire de sa sœur, Wilfrid avait décidé de lui venir en aide en pensionnant chez eux plutôt que de loger à la maison paternelle. Il s'occupait du logis de son beau-frère, presque toujours absent, comme s'il avait été le sien, et de ses neveux et de ses nièces comme s'ils avaient été ses enfants.

Charles Manseau avait vu le départ de Wilfrid, supposément temporaire, d'un mauvais œil.

– Il travaille avec toi au moulin, avait protesté Imelda. Qu'il pensionne ici ou à deux rues, ça fait pas une si grande différence pour nous autres. Mais pour Gemma, c'est une aide qui est pas humiliante pour elle. Tu devrais être content que ton fils ait du cœur !

Indépendamment de ces raisons, Charles s'était senti trahi. « Des enfants, ça quitte la maison paternelle pour se marier. » Il admit un autre motif. « Ou pour entrer au couvent. » Son fils Lucien lui revint aussi à la mémoire. « Ou pour faire de grandes études. » Cette énumération de raisons valables avait miné la rigueur de son jugement arbitraire. Il savait aussi, même s'il refusait de l'admettre, que Gemma avait peine à nourrir sa famille et à acheter le charbon l'hiver, malgré l'aide gouvernementale du Secours direct. Il soupira et rajouta : « Pour aider une de ses sœurs dans le besoin, aussi, faut croire. » La liste lui avait paru trop longue.

À compter de ce jour, le père et le fils ne se côtoyèrent plus qu'à la scierie, où Wilfrid recevait ses ordres et effectuait son travail, comme tout autre employé. Ils firent si bien semblant que cette situation ne les blessait pas qu'ils ne perçurent l'un et l'autre que de l'indifférence.

Ce soir-là, malgré la chaleur de juillet, Wilfrid alla préparer une brassée de petit bois pour la cuisson du lendemain. Quand son père venait chez Gemma, il avait à cœur de prouver qu'il était nécessaire qu'il pensionne chez sa sœur. C'était le cas, mais personne n'était dupe de ses efforts, par ailleurs inutiles, pour en convaincre son père, qui lui en voulait toujours d'habiter ailleurs sans être devenu chef de famille.

Imelda le suivit à l'extérieur, accablée par la chaleur. Wilfrid fendit une bûche en éclats et ramassa lentement les morceaux. La lassitude suintait de tout son être d'homme jeune, dans la force de l'âge.

— Des fois, maman, confia-t-il, songeur, je me demande pourquoi je travaille dans la vie.

Sa mère ne sut que répondre. Tous les matins de sa vie depuis la mort de sa mère, elle s'était éveillée en pensant à toute la besogne qui l'attendait jour après jour, pour élever ses frères et sœurs, ensuite les trois enfants de son mari, puis enfin les six autres qu'ils avaient eus ensemble. Se demander pourquoi elle travaillait était un luxe qu'elle n'avait jamais pu se permettre.

— C'est pas des questions à se poser, mon garçon. L'ouvrage, faut que ça se fasse.

— Voyons donc, maman! J'ai du cœur à l'ouvrage! protesta-t-il, offensé. Mais… mais il me semble que… je sais pas, moi… que ça devrait servir à quelque chose.

Imelda le regarda attentivement. Cette femme qui ne s'était pas épanouie dans sa vie de couple persistait pourtant à croire que c'était là la seule voie normale d'un adulte.

— Quand tu trouveras une femme à ton goût, que t'auras des enfants…

— Les enfants, maman, vous trouvez pas qu'il y en a déjà assez dans la misère? Regardez donc ceux de Gemma; pensez-vous qu'ils trouvent la vie rose, eux autres?

— La crise, Wilfrid, tout le monde en souffre. Les enfants comme les plus vieux.

— C'est pas une raison pour en faire d'autres. Au lieu de me marier, je devrais m'occuper de ces enfants-là.

Imelda détourna le regard. Ainsi donc Wilfrid avait hérité du caractère tourmenté de son père et doublait celui-ci du sentiment d'impuissance maternel. «Ce doit être bien dur à porter», se chagrina-t-elle.

Antoinette, qui les observait par la porte moustiquaire, tourna les yeux vers son père. Il semblait content de se trouver en présence de ses petits-enfants. Non qu'il les complimentât ou les prît sur ses genoux, mais il était d'humeur presque joyeuse. C'était déjà inhabituel en soi. Mais elle n'arrivait pas à voir s'il était fier de sa fille Gemma qui allait accoucher pour la cinquième fois en décembre. «Il doit être content, supposa-t-elle avec dépit; elle va en avoir un autre, elle!» Les allusions répétées de son père au retard d'Antoinette à devenir mère à son tour la rendaient aigrie envers lui, et parfois même envers Gemma, qui n'avait peut-être pas souhaité tant de grossesses. «À chacun sa vie», soupira-t-elle, quand elle pensait plutôt: «À chacun ses problèmes.»

Léontine avait habituellement la faveur du petit Guillaume et de sa cadette Martine; leur jeune tante les chatouillait ou jouait à cache-cache avec eux ou encore leur racontait une histoire. Mais ce soir, elle les avait à peine embrassés en arrivant, semblait les éviter, ne les touchait pas, mais les dévisageait d'un regard pathétique.

Gemma avait reçu une lettre de son mari Paul-Aimé. Il avait été sans travail les trois dernières semaines, mais venait de recommencer à travailler dans un autre chantier. Elle n'osa ensuite mentionner son besoin le plus urgent, qui lui causait beaucoup de souci: une nourriture soutenante pour Martine, qui ne retrouvait pas ses forces après une longue fièvre survenue en pleine canicule. Trois fois elle voulut demander un peu d'argent à son père, non pour elle, mais pour la petite. À chaque fois, elle en fut incapable. Imelda lui vint en aide sans le vouloir.

— Martine a enfin fini sa fièvre? demanda-t-elle en entrant dans la cuisine.

Gemma respira profondément et, oubliant sa fierté pour le bien-être de sa fille, saisit la chance qui se présentait inopinément.

— Oui. Mais le docteur a dit que… qu'elle devrait manger de la viande pour se renforcir.

Imelda comprit l'allusion et regarda son mari, qui ne semblait pas avoir entendu. Elle regarda ensuite sa fille; elle ne pouvait lui donner de l'argent puisqu'il ne lui en passait à peu près jamais entre les mains. Dès qu'elle entendit parler de fièvre, Antoinette prit la petite de quatre ans dans ses bras. Elle effleura son front moite et fut inquiète de la pâleur de son teint. Elle regarda son père à son tour, indignée de son manque de générosité. «C'est facile de vouloir que les femmes aient des enfants; mais qu'est-ce qu'il fait tant pour les aider, lui, ces enfants-là?» Le sens des responsabilités maternelles de Gemma l'emporta sur sa fierté.

— Si tu veux catiner à ton goût, dit-elle soudain à sa sœur, tu peux emmener Martine chez maman pour quelques jours.

Imelda comprit et joua le jeu.

— Bien certain. Ça fait longtemps qu'on a eu l'occasion de l'avoir avec nous autres.

Antoinette décela un sous-entendu; mais elle se crut visée par le manège. Elle interpréta la proposition comme un rappel de sa stérilité et comme une manière détournée de l'inciter à commencer sa famille. La petite, qu'elle adorait pourtant, lui pesa lourd dans les bras. Elle sourit tristement.

– On va en prendre soin, promit-elle.

L'enfant, fatiguée et repue de la portion savoureuse de pouding aux framboises, glissa sa tête sur l'épaule de sa tante et ses paupières clignèrent sous le sommeil qui l'engourdissait. Antoinette la sentit s'appesantir contre elle et essuya tout doucement la sueur qui collait ses cheveux à son front.

– Faudrait aller la coucher, proposa-t-elle, donnant ainsi le signal du départ.

Le surlendemain, la grand-mère ramena la petite, déjà plus en forme, chez sa mère. Une voisine offrit de prendre soin des trois plus jeunes pour permettre à Gemma d'aller assister à la prise d'habit de sa sœur Blandine avec le petit Guillaume.

Les parents étaient songeurs. Le travail, le sacrifice, le renoncement, ils avaient vécu cela toute leur vie, leur semblait-il. Mais que leur fille choisisse cette voie, sans aucune obligation, à vingt-deux ans, cela leur était difficile à comprendre. L'office religieux se déroula dans une ambiance sacrée et joyeuse à la fois. Les postulantes, venues d'abord dans le chœur au début de la cérémonie, se retirèrent ensuite puis revinrent habillées en religieuses. Blandine sembla encore plus lointaine et plus mystérieuse à ses parents, ainsi revêtue de la robe noire et de la coiffe imposante qui retombait en une large bande empesée de chaque côté de son visage délicat.

Le choix de son nom de religieuse fut enfin révélé à haute voix dans le chœur. Blandine Manseau se nommerait désormais «sœur Saint-Léon». Léontine éclata en sanglots devant cette marque de tendresse.

« Je savais pas qu'elle l'aimait tant que ça », s'étonna la mère. « Mon doux, ma petite sœur qui braille ! C'est bien la première fois ! » se dit Gemma, soupçonneuse. Mais Léontine, profondément bouleversée, mesurait le besoin viscéral qu'elle ressentait de la présence de sa sœur, la complice de son enfance et de son adolescence. « Blandine… Blandine… », la suppliait-elle du fond de sa détresse. Marie-Louise, assise en avant d'elle, se retourna et lui tendit discrètement un mouchoir avec un sourire gêné. Sa jeune sœur se redressa et se tut, réalisant qu'elle se donnait en spectacle.

Après cette cérémonie si solennelle, les familles furent soulagées de pique-niquer dans le parc savamment entretenu attenant au couvent. De leur côté, les nouvelles novices rejoignirent les religieuses pour le banquet préparé en leur honneur. En début d'après-midi, les familles purent enfin accueillir les jeunes novices en toute spontanéité. De voir surgir Blandine en costume de religieuse les intimida tous.

– Ouais, blagua Henri. Ça va être difficile de te pincer, avec ton armure.

– Arrête donc tes folies, Henri ! fit Imelda, impressionnée devant sa propre fille.

Celle-ci riait, heureuse.

– Je reste votre fille et sa sœur quand même, maman.

Chacun essayait de trouver la bonne attitude, les mots de circonstance, et cela rendait la rencontre, si longtemps attendue de part et d'autre, un peu guindée. Le petit Guillaume regarda cette sorte de statue habillée de blanc et de noir comme si elle venait de descendre de l'un des piédestaux de la chapelle. Puis il entendit la statue parler et rire et il la vit embrasser les gens. Perplexe, il fronça les sourcils, puis, décidé à résoudre cette énigme, il souleva tout à coup le pan de la longue jupe noire et se pencha la tête pour voir en dessous.

– Guillaume! s'écria sa mère humiliée en l'attrapant sévèrement par le bras.

– En dessous, s'écria le petit tout excité, il y a deux jambes noires, noires!

La famille s'esclaffa de si bon cœur que Blandine ajouta son mot avec humour, même si elle avait spontanément regardé autour d'elle pour s'assurer qu'aucune religieuse n'avait été témoin de cette légère indécence.

– T'es rendu polisson, mon Guillaume? dit-elle.

Interpellé par une voix connue, l'enfant fut encore plus perplexe.

– Excuse-le, se morfondit Gemma, c'est juste un enfant.

– Tout le monde a compris ça! s'esclaffa la nouvelle sœur Saint-Léon. Il manque juste toi!

Gemma en voulut à sa famille de profiter de cette situation pour la mettre encore une fois dans l'embarras.

– Voyons donc, Guillaume, dit la grand-mère, tu reconnais pas ta tante Blandine?

La novice avait déjà les yeux ailleurs; elle cherchait sa chère Léontine, sa petite sœur dont elle s'était toujours sentie responsable. Celle-ci, constamment sur ses talons autrefois ou accrochée à sa jupe, avait partagé tous ses jeux. Lors du départ de sa grande sœur pour le couvent, la cadette avait semblé presque désemparée, comme par la privation d'une jumelle. Pourtant, maintenant qu'elle pouvait enfin la voir et l'étreindre plus spontanément que dans le parloir sévère aux parquets trop cirés et à l'écho intimidant, voilà que Léontine s'attardait ici et là, feignait d'être en grande conversation avec une autre de ses sœurs ou l'un de ses frères ou l'une de ses belles-sœurs. Elle finit par s'approcher à son tour, puis félicita, taquina, embrassa sa sœur. La novice essaya d'intercepter le regard de sa cadette, qui, toujours en mouvement, semblait fuir le sien. Finalement, leurs regards plongèrent l'un dans l'autre. Le cœur de l'aînée se serra devant la détresse qu'elle découvrit dans les yeux de sa sœur. La benjamine s'éloigna aussitôt de celle qui la connaissait trop bien pour être dupe de son rire forcé.

– Léontine…, murmura Blandine en la rattrapant.

Léontine se laissa enfin prendre dans ses bras et appuya sa tête contre la sienne. Mais ses cheveux heurtèrent la coiffe empesée. Elle recula vivement, comme incapable, désormais, d'atteindre la seule personne qui aurait pu la comprendre, la seule qui avait toujours lu dans son cœur comme dans un livre ouvert.

– Léontine…, s'inquiéta sa sœur.

Déjà la jeune fille s'esquivait, rejoignait quelqu'un d'autre, se mêlait à la foule des invités. De loin, Marie-Louise vit le manège. «Blandine a toujours été son ange gardien», murmura-t-elle. Et une appréhension confuse teinta sa joie en ce jour si important pour sa jeune sœur, désormais novice.

Ce soir-là, la sœur Saint-Léon, qui se remettait doucement des émotions profondes de la journée, revint encore en pensée à sa cadette. «Mon Dieu, protégez ma Léontine. Seigneur, vous savez, vous, combien de fois je l'ai empêchée de faire des bêtises. Mais maintenant je suis ici, Seigneur; protégez-la. Protégez-la! Ses yeux étaient tellement tristes, aujourd'hui.»

Deux larmes coulèrent sur les mains jointes de la jeune novice qui, malgré toute sa bonne volonté, n'avait pas reçu en ce grand jour la certitude qu'elle avait tant demandée.

Ce soir-là, revenu chez lui, Charles se berçait lentement, songeur, plus accablé par la chaleur humide qu'il ne voulait le laisser voir. Antoinette avait prévenu son mari, à la cérémonie de Blandine, qu'elle resterait quelques jours de plus chez ses parents.

— Laissez donc faire la vaisselle, maman. Léontine puis moi, on est bien assez de deux pour faire ça, dit-elle en enlevant le torchon des mains de sa mère.

Imelda l'apprécia mais constata qu'il n'y avait aucune chaise propice à la détente dans la cuisine, à part la berçante, qui était occupée. Elle se résigna à ranger la vaisselle au fur et à mesure.

Tout en travaillant, Antoinette parla d'un incident dont elle avait été témoin en descendant de l'autobus quelques jours auparavant et qui la chagrinait encore. Au terminus, une toute jeune fille de seize ou dix-sept ans, enceinte de huit mois, une petite valise à côté d'elle, attendait debout, seule, abandonnée, plus morte que vive sous la honte d'une grossesse hors mariage.

— Vous auriez dû voir ça! s'indigna-t-elle, s'exprimant quand même à voix basse pour que cette conversation reste entre les trois femmes. Il y avait cinq escogriffes qui tournaient autour, qui se moquaient d'elle, qui lui demandaient si elle avait été piquée par un gros taon, si...

— Ça nous regarde pas, ces affaires-là, chuchota sa mère, craignant que ces propos de femmes ne soient entendus de son mari. Sa famille...

— La connaissez-vous, cette pauvre fille-là? insista Antoinette à mi-voix.

Imelda essuya la table et répondit, en baissant le ton :

— Ce serait la petite Larivière, à ce que j'ai entendu dire.

— Larivière? fit Antoinette. Vous n'avez pas eu un engagé de ce nom-là, papa? demanda-t-elle à haute voix.

Charles fronça les sourcils; il était maintenant forcé de se mêler à la conversation qu'il feignait de ne pas entendre. Fouillant sa mémoire, Antoinette se souvint plus clairement de la famille : un père devenu veuf avec huit enfants de moins de quinze ans.

— Si sa fille avait pas été obligée de faire des ménages à gauche et à droite, ce serait peut-être pas arrivé, un malheur de même, chuchota Imelda, compatissante malgré elle. Se retrouver avec un «petit paquet» sous le bras, ça peut arriver dans les meilleures familles. Les filles connaissent pas toujours le danger, ajouta-t-elle en jetant un regard à Léontine.

Celle-ci, nerveuse et irritable, rangea brusquement le chaudron qu'elle avait essuyé.

— Une fille qui sait se tenir, décréta finalement le père, ça peut aller n'importe où. Mais une dévergondée, ça profite de toutes les occasions.

— N'empêche que vous, papa, vous nous auriez pas envoyées faire des ménages ailleurs à quinze ans! protesta Antoinette.

Le père s'irrita.

— C'est ça! Dis que c'est la faute de son père!

— Je dis pas ça, mais…

— Tu dis quoi, d'abord? On est responsables de nos actes. Un affront de même, ça salit toute une famille, puis pour longtemps! Une fille qui fait ça à sa famille mérite plus de faire partie de sa famille.

Léontine, qui jusque-là n'avait rien dit, pâlit. Imelda la vit et un douloureux pressentiment lui serra le cœur.

– Papa, balbutia Léontine, vous pensez pas ce que vous dites? Si une fille est... est arrangée de même, elle doit être tellement malheureuse que... que c'est là qu'elle doit avoir le plus besoin de sa famille! C'est là qu'elle a besoin d'aide, de...

– Perds-tu la raison? rugit son père. T'imagines-tu que si une de mes filles m'avait fait un affront de même je l'aurais gardée une minute de plus dans ma maison? T'imagines-tu qu'un père se tue à travailler pour nourrir des... des bâtards? Pendant la crise en plus?

Ses mains avaient empoigné les bras de sa berçante fortement, comme pour témoigner de son inflexibilité, et il s'était redressé à demi, indigné. Il regarda durement Léontine, mais il ne put prolonger sa colère envers sa fille tant aimée; alors, il se tourna vers Antoinette, la responsable de cette discussion déplaisante, et son regard courroucé la força à baisser les yeux. Celle-ci ne put toutefois s'empêcher de compatir à la détresse de la pauvre fille déshonorée.

– En tout cas, ce petit-là, il s'est pas fait tout seul, marmonna-t-elle. Où il est, l'autre, le responsable? Puis les gars qui étaient au terminus, qu'est-ce qu'ils faisaient là? Je les ai trouvés écœurants, poursuivit-elle sur sa lancée d'indignation, tournant toutefois le dos à son père pour garder le courage de parler enfin. Les hommes, une fois qu'ils ont eu ce qu'ils veulent..., ajouta-t-elle amèrement. Des fois, je me dis que les « faiseuses d'anges » ont raison!

– Ça va faire! dit Charles en claquant sa main droite sur le bras de la berçante. Je veux pas de discussions de même dans ma maison. Les enfants, quand ça vient, on les prend.

— Mais vous venez de dire que ça déshonore une famille! répliqua Léontine d'un ton pathétique.

— J'ai dit aussi qu'une fille de même ça fait plus partie de sa famille! s'obstina-t-il.

— Mais qu'est-ce que vous voulez qu'elle fasse? demanda Léontine, presque suppliante. Vivre toute seule comme un chien abandonné?

Elle tremblait et les larmes envahirent ses yeux. Mais personne ne s'en aperçut, Imelda et Antoinette étant retournées à leur besogne et Charles ayant délibérément tourné son regard vers la fenêtre en signe de réprobation. Il ajouta alors méchamment, à l'intention d'Antoinette :

— Puis ceux qui sont pas capables d'en faire, des enfants, ils ont pas d'affaire à se mêler de ça.

Antoinette rougit de colère. La peine que lui causait la dureté de son père à son égard la dressa contre lui :

— Voyons donc, papa! Vous n'en accepteriez même pas, un enfant de même!

Imelda fit signe à Antoinette de se taire. Le téléphone sonna, Léontine se précipita dans la salle à manger et décrocha nerveusement l'appareil, posé sur une petite table. L'appel était effectivement pour elle. Elle ferma les portes vitrées pour s'isoler. Elle écoutait, parlait peu et semblait presque quémander à voix basse. Elle raccrocha après quelques minutes seulement et revint, le visage livide.

— C'était pour toi? demanda Charles.

Léontine était incapable de répondre, atterrée. Elle essuya distraitement quelques assiettes puis lança son linge à vaisselle sur la table.

– Vous allez être contente, là! cria-t-elle à sa mère. Je le vois plus, Réal; c'est fini!

Ils entendirent ses pas précipités dans l'escalier, le claquement de la porte de sa chambre, puis le silence. «Merci, mon Dieu», fit sa mère tout bas. Mais elle ne put s'empêcher d'ajouter : «J'espère qu'il est pas trop tard.» Pour dissiper le silence trop lourd, Antoinette se mit à parler de son bénévolat à la Croix-Rouge, des vêtements qu'elle cousait ou tricotait pour les vétérans, en plus des visites qu'elle effectuait chaque semaine.

– Ouais, insinua son père, ils sont chanceux, ce monde-là! Nous autres, on te voit même pas trois fois par année.

– Papa! protesta-t-elle. Je viens bien plus souvent que ça!

Énervée par la chaleur et la discussion, elle chercha une échappatoire à ce reproche injustifié.

– En tout cas, c'est plus souvent que Blandine!

– C'est pas pareil, répliqua son père. Elle est au couvent.

«Puis moi, on sait bien, si je suis pas au couvent ou si j'ai pas d'enfants, ça veut dire que j'ai rien à faire!» Blessée, elle préféra se taire.

Au bout d'un moment, Charles cessa le mouvement de sa berçante et dressa l'oreille. Il lui avait semblé que là-haut Léontine pleurait comme une enfant désespérée.

3

Charles était mécontent. Il s'obstinait pourtant à attendre Léontine pour se mettre à table.

— Elle aurait pas dû aller travailler à matin, reprocha-t-il à sa femme.

— C'est ce que je trouvais aussi, protesta celle-ci. Mais vers dix heures, elle a décidé d'y aller quand même.

— Elle a mangé, au moins? s'inquiéta le père.

La mère secoua la tête.

— Oui, un peu. Mais avec la fièvre qu'elle faisait, j'aurais aimé mieux qu'elle reste couchée. Même que ça me surprend qu'elle soit pas revenue avant le dîner.

Il y eut un silence.

— On va attendre la petite encore un peu, marmonna Charles.

La petite. Il continuait à l'appeler ainsi, parfois, même si Léontine s'en irritait.

Imelda était inquiète. Depuis quelques jours, elle était troublée par le comportement inhabituel de Léontine. «Cette fièvre-là, ça ne me dit rien de bon», se répéta-t-elle. Mais elle ne parvenait pas à évaluer la situation clairement. Elle retourna brasser nerveusement la chaudronnée une fois de plus sur le poêle à bois. Puis elle prit un verre d'eau; au-dessus de sa tête pendait la cordelette de l'ampoule électrique que

Victor lui avait installée, près de trente ans auparavant. Ensuite, elle déposa son verre et, avec lassitude, appuya ses deux mains sur le comptoir, à plat, comme pour se donner l'impulsion nécessaire pour énoncer ce qui la tourmentait.

— En parlant de Léontine…, commença-t-elle lentement sans se retourner vers son mari.

Mais elle ne sut comment poursuivre. Comment pourrait-elle trouver les mots pour exprimer ne serait-ce même que l'éventualité du grand déshonneur qu'elle pressentait au-dessus de leurs têtes?

— Quoi, Léontine? demanda Charles, trop heureux de trouver un exutoire à son impatience.

Il n'était pas sans avoir remarqué, d'abord avec étonnement et ensuite avec inquiétude, que sa fille avait un comportement inhabituel. Ses sautes d'humeur, la crise de larmes qu'elle leur avait faite la semaine précédente, le début de fièvre et les frissons qu'elle avait eus la veille, la fièvre de ce matin qui aurait dû l'empêcher d'aller à son travail, tout cela il l'avait vu. Comment aurait-il pu ne rien déceler, lui qui scrutait sa fille dès que celle-ci était en sa présence?

— Quoi, Léontine? répéta-t-il, irrité.

Imelda se tourna vers lui. Il était temps d'affronter la réalité.

— T'as dû remarquer qu'elle est pas comme d'habitude, risqua-t-elle d'une voix mal assurée.

— Faudrait être aveugle pour pas le voir : elle a l'air tout de travers depuis des semaines, bougonna-t-il pour cacher son inquiétude.

Imelda respira profondément et se décida.

— As-tu une idée pourquoi?

Puis elle se tut. S'il voulait examiner la question davantage, c'était à lui de poursuivre l'échange.

– Une idée? fit-il au bout d'un moment. Une idée de quoi? Ma fille est pas dans son assiette, c'est bien certain. Puis après? Ça t'arrive jamais, à toi?

– Oui. Mais peut-être pas pour ces raisons-là…

– Quelles raisons? s'exaspéra-t-il. Si tu le sais, dis-le donc!

Elle secoua la tête; elle aussi souhaitait entendre une autre vérité que celle qu'elle craignait.

– Non, je le sais pas. Mais j'ai un doute qui me rassure pas, Charles.

À la fin de sa phrase, le ton avait dérapé quand elle avait prononcé son nom. Imelda ne s'adressait à lui avec cette nuance dans la voix qu'en de rares occasions. Qu'essayait-elle donc de lui révéler de si difficile? Cela semblait à tout le moins une information qui provoquait beaucoup de réticence chez sa femme et qui déplairait manifestement à son mari, pour qu'elle prenne tant de précautions.

– Envoye! s'énerva-t-il. T'as commencé, finis!

– Tu sais qu'elle sort avec un dénommé Réal.

Le père fronça les sourcils. D'emblée, aucun garçon n'aurait pu lui sembler digne de sa fille et il avait dû faire de nombreux efforts pour dissimuler sa réprobation, laissant le mauvais rôle à sa femme. Mais le rival était écarté depuis un certain temps, à ce qu'il lui semblait, et le père ne voulait pas rouvrir le débat.

– Elle *sortait* avec lui, rectifia-t-il. Tu te souviens pas qu'elle le voit plus? C'était le fameux soir où ta fille Antoinette parlait de… la fille de Larivière. Même que Léontine t'avait dit que tu serais contente qu'elle sorte plus avec. T'es pas encore contente? ajouta-t-il avec agressivité.

– Oui, je le suis, contente. Comme toi, son père, tu devrais l'être aussi. Mais…

61

— Qu'est-ce qu'il te faut de plus?

Elle s'exaspéra.

— Il me faudrait juste la certitude que… qu'il était pas trop tard quand ils ont arrêté de se voir.

Elle ferma les yeux devant la menace. Le cœur lui débattait dans la poitrine. D'avoir exprimé son appréhension à haute voix rendait maintenant cette menace plus réelle. Imelda rouvrit les yeux; son mari était toujours dans sa berçante, mais tourné vers elle. La soudaine pâleur de l'homme lui confirma que lui non plus n'avait jamais admis sa crainte avant ce moment. L'anxiété de la mère en fut décuplée parce que partagée par le père.

— Ce gars-là, avoua le père d'une voix incertaine, je le connais pas.

— Moi non plus, soupira la mère. Mais la voisine…

— Des racontars de femme, l'interrompit Charles, c'est pas la première fois que ça salirait des réputations.

— Des racontars de femme, comme tu dis, répliqua Imelda avec colère, des fois ça ose dire ce que les hommes veulent pas voir.

— Qu'est-ce que tu veux insinuer?

— Que ta fille, Charles, je sais pas comment elle s'est conduite avec ce gars-là…

Le père eut la sensation qu'un courant d'air lui glissait sous les cheveux. Il nia, presque brutalement, pour écarter le danger que cela pouvait présager.

— Ma fille sait se tenir avec tout le monde!

— Oui, mais ta fille, justement, c'est ta fille! Quand elle veut quelque chose, elle regarde pas toujours aux conséquences. Puis des conséquences, dans des affaires de même, c'est pas la même chose pour une fille que pour un gars.

Le souvenir de Germaine Vanasse et de leurs ébats dans l'écurie s'imposa à Charles aussi fortement que si ces événements avaient eu lieu la veille. Pourtant, il y avait bien longtemps de cela; c'était en 1903. Charles était alors veuf depuis trois ans. Le fils de son vieil associé Vanasse était venu des États-Unis avec sa femme et leur fille de dix ans. Le jeune veuf avait alors revu et presque assailli la bru Germaine Vanasse. Ils s'étaient étreints passionnément. Charles se rappela les paroles frondeuses qu'il avait prononcées quand il était allé chez les Vanasse pour offrir ses services au mari affalé sur une chaise avec une jambe dans le plâtre. Mais sa mémoire lui ramena un autre souvenir qui, cette fois, le rembrunit. Germaine Vanasse avait accouché d'un fils, l'année suivante. Charles refusa rageusement cette réminiscence inopportune et il s'arc-bouta des deux mains sur les bras de la berçante pour refuser le rapprochement avec la conduite de sa fille.

— Essaies-tu de me faire accroire que...

— J'essaie rien d'autre que de te mettre en garde! cria Imelda. Rien d'autre!

Mais le ton cassa et elle balbutia:

— Des fois, quand on sait une affaire d'avance, on... on...

Il se leva d'un coup.

— Ma fille n'est pas... une traînée! Redis-moi plus jamais d'affaires de même dans ma maison! M'entends-tu? Jamais!

— Tu veux rien voir, Charles? éclata-t-elle. En criant plus fort que les autres, vas-tu être capable de t'empêcher de le voir, si c'est ça quand même?

Ils se toisaient, la rage au cœur, séparés par toute la longueur de la grande cuisine. Mais ils étaient incapables d'ajouter quoi que ce soit, parce que maintenant la menace, dûment nommée, était entre eux, palpable. La femme tremblait parce que son pressentiment ne la quittait plus. Elle en avait mal à l'avance pour chacun des membres de sa famille et pour sa fille, pour le rejet cruel que celle-ci subirait de tout le monde, même accablée dans son corps. L'homme tremblait parce que brusquement il avait peur, peur que sa fille n'ait agi comme lui autrefois, peur que sa fille, la joie de sa vie, ne devienne sa honte. Il refusa cette éventualité. Son estomac gargouilla. Indépendamment de l'angoisse, la faim le tenaillait.

– On va attendre encore un peu, marmonna-t-il. Si elle arrive pas...

Maintenant, quelques minutes à peine après le silence de tout à l'heure, cette attente tournait à l'angoisse. Il se rencogna dans sa berçante et tourna son regard vers la cour où, en arrière-plan, la solide présence de sa scierie le rassura.

Sa mémoire s'obstina à lui rappeler ce geste qu'il avait fait des centaines de fois : s'asseoir dans sa vieille berçante près de la fenêtre et se préparer le cœur. C'était devenu un rituel. Chaque midi depuis des années, prétextant une lassitude normale à son âge, Charles quittait la scierie avant les ouvriers afin de rentrer à la maison assez tôt pour être témoin de l'arrivée de sa fille.

Autrefois, c'était de l'école qu'il la voyait ainsi surgir, affamée, rieuse, ses longues tresses lui battant le dos dans sa démarche sautillante. Elle arrivait normalement avec sa sœur Blandine, et elles étaient suivies de Lucien, qui provenait de l'école des garçons, puis d'Antoinette, la plus âgée encore aux études. Une fois par mois, toutefois, Léontine surgissait en courant, toute seule, précédant les autres de dix minutes.

Elle entrait alors en coup de vent en brandissant son bulletin. Sa robe de couventine était identique à celle de toutes les autres élèves et de ses sœurs, mais sur elle le bleu marine paraissait moins sévère, moins étouffant. Elle allait montrer son bulletin à son père, qui lui refaisait le jeu habituel.

– T'as combien cette fois-ci?

– Quatre-vingt-deux pour cent en instruction religieuse, soixante-dix-huit pour cent en arithmétique, quatre-vingt-dix pour cent en orthographe, quatre-vingt-douze pour cent en analyse et grammaire, quatre-vingt-six pour cent en rédaction et quatre-vingt-neuf pour cent en histoire du Canada et en géographie.

Il prenait le bulletin, l'ouvrait, prenait le temps de se bercer un peu, les yeux fixés sur les nombres, et souriait finalement à sa fille. «J'ai jamais reçu de sourires de même de toute ma vie», n'avait pu s'empêcher de se dire la mère à chaque fois. «Elle, elle en a tellement qu'elle les voit même pas.»

– Avec un beau bulletin de même, je peux juste signer au plus vite, disait le père en riant, ne dissimulant aucunement sa fierté.

Léontine avait déjà sorti plume et encrier; le père posait le bulletin sur le bras de la berçante, y griffonnait sa signature et le rendait fièrement à sa fille qui lui retournait son sourire complice. Le manège ne prenait toujours que peu de temps. Les autres rentraient posément, montraient leur bulletin avec timidité et devaient eux aussi énoncer leurs notes à voix haute.

– Tu pourrais pas les lire toi-même au lieu de les obliger à les dire tout haut? lui avait reproché plusieurs fois Imelda en se raidissant. Tu sais que Blandine et Antoinette ont de la misère à l'école. C'est gênant pour elles.

– Si elles font leur possible, elles ont pas d'affaire à avoir honte.

Imelda avait maintes fois soupiré en entendant la voix mal assurée d'Antoinette qui déclinait ses maigres pourcentages dans la soixantaine. La mère avait cependant admis, à chaque fois, qu'il était évident que Léontine se dépêchait toujours pour revenir la première et faire signer son bulletin avant les autres afin de ne pas les humilier avec ses notes mirobolantes. Là non plus, la mère n'avait rien pu reprocher à la petite dernière et elle l'avait presque regretté, tout en lui étant reconnaissante de ménager la fierté de ses sœurs.

Aujourd'hui, ce n'était plus de l'école mais de la manufacture où elle travaillait comme sténographe qu'elle surgirait sous peu. Son père était démesurément fier des études pourtant modestes de sa fille. Il était fasciné par les gribouillages qu'elle appelait de la sténographie et qu'elle pouvait ensuite si aisément décoder et transcrire en mots.

Mais ce midi-là, la silhouette tant attendue de Léontine ne se découpait toujours pas dans le champ de vision du père. Il lui fallait encore attendre.

Attendre. Le mot lui-même l'exaspérait. Comme si, dans le moindre moment perdu, il aurait pu démarrer des projets ou concrétiser des actions qui auraient eu des répercussions de la plus haute importance.

– Du temps gaspillé, c'est du temps qui revient pas, avait-il dit cent fois, mille fois.

Et il trouvait dans cette intolérance, justifiée à ses yeux, un exutoire à ses frustrations quotidiennes.

Sa femme tourna son regard vers la fenêtre opposée, qui donnait sur la rivière, Léontine devant arriver à pied par le petit pont qui l'enjambait. Elle aussi, elle ne pouvait qu'attendre.

Attendre. Combien de fois Imelda n'avait-elle pas attendu! Comme si son temps à elle valait moins que celui des autres; comme s'il était normal qu'elle suspende toutes ses activités ou remette tout en mouvement à l'arrivée du maître de la maison. Pourtant, elle avait toujours été incapable de lui rendre la pareille depuis trente ans; dès qu'il entrait, elle se pressait, se hâtait indûment jusqu'à parfois commettre des bévues dans son souci de ne pas le contrarier en lui faisant perdre de son précieux temps. Attendre. «Dieu sait si j'ai connu ça dans ma vie», se dit-elle. Même des attentes de tendresse devenues presque honteuses à force d'être ignorées. Ce midi, l'attente de Léontine laissa remonter une amertume latente en elle et qui se dilua petit à petit en une tristesse poignante, comme si l'absence de sa fille allait aujourd'hui l'attaquer personnellement.

Charles se leva brusquement et s'assit à table. Il était à bout de nerfs. Anxieux parce que sa fille n'était toujours pas là et parce qu'il ignorait la cause de ce retard inhabituel. Et il était humilié de céder bêtement à sa faim.

Imelda servit la soupe aux légumes, cueillis le matin même dans l'abondance de cette fin d'août. Charles prit une première cuillerée et grimaça. «Rien ne sera à son goût à midi, de toute façon», pensa sa femme, à l'autre bout de la table presque vide. Comme ce repas lui paraissait triste tout à coup, et sans importance! Elle fut soulagée quand, aussitôt le repas avalé, Charles retourna à la scierie. Elle attendit impatiemment que l'aiguille de l'horloge indique une heure, puis elle composa le numéro de téléphone de la manufacture.

– Mais vous nous avez appelés ce matin pour nous informer qu'elle était malade! s'étonna la réceptionniste.

Imelda bafouilla devant l'évidence : Léontine n'était pas allée au bureau. Elle insista et s'assura une deuxième fois que sa fille n'était vraiment pas rentrée au travail de toute la matinée, puis elle raccrocha, morfondue d'inquiétude.

Elle ne savait plus que penser. Une fugue? Léontine était si malade le matin que cette éventualité fut écartée d'emblée. Était-elle allée chez une amie? «Il y a deux jours, elle est allée passer la soirée chez une nouvelle amie. Mais c'est qui, cette femme-là? Comment ça se fait que Léontine nous a même pas dit son nom?» La mère se reprochait son manque de vigilance. «Mais elle a vingt ans : on peut pas la suivre à la trace comme un enfant de deux ans!»

Toutes sortes d'idées plus noires les unes que les autres se bousculèrent dans son esprit et elle l'imagina heurtée par une voiture. «Voyons donc, on nous aurait déjà avertis.» Elle pensa à un malaise soudain. «Un malaise, un malaise… Si elle était tombée sur le trottoir, quelqu'un l'aurait vue!» En suivant mentalement le parcours habituel de sa fille, la mère se rappela le pont et elle entrevit anxieusement Léontine vaciller de fièvre et basculer dans la rivière. «Mon Dieu!» Elle se précipita fébrilement à la fenêtre de ce côté. Ses yeux scrutèrent les abords peu escarpés du pont, à peine deux mètres au-dessus de la petite rivière. La femme oscillait entre la crainte d'y apercevoir sa fille et le ridicule de cette crainte. Le reproche la saisit de nouveau. «Qu'est-ce que j'avais d'affaire à la laisser partir à matin, malade de même?»

Des pas d'enfant martelèrent le gravier de la cour. Imelda se tourna de ce côté et vit passer Jean-Marie qui sautillait et sifflait, s'en allant jouer dans la vieille écurie. La seule présence de son petit-fils insouciant détendit la grand-mère. Jean-Marie, le troisième enfant de Marie-Louise qui demeurait tout près, venait parfois jouer près de la maison de ses grands-parents, s'inventant mille jeux dans la vieille écurie inutilisée dont une moitié servait de garage et qui était devenue, au fil des ans, son domaine, son royaume. Il venait même souvent voir sa grand-mère pendant ses vacances d'été, le temps de bavarder ou de prendre une collation. Imelda sourit; la présence de l'enfant chassait les mauvais doutes de son esprit.

Plus sereine, elle s'assit à la longue table, puis se redressa tout à coup. Comment sa fille pouvait-elle agir ainsi sans se soucier de l'inquiétude de sa mère? «Et de celle de son père?» ajouta-t-elle, ce qui amplifia ses craintes mais brisa sa solitude dans l'anxiété. «Il faut que je le dise à Charles; je suis sûre qu'il est arrivé quelque chose.»

Au moment où elle allait téléphoner à la scierie, le petit Jean-Marie revint en courant et ouvrit la porte brusquement, haletant, le visage blanc comme de la cire. Planté au milieu de la cuisine, le petit rouquin maigrelet de neuf ans n'arrivait pas à articuler quoi que ce soit, tremblotant, sautillant sur un pied et sur l'autre dans sa détresse.

— Qu'est-ce qu'il y a? lui demanda sa grand-mère.

— Grand-maman…! Grand-maman…! bafouilla-t-il.

L'air affolé de Jean-Marie lui rappela sa mère, Marie-Louise, enfant, dont le petit front se plissait sous les émotions trop fortes. L'enfant déglutit péniblement, incapable de parler. Puis il secoua la tête et se mit à pleurer. Alors Imelda eut peur de ce que le petit n'arrivait pas à formuler. Elle tendit la main pour l'attirer vers elle, mais le gamin, affolé, poussa une telle plainte qu'elle se figea. Elle voulut être rassurante pour calmer l'enfant, seul dépositaire de la nouvelle qui l'effrayait à ce point.

— Qu'est-ce qu'il y a, Jean-Marie? lui demanda-t-elle doucement, d'une voix étrange. Dis-le à grand-maman, insista-t-elle. Qu'est-ce qu'il y a?

Il éclata en sanglots et sortit en courant. Il traversa la rue sans regarder et une auto freina bruyamment, le manquant de peu. Mais l'enfant ne voyait rien d'autre que la scierie, où travaillait son grand-père, où il devait le rejoindre. Il entra dans ces lieux qui lui étaient si familiers, chercha son aïeul des yeux, courut parmi les ouvriers qui le dévisageaient avec étonnement.

— Cou'donc, il a le diable à ses trousses, lui!

— Tiens, te v'là, Jean-Marie! s'exclama son grand-père, heureux de trouver une diversion à son inquiétude qui ne le quittait pas.

L'enfant s'arrêta net et ne put rien articuler. La nouvelle lui parut trop difficile à transmettre à son grand-père. Mais, incapable de garder son lourd secret plus longtemps, il partit en courant, désorienté, cherchant l'un de ses oncles. Devant la détresse poignante de son petit-fils, Charles le rejoignit en trois enjambées et l'attrapa fermement par le bras. Jean-Marie cria comme si le geste l'avait brûlé.

– Arrête ! dit son grand-père. Qu'est-ce qu'il y a ?

L'enfant tremblait de la tête aux pieds. Charles s'exaspéra devant la pâleur du petit.

– Envoye ! Dis-le !

– Ma tante Léontine ! balbutia-t-il. C'est ma tante Léontine !

Le bruit des scies couvrit la voix tremblante de l'enfant. Le grand-père s'irrita.

– Parle plus fort ! cria-t-il. J'entends rien !

Alors, Jean-Marie cria le secret qui l'étouffait.

– Il y a du sang ! Du sang ! Puis ma tante Léontine veut pas me répondre ! Elle veut pas me répondre !

Charles ploya l'échine comme sous un coup de massue. « Léontine… ? Du sang… ? » Il se redressa d'un coup.

– Où ça ? Où elle est ? hurla-t-il en secouant l'enfant brutalement. Dans la rue ? Elle s'est fait frapper ? Parle, maudit !

– Dans l'écurie ! Ma tante Léontine est dans l'écurie !

Son grand-père le regarda, ahuri.

– L'écurie ? Léontine est dans l'écurie ? Qu'est-ce qu'elle fait là ?

L'enfant hoquetait, incapable de dire quoi que ce soit d'autre. Charles le repoussa brusquement et sortit à grandes enjambées. Les ouvriers s'étaient rapprochés autour de lui en entendant les derniers mots. L'un d'eux alla prévenir Henri qui travaillait dans le bureau et Wilfrid dans la cour à bois. Jean-Marie réalisa que les scies tournaient à vide : les ouvriers avaient arrêté de travailler et avaient tout entendu. L'enfant, à bout de nerfs, sortit en criant :

– Maman !

Charles courait aussi vite qu'il le pouvait. Il traversa la rue sans regarder lui non plus. Imelda le vit accourir vers la maison, blême et essoufflé. Elle sortit et descendit le perron. Mais il la repoussa presque brutalement et elle dut s'appuyer au poteau de la galerie pour ne pas tomber. Elle se raplomba et voulut le suivre.

– Non! lui cria-t-il d'une voix blanche, sans se retourner.

Sidérée, elle regarda son mari comme dans un rêve. Elle le vit arriver à l'écurie, s'appuyer contre la porte, puis se redresser et entrer dans la demi-obscurité de ce lieu désert. Elle eut un grand frisson, puis, lentement, elle s'y dirigea à son tour.

À l'intérieur, les yeux de Charles s'adaptaient difficilement à la pénombre. Il surprit son regard à scruter le sol, où des mottes de vieux foin poussiéreux traînaient ici et là. La vieille porte aux pentures un peu tordues oscillait dans la fraîcheur de cette journée d'août, jetant des coulées de lumière à chacun de ses mouvements lents. Dans l'une de ces éclaircies, Charles distingua enfin du rouge. Il se souvint que Léontine portait souvent des vêtements de cette couleur. En avait-elle ce matin? Il avança encore, puis ses jambes chancelèrent. Ce n'était pas un ruban qui zigzaguait dans le foin, mais une trace de sang. Les yeux du père s'embuèrent, refusèrent toujours d'interpréter; ses jambes le portèrent malgré lui vers la robe de couleur claire qu'il devinait derrière un pan de planches disjointes.

Il suivit la trace qui devenait plus large, se fondant tout à coup dans une flaque de liquide foncé. L'acuité de ses sens s'amplifia soudain démesurément. Ses pas lents faisaient craquer le foin, ses yeux fouillaient l'espace, ses oreilles ne captaient que le bruit de sa respiration haletante. Tout à coup, une odeur d'excréments envahit sa conscience. Il s'appuya à une poutre pour rester debout. Brusquement, il ne voulut pas savoir, ne voulut rien découvrir; mais ses yeux balayèrent le sol malgré lui et il la découvrit. Elle était recroquevillée sur le foin, immobile, la jupe et les jambes maculées de sang, comme si le ventre s'était vidé. Il fut ramené brutalement trente ans en arrière, dans une chambre où une jeune femme, la sienne, était étendue sans vie dans leur lit. La vision de Mathilde se superposa à celle de Léontine. Tout ce sang! Tout ce sang de mère! Charles eut un vertige puis leva péniblement son regard exorbité vers le visage de sa fille et ses yeux rencontrèrent les siens. Ils étaient grands ouverts mais ne voyaient plus. Le temps s'arrêta.

À la porte de l'écurie, Imelda entendit un hurlement. La douleur l'atteignit de plein fouet. La femme trembla de la tête aux pieds. Elle sut d'instinct que plus jamais rien ne serait pareil. Elle voulut reculer dans le temps, faire disparaître ces brèves secondes, effacer l'arrivée soudaine de Jean-Marie. Elle couvrit ses lèvres de ses mains pour les arrêter de trembler et appuya, un bref instant, son front contre la vieille porte mais celle-ci, branlante, tourna lentement sur ses gonds. Imelda entra dans la demi-obscurité. Ses jambes avaient peine à la supporter tant elle se sentait de plomb.

Charles tituba, tomba à genoux, tendit les bras vers sa fille comme quand elle était toute petite et qu'elle accourait vers lui en riant.

Il la regardait, hagard. Il essaya de l'entourer de ses bras, mais elle était lourde et se dérobait sous les gestes maladroits de l'homme qui tremblait. En essayant de la ramener contre lui, il souleva le corps inerte qui eut un dernier rejet des intestins. Une odeur nauséabonde s'exhala de la forme humaine. Hébété, Charles resta un instant suspendu au-dessus du corps, puis il retomba sur ses talons, entraînant sa fille contre lui. Sa vieille tête retomba lourdement contre le visage encore tiède de Léontine et il commença à la bercer doucement, tout doucement, comme autrefois quand elle ne voulait pas dormir. Mais aujourd'hui il ne voulait pas qu'elle dorme, il voulait qu'elle se réveille, il voulait la ramener à lui. Des sons inaudibles profanèrent le silence.

– Léontine… Léontine…, balbutiait-il.

Mais son enfant ne répondait pas. Il serra contre lui le corps inanimé, le tournant contre sa poitrine pour ne plus voir le vide dans les yeux figés.

– Ma petite fille…, murmura-t-il.

Et il sut qu'elle ne lui répondrait plus jamais. Il sentit ses forces l'abandonner et la douleur l'écraser. Les larmes commencèrent à couler. Anéanti, l'homme pleurait sans voix, le souffle coupé. Il pleurait, pleurait. Tout se mêlait en lui, toutes les douleurs jamais exprimées, tous ses chagrins jamais consolés, tous les abandons jamais pardonnés. Il pleurait comme un enfant, berçant une grande enfant morte, morte sans un au revoir, sans un baiser, morte sans lui. Une telle douleur éclata en lui que la carapace de toute sa vie vola en éclats. Sa douleur en rejoignit une autre puis une autre, et un nom surgit brusquement, du cœur de toutes ses douleurs :

– Mathilde… !

Ravagé par les deux souffrances si intimement liées, il éclata en sanglots, berçant Léontine en mouvements saccadés, se berçant lui-même, redevenu un petit enfant inconsolable des douleurs de toute une vie. Comme une litanie, il appela en un seul et grand désespoir les deux femmes qu'il avait tant aimées.

– Mathilde… Léontine… Mathilde… Mathilde… Léontine…

Les larmes coulaient, l'autre corps exhalait une odeur âcre. En se berçant avec elle, il se salit lui aussi. Autour de lui, en lui, il n'y avait plus rien qu'un grand vide qui l'engloutit.

Derrière lui, la main agrippée au crochet rouillé d'une vieille poutre pour ne pas tomber tant elle pleurait, Imelda, l'épouse et la mère rejetée, se fondait dans la même douleur.

4

Marie-Louise surgit en courant, se précipita vers l'écurie et y arriva au moment où sa mère, chancelante, allait en sortir. Évincée même dans sa douleur de mère, elle pleurait, hagarde, comme absente d'elle-même, marchant d'un pas erratique. Marie-Louise entoura sa mère en état de choc de ses bras tremblants.

— Maman, maman! Qu'est-ce qui est arrivé? Jean-Marie me disait des affaires tout croche. Qu'est-ce qui est arrivé?

Au mot «maman», la femme sembla se ressaisir.

— Ma petite fille… Ma petite fille…, balbutia-t-elle.

Marie-Louise se sentit redevenir une petite fille impuissante à enlever la souffrance des autres et elle redoubla de tendresse pour protéger sa mère, qu'elle avait toujours vue stoïque, mais qu'elle voyait maintenant en proie à une douleur insoutenable.

— Maman, maman… Pleurez pas de même!

Marie-Louise se mit à pleurer à son tour. Henri les rejoignit au pas de course. Sa lèvre inférieure tremblait, comme aux rares moments de grand trouble dans sa vie. Les quelques informations que les ouvriers lui avaient répétées n'arrivaient pas à imposer leur réalité : Léontine, du sang, l'écurie. Il vint pour se précipiter dans le vieux bâtiment mais sa mère l'arrêta.

— Laisse-les tranquilles, quémanda-t-elle d'une voix blanche.

Marie-Louise et Henri se regardèrent, déconcertés.

– Appelle le docteur, marmonna la mère qui, devant ses enfants, semblait reprendre pied.

Mais ses épaules s'affaissèrent; elle savait qu'il était trop tard. Pour cela aussi. Marie-Louise soutint sa mère et l'aida à rentrer dans la maison. Déjà les ouvriers et quelques voisins s'assemblaient dans la cour de la scierie. Henri entra en vitesse, et décrocha fébrilement le téléphone pour rejoindre le médecin. Il bafouillait, incapable de donner la moindre information cohérente. Il ne savait rien de ce qui était arrivé. Il répéta les seules informations qu'il connaissait : du sang, beaucoup de sang, Léontine inconsciente. Le médecin sembla comprendre et Henri, le récepteur déposé sur l'appareil, en fut encore plus perplexe. Que se passait-il donc ici qui semblait trop connu de certains, trop peu des autres?

– Il s'en vient, murmura-t-il à Marie-Louise et à sa mère, surpris lui-même de sa voix caverneuse.

Il les questionna nerveusement, agacé d'être traité comme un enfant à qui on cache la vérité puisque sa mère et sa sœur semblaient avoir deviné ce qui se passait. Brusquement, il tourna les talons et se précipita à l'écurie. Wilfrid surgit enfin.

– Qu'est-ce qu'il y a? Qui est blessé?

Marie-Louise se sentit responsable de sa mère et de son frère. Elle se redressa, refoula ses larmes, raffermit son ton.

– C'est Léontine. Il... il est arrivé quelque chose. Le médecin s'en vient.

– Qu'est-ce que vous faites là, dans la cuisine? Où elle est?

La mère sortit un peu de sa léthargie.

– Dans la vieille écurie... avec ton père.

Wildrid la regarda, incrédule.

– Dans l'écurie? Riez-vous de moi?

Marie-Louise se releva et le prit à part, lui parlant rudement.

– Laisse faire, Wilfrid. Le médecin s'en vient. Papa et Henri sont avec Léontine.

– Puis vous autres? cria-t-il, comme si deux hommes ne pouvaient efficacement prendre soin de quelqu'un en danger, comme si l'absence des deux femmes au chevet de sa sœur ne pouvait se justifier que parce qu'il était trop tard. Il blêmit.

– Mais... elle... elle n'est pas...?

Imelda se couvrit le visage de ses deux mains et éclata de nouveau en sanglots.

– Monsieur le curé, balbutia Marie-Louise, presque sans voix. Appelle monsieur le curé.

Wilfrid redressa son corps trapu, comme pour nier l'éventualité que cela supposait. Hébété, il décrocha le téléphone à son tour.

– Un accident..., dit-il d'une voix rauque. Je sais pas... Dépêchez-vous, monsieur le curé, dépêchez-vous! insista-t-il.

Le curé, Gemma et Annette, la femme d'Henri, arrivèrent presque ensemble. Le curé voulut ressortir aussitôt pour aller à l'écurie, mais Imelda se leva d'un bond.

– Non!

Personne n'osa bouger pendant un instant. Le curé Gagnon prit un ton condescendant pour parler à la femme, pourtant de dix ans son aînée.

– Laissez-moi faire, ma fille. Le bon Dieu...

Imelda se redressa et le toisa avec un tel regard que le prêtre recula.

– Le bon Dieu a vu ce qui se passe avant vous; il est capable de régler ses comptes tout seul.

– Il est peut-être encore temps de…

– Il est trop tard. Laissez-la en paix.

Elle lui saisit le bras avec la force inattendue que confère une émotion démesurée et le reconduisit à la porte, ensuite sur la galerie, puis elle descendit le perron et lui barra la route entre la maison et l'écurie. Henri et Wilfrid, stupéfaits, l'encadrèrent par solidarité. Marie-Louise, qui refusait ses émotions et se croyait obligée, comme elle l'avait toujours fait, de se montrer forte pour soutenir les autres, protégea elle aussi sa mère à sa façon. Tournant délibérément le dos à l'écurie, elle entraîna le prêtre vers la rue.

– C'est le chagrin, monsïeur le curé, murmura-t-elle. C'est le chagrin. Priez pour elle, priez pour nous tous. On va en avoir besoin.

Le vieux docteur Albert Gaudreau arriva enfin; les pneus de sa voiture soulevèrent un peu de poussière, ce qui fit reculer quelques curieux qui s'approchaient déjà.

– Où est-elle? demanda-t-il à voix basse.

Henri désigna l'écurie d'un signe de tête. Le vieux médecin, mince et un peu voûté, s'y dirigea, mais Imelda atteignit le bâtiment avant lui et referma la vieille porte branlante, puis se plaça devant, les bras en croix, interdisant à quiconque d'y entrer.

La vieille femme avait une allure tragique. Ses yeux étaient comme fous, criant la douleur de la mère à qui on vient d'arracher son enfant. Mais son visage torturé trahissait aussi une autre souffrance que personne ne comprit. Le corps droit, comme elle l'avait toujours eu, les lèvres serrées pour contenir toute la rage qui l'habitait, elle tremblait de colère devant la mort, la reportant sur les vivants qui la profanaient. Le vieux médecin avait déjà vu cette souffrance trop de fois. Il posa doucement sa main sur l'épaule de la femme tremblante.

— Laissez-moi passer, madame Manseau, dit-il doucement.

Imelda serra les dents et ne bougea pas. Elle voulait cacher la mort déshonorante de sa fille et la peine dévastatrice du père, les soustraire tous deux aux regards avides des curieux qui s'agglutinaient maintenant jusque dans la cour.

— Maman, lui dit doucement Marie-Louise.

Elle la prit tendrement dans ses bras.

— Maman, insista Marie-Louise, laissez au moins entrer le docteur.

Un poids immense s'abattit sur la femme et elle sembla décrocher d'un rôle qui n'était plus le sien. Elle céda, épuisée, et sa pauvre colère de tant d'années se dilua dans sa peine.

— Je veux la voir, gémit-elle.

Mais ses filles jugèrent que les lieux étaient trop cruels.

— Ça vous ferait trop de peine, maman, dit Marie-Louise qui ne retenait plus ses larmes.

— Ils vont la ramener dans la maison, ajouta Gemma, qui n'avait qu'une hâte, soustraire sa mère à la curiosité avide des étrangers.

Gemma, rigide dans son chagrin et le déshonneur de sa famille, et Marie-Louise, stoïque, ramenèrent leur mère dans la maison. Wilfrid s'avança rageusement vers les employés et les voisins, qui reculèrent dans la rue, bloquant la circulation et grossissant ainsi le nombre des badauds. Henri resta à la porte de l'écurie comme un chien de garde, suivant du regard le vieux médecin qui avançait dans la pénombre. Il l'entendit appeler son père à voix basse, puis, après un moment, se diriger vers le fond de l'écurie. Le docteur Gaudreau revint ensuite et lui demanda d'aller chercher une couverture et d'éloigner les voisins.

Ce fut Henri qui ramena le corps de sa sœur, dissimulé sous une couverture sombre. Son père sortit enfin, sali par les déjections et malodorant; les badauds se turent devant l'homme hagard. Charles entrevit une masse de gens qu'il ne reconnut pas dans sa confusion. Dans un sursaut, il perçut la réalité sordide : sa fille était enceinte. Sa précieuse fille apportait la honte à sa famille, à toute sa famille. Puis sa peine balaya toute autre considération et il ne vit plus rien. Le docteur Gaudreau le saisit fermement par le bras et hâta le pas pour le soustraire le plus rapidement possible à la curiosité morbide.

Le vieux médecin mesura le temps qui les séparait tous deux du jour où Charles, apprenti forgeron, avait arrêté son cheval emballé. Il venait alors de s'établir au village et ne connaissait rien aux chevaux. Et Charles, qui l'avait sauvé, en avait attrapé une pneumonie. Ces événements avaient tissé des liens solides entre eux, autant que le fait que le médecin avait suivi ensuite la vie médicale de toute la famille de Charles Manseau, naissance après naissance, et même à travers la mort, celle de la première épouse de Charles Manseau. Le médecin emmena ce dernier à l'abri dans sa maison, et sa compassion n'était pas feinte.

La famille rentrée dans la maison, les curieux se dispersèrent sur le trottoir, déçus de la conclusion rapide de l'événement. Quelques-uns restèrent dans la cour de la scierie; les ouvriers ne savaient s'ils devaient se remettre à l'ouvrage. Par respect pour son patron, le vieux Gervais donna le seul ordre de sa vie :

– On va fermer pour aujourd'hui.

Dans la cuisine, Marie-Louise voyait à tout : consoler sa mère, demander à sa belle-sœur Annette de préparer du thé et du café, essayer de calmer Wilfrid qui, fou de rage, voulait tuer le responsable de ce drame. Gemma pleurait. Henri, blême et silencieux, était incrédule. Il refusait de croire ce qui venait de se passer, d'admettre la fin tragique de sa sœur. Annette essayait de le réconforter du regard, mais il gardait les yeux obstinément baissés, le visage durci. Sa femme constata pour la première fois qu'il ressemblait à son père.

Imelda était défaite. Elle avait à peine entrevu sa fille, enveloppée dans une couverture, les yeux fixes. Elle passait de l'hébétude à la douleur intolérable. «J'ai été une mauvaise mère !» se répétait-elle sans arrêt. «Il m'a jamais aimée !» ajoutait-elle. En elle s'entremêlaient les deux souffrances vives et elle était déchirée autant par l'une que par l'autre.

Là-haut, Charles s'était enfermé avec le corps de Léontine dans la chambre de celle-ci, malgré les protestations de Marie-Louise et de Gemma. Puis il s'était assis sur la petite chaise droite et, depuis, il regardait sa fille – ou plutôt la forme humaine étendue sur le lit, enveloppée, d'où émanait une odeur fétide. Du bout du lainage, un pied dépassait. Un pied encore chaussé, comme si la jeune femme allait se lever, s'étirer et marcher de nouveau de son petit pas pressé, presque dansant. Le sang avait coulé sur le soulier, et séché, là aussi. Charles était hébété.

— Une hémorragie, lui avait confirmé le médecin, mais surtout une infection. C'est ça qui l'a emportée, Charles.

Le praticien n'avait rien dit de plus. «Une broche à tricoter qui est allée trop loin, sans doute, et qui lui aura perforé l'utérus. Un avortement clandestin, fait par n'importe qui, des fois c'est une boucherie, soupira-t-il. Pauvre petite fille!»

Une hémorragie de quoi et causée par quoi? Charles était bien forcé de le déduire : c'était du ventre de Léontine que tout ce sang était sorti. Et si le vieux médecin avait été si discret, c'est qu'il se doutait bien que le père l'avait deviné mais qu'il ne voulait pas l'entendre. Charles Manseau avait reporté les explications à plus tard. «Ça me redonnera pas ma fille de savoir ça...» Pour le moment, elle était devant lui, il était seul avec elle et rien d'autre n'avait d'importance. Il se revoyait, à la mort de Mathilde, évincé de la chambre à laquelle tout le monde avait accès : la sage-femme, le médecin, le curé, les voisines qui avaient lavé le corps inerte; tous, sauf lui, le mari. «Ils m'ont pris Mathilde; celle-là, personne va y toucher.» Deux coups discrets mais fermes furent frappés à la porte.

— Monsieur Manseau, c'est Mme Saint-Cyr. C'est le docteur qui m'envoie.

Il ne bougea pas. Il ne pouvait pas, il ne voulait plus bouger. Il voulait seulement regarder sa fille encore. «Laissez-moi tranquille.» Il n'avait même plus la force de s'emporter, d'effrayer les autres de son autorité. Il était accablé par un sentiment d'impuissance qui le paralysait. Rien ne pourrait lui redonner sa fille. Rien ne pourrait effacer les dernières heures, le ramener en arrière dans le temps, avant que tout cela n'arrive.

– Monsieur Manseau, insistait Mme Saint-Cyr à travers la porte, faut faire ça vite! Ses yeux... Faut fermer ses yeux avant que...

La femme rondelette de cinquante ans se tut, émue de la détresse de ce vieil homme terrassé, si différent de celui qu'elle avait croisé tant de fois dans la petite ville. De l'autre côté de la porte, Charles était sur le point d'abandonner. Ses mains d'homme ne se décidaient pas à faire la dernière toilette intime de la jeune femme, même si elle était sa fille. Son regard, longtemps fixé sur le pied inutile de Léontine, remonta lentement jusqu'à la tête et jusqu'aux yeux qu'il savait fixes. Il détourna les siens; non, il était incapable de les affronter de nouveau.

– Monsieur Manseau, soyez raisonnable...

En bas, entourée de ses enfants, Imelda entendait vaguement le monologue de la femme envoyée par le médecin. Elle aussi était prostrée, elle aussi était vidée, vidée jusqu'à la dernière parcelle de l'amour qu'elle avait eu pour Charles Manseau. Leur fille était morte, mais il se l'appropriait encore, il rejetait encore sa femme. «C'est *ma* fille», se dit-elle avec révolte. Elle se leva avec une immense lassitude et se dirigea lourdement vers l'escalier. Au même moment, la porte de la chambre du haut s'ouvrit et Mme Saint-Cyr y entra. Imelda s'appuya au pilastre, se sentant plus rejetée que jamais.

Dans la chambre, la femme détourna rapidement ses yeux de l'homme, qui était retourné s'asseoir, anéanti. Elle plissa le nez, agressée par l'odeur nauséabonde qui se dégageait du corps de la morte et des vêtements souillés de l'homme. Elle se sentit la mère de ces deux êtres pitoyables.

– Je vais vous aider à la laver, monsieur Manseau; faut pas retarder trop longtemps.

Elle alla d'abord ouvrir la fenêtre et une bouffée d'air frais pénétra dans la chambre. Le vent fit bouger une mèche de cheveux de Léontine. Mme Saint-Cyr ferma les yeux de la jeune fille, et les maintint fermés en entourant rapidement le haut de la tête d'une bandelette de tissu; déjà une certaine raideur envahissait le corps. Elle rabattit ensuite le haut de la couverture. Puis elle enleva les menus objets sur le chiffonnier et alla chercher le bassin d'eau chaude et les serviettes propres qu'elle avait laissés dans le couloir. Elle entrouvrit les pans de la couverture, retira les chaussures, les bas. Charles ne bougeait pas. Il la regardait aller et venir sans la voir. La femme se sentait mal à l'aise. «C'est pas une affaire d'homme.»

– Monsieur Manseau, faudrait qu'on m'aide…

Il se leva lentement et s'approcha du lit. Ses doigts effleurèrent le corps, mais ils se figèrent sur les plis de la couverture tachée et salie. Il se rassit, le dos courbé : il était incapable de l'assister dans cette besogne funèbre. Il céda d'un signe de tête. Mme Saint-Cyr sortit silencieusement, descendit quelques marches et demanda à voix basse :

– Madame Gendron…

L'autre femme monta, la soixantaine sévère et fureteuse. Elles s'enfermèrent avec Charles, qui les embarrassait de sa présence silencieuse et inutile dans la pièce exiguë. Il s'en aperçut. «Si je rebâtis, je ferai les chambres plus grandes», pensa-t-il. Et il courba l'échine un peu plus. «Maudit vieux fou! Rebâtir! À l'âge que j'ai, on s'en va bien plus vers la tombe que vers une autre maison.» La tombe… Il pensa qu'il faudrait un cercueil pour Léontine. Son cerveau se réactivait, essayait de l'emmener n'importe où ailleurs que dans cette chambre, même en bas, d'où il entendit Henri téléphoner à Victor d'une voix qui ne réussissait plus à garder son calme; puis il l'entendit charger son frère aîné d'annoncer la triste nouvelle à Antoinette et à Lucien. Ensuite, ce fut Marie-Louise qui éclata en sanglots en étant forcée d'annoncer la nouvelle à la supérieure du couvent parce que Blandine, novice, ne pouvait prendre d'appels de l'extérieur. Elle bafouilla sur la cause de la mort, parla confusément d'une sorte d'accident, insista encore pour que, contrairement à la règle, Blandine puisse venir dans sa famille. Puis elle céda et supplia pour qu'au moins la supérieure lui transmette la nouvelle avec ménagement. « Vous comprenez, ma sœur, c'était comme sa jumelle... » Marie-Louise raccrocha d'un coup sec, réalisant qu'elle avait parlé de sa sœur au passé.

— C'est aussi bien qu'elle ne vienne pas, murmura Gemma. Elle aurait eu trop de peine.

Charles entendit soudain un cri rauque de Wilfrid :

— C'est qui, l'enfant de chienne? C'est qui?

L'aîné du deuxième lit sanglotait comme un enfant coupable, comme s'il avait eu la charge de protéger sa petite sœur et qu'il avait failli à sa tâche.

— Je vais le tuer, l'enfant de chienne! Je vais le tuer! rugit-il.

Charles s'attendit à ce qu'Imelda le console. Mais il n'entendit rien, comme si elle était absente. Il la savait pourtant avec eux, entourée d'eux. Et il se vit, là-haut, seul avec sa fille, une morte désormais.

Il s'étonna presque que Léontine eût fait partie de leur vie à eux aussi, de leur famille, de sa famille. Pour la première fois depuis la découverte du corps de sa fille une heure plus tôt – qui lui sembla aussi lointaine que le siècle dernier –, il pensa au chagrin d'Imelda. Où était-elle? Il ne l'entendait pas. «C'est sa fille à elle aussi», constata-t-il, comme si, en vingt ans, il n'avait jamais réalisé qu'Imelda était la mère de Léontine.

Les vêtements tachés étaient maintenant empilés en vrac au pied du lit et les femmes lavaient le corps, essayant d'en cacher la nudité au père, dégageant la couverture tachée au fur et à mesure pour la remplacer par un drap propre. Elles travaillaient toutes les deux de l'autre côté du lit pour éviter de se pencher devant l'homme dans des postures inconvenantes, mais elles auraient été plus à leur aise, l'une et l'autre, de chaque côté du corps. La présence déplacée et surtout inutile de Charles Manseau, ajoutée à la tension de cette mort dramatique, les irritait.

– Il lui faudrait des vêtements propres, dit Mme Saint-Cyr. Votre femme...

Il fit un geste vague vers la commode. Mme Saint-Cyr soupira et ouvrit un tiroir, puis un deuxième, cherchant les plus beaux sous-vêtements. Ses doigts trouvèrent une lettre qu'elle hésita à prendre, puis qu'elle tendit au père.

– C'est pour vous, lui dit-elle à voix basse.

Charles ne comprit pas.

– C'est pour vous, lui répéta-t-elle; je l'ai trouvée dans le tiroir.

Charles regarda l'enveloppe d'où se détachaient deux seuls mots griffonnés. La femme insista :

– C'est écrit : «À papa».

Elle lui mit l'enveloppe dans les mains et se détourna pour le laisser seul avec son étonnement. Les deux femmes échangèrent un regard au-dessus du lit : la fille était morte des mauvaises suites d'une hémorragie provoquée, sans aucun doute, et elle avait laissé une lettre à son père. «Ce serait lui?» articula sans voix Mme Gendron d'un signe de tête en direction de l'homme. Mme Saint-Cyr lui lança un regard lourd de reproche et se tourna vers le père :

— Pour la robe, j'aimerais mieux que ce soit votre femme qui la choisisse...

Charles serrait la lettre dans ses doigts, n'osant l'ouvrir ni la froisser.

— Je vais lui dire, articula-t-il enfin.

Il se leva lourdement, sortit et referma la porte derrière lui. Regardant la lettre, il la dissimula lentement sous sa chemise, contre son cœur, et descendit à la cuisine. Mme Gendron insinua à voix basse :

— Ma fille m'a dit que la petite Manseau se tenait souvent avec le Réal Dumas; il est assez fanfaron pour ça.

Les racontars irritèrent Mme Saint-Cyr, qui trouvait que son travail était déjà assez compliqué. Elle ne répondit rien. L'autre persista :

— Ce serait pas la première fille qu'il aurait arrangée de même, à ce qu'il paraît. Pensez-vous que M. Manseau est au courant?

Mme Saint-Cyr haussa les épaules en contenant difficilement son impatience. Elle recouvrit le corps de Léontine d'un drap propre puis elle plia soigneusement sur la commode la lingerie qu'elle avait choisie.

Imelda n'eut pas le courage de choisir la dernière robe de sa fille. Marie-Louise se ressaisit et monta s'acquitter de cette tâche pour sa petite sœur qu'elle aimait quasiment comme sa fille. Et elle fut la première femme à pleurer sur le corps de la jeune fille, la première femme dont les larmes caressèrent ce front volontaire, désormais froid.

Elle ouvrit la garde-robe. Presque tous les vêtements étaient à l'image de sa jeune sœur : de couleur chaude, vibrante. Le rouge prédominait et elle se souvint de la robe rouge à petits pois blancs qui lui allait si bien. Mais elle la remit sur le cintre; aujourd'hui, le rouge n'était pas de mise. Au bout de la tringle, une robe semblait avoir peu servi. Elle était beige et blanche. Léontine ne l'avait portée qu'une fois, la trouvant trop fade. Marie-Louise la trouva sobre, de circonstance. Mme Saint-Cyr l'observa à la dérobée : «Elle garde tout au-dedans d'elle; comme son père.» Elle s'assura ensuite que la robe était propre, non froissée. Puis elle vérifia que tout était prêt pour l'embaumeur qui viendrait bientôt effectuer son travail à domicile.

Marie-Louise s'activait pour ne pas ressentir sa peine. Elle prépara les trois autres chambres, pour Victor et Antoinette, qui arriveraient le lendemain matin, et pour Lucien, qui, n'ayant pas eu l'autorisation de s'absenter de son travail deux jours consécutifs, viendrait le surlendemain pour les funérailles.

Le lendemain matin, Charles, endimanché, adressa à peine deux mots à Antoinette, à Victor et sa famille, qui descendaient de voiture au moment où il sortait de la maison. Puis il sursauta, croyant apercevoir Alphonse Gingras, le frère de Mathilde, mais resté jeune comme un adolescent.

– Alphonse? marmonna-t-il en zieutant le jeune homme trapu aux cheveux dorés.

Le jeune homme fronça les sourcils et regarda son père, intrigué. Victor corrigea :

– Vous reconnaissez mon Félix, papa?

Le regard de l'aïeul s'éclaircit.

– Oui, oui, je te replace, là...

Il zieuta encore le jeune homme, puis sa sœur Anne. Sa bru Angèle et sa fille Antoinette, émues par le deuil, le furent encore davantage devant le désarroi de l'homme qui semblait avoir vieilli de dix ans.

Charles Manseau ressentit un grand soulagement à quitter les lieux, qui commençaient déjà à être envahis. Les voisines venaient aider à préparer des victuailles ou en apportaient. Imelda était presque reléguée au deuxième rang par Marie-Louise, qui se croyait obligée de tout superviser. La solitude d'Imelda était renforcée par cette agitation qui se déployait sans elle, et elle se sentait aussi isolée que la nuit précédente, étendue aux côtés de son mari qui n'avait pas esquissé le moindre geste de quête ou de don de tendresse, qui n'avait articulé aucune parole et qui, comme elle, ne s'était assoupi qu'à l'aube.

Charles prit sa voiture et se rendit lentement au presbytère. Il remarqua que les gens se retournaient sur son passage. Il eut conscience pour la première fois que sa fille était une paroissienne, une citoyenne aussi. Que la naissance, la vie et la mort de sa fille ne lui appartenaient pas. Que sa fille Léontine Manseau était une entité distincte de lui. Des gens la connaissaient, parleraient d'elle avec compassion peut-être, avec blâme et méchanceté, sans aucun doute, mais que lui, son père, n'y pourrait rien. Il ne pourrait empêcher personne de profaner la mémoire de sa fille, qui faisait partie de la communauté dans laquelle vivaient les Manseau. Cette appartenance qu'il ne contrôlait pas le saisit brusquement au cœur. Il accéléra.

Le curé Gagnon le reçut avec compassion, mal à l'aise à l'avance à cause des questions officielles à poser. Il fut forcé d'interrompre Charles, qui avait prévu tous les détails de la cérémonie et ne semblait être venu au presbytère que pour en informer l'officiant.

— Monsieur Manseau, fit lentement celui-ci, avant de fixer l'heure de la cérémonie, il faut que je sache... enfin... l'Église doit être certaine que... de...

Charles le fixa durement.

— De quoi ?

— Eh bien, l'Église accueille en son sein tous les enfants de Dieu, mais dans certains cas...

Charles comprit les insinuations et ses mains se crispèrent sur les bras du fauteuil. Il faisait de tels efforts pour retenir sa colère que tout son corps se durcissait. Derrière son bureau, le curé toussota et alla droit au but :

— Monsieur Manseau, j'ai besoin de savoir si... si c'est une mort naturelle.

Il se tut et attendit. Son interlocuteur lui répondit presque aussitôt, d'une voix blanche :

— C'est naturel de mourir ! Même bien à l'abri de la vie dans votre presbytère plus riche que les maisons de vos paroissiens qui l'ont construit, vous devez savoir ça aussi bien que moi.

Le curé refusa la provocation.

— Monsieur Manseau, vous savez ce que je veux dire. Ce n'est pas de gaieté de cœur que je vous demande ça, mais les directives ne viennent pas de moi. La sépulture en terre chrétienne est réservée à ceux qui...

Charles se leva d'un coup et, même s'il était de stature moyenne et âgé, il parut tout à coup démesurément grand et fort à Eugène Gagnon. Cette vision ramena le prêtre quarante ans en arrière, quand son père illettré lui avait demandé de lire le contrat de la coupe de bois qu'il cédait à Charles Manseau et à Maurice Boudrias en paiement de ses dettes. Et ce fut la même voix forte de colère retenue qui le ramena dans son presbytère, quarante ans plus tard.

— Écoute-moi bien, Eugène Gagnon! Curé, pas curé, ça me fait pas de différence. Curé, pas curé, t'es fait comme moi puis comme tout le monde, puis c'est pas toi qui vas décider si ma fille sera enterrée dans le cimetière, dans mon lot, avec ma femme, ou non! C'est clair?

Sa voix s'amplifiait, il contrôlait de moins en moins l'émotion qui le tenaillait. Il continua rageusement, essoufflé :

— Ma fille est morte de mort naturelle. De… maladie! Va voir Gaudreau si ça te chicote, mais arrange-toi pour chanter le service dans deux jours puis pour l'enterrer dans mon lot! C'est clair?

À bout de nerfs, il allongea le bras par-dessus le bureau pour saisir le prêtre au collet, mais le meuble était trop large. Le curé se rejeta en arrière, effrayé.

— Monsieur Manseau, balbutia-t-il, vous perdez la tête! Vous n'oseriez quand même pas porter la main sur un prêtre?

Charles sentit son dos craquer de douleur quand il se redressa et il dut s'appuyer des deux mains sur le bureau pour ne pas perdre l'équilibre. Il se raplomba péniblement, replaça son veston d'un mouvement sec.

— Prêtre ou pas, c'est à Eugène Gagnon que je parle. Puis celui-là, il m'impressionne pas, maudit!

Un silence permit aux deux hommes de se retrancher l'un et l'autre dans leur rôle.

– C'est combien, le service? demanda sèchement le paroissien.

– Puisque vous m'assurez que tout est correct..., fit le curé.

Et il sortit son livre de comptes. Quand Charles Manseau fut parti, le curé se prit la tête dans les mains. Il tremblait et la dureté du bois sous ses coudes lui rappela sa fragilité humaine. Ses mains ointes des huiles saintes par l'évêque étaient froides sur son front. Il les posa sur son bureau, paumes ouvertes, et les regarda, en proie à un doute qui l'assaillait depuis des années. «Seigneur, je suis indigne d'être votre serviteur. Je n'ai pas réussi à rejoindre ceux que vous m'avez confiés. Je ne réussis pas à m'effacer pour vous montrer à travers moi.»

Le curé allait avoir cinquante ans. Cinquante ans, et il se sentait encore étouffé par son environnement et l'image qu'il croyait projeter de lui-même. Seul avec lui-même dans son presbytère, le même depuis trente ans, Eugène Gagnon se posait des questions auxquelles il répondait lui-même. Seul, il avait fini par fausser son jugement sur lui-même, ignorant qu'il était peut-être celui qui se considérait le moins comme un digne représentant de Dieu.

Une fois de plus, il minimisait, dénigrait les actions de son ministère, pour ne voir que les manquements. Toute sa vie, il n'avait vu que ses échecs, reléguant au second plan le réconfort qu'il avait prodigué si souvent, maladroitement parfois, mais honnêtement, et oubliant aussi qu'il avait été de la responsabilité des autres de le recevoir ou non. Plus encore que ses paroissiens, il n'arrivait pas à oublier qu'il était un petit garçon de la paroisse, le fils d'Eusèbe et Rosalba

Gagnon. «Pourquoi suis-je resté ici, Seigneur, dans mon village, pendant toutes ces années? Pourquoi, mon Dieu? J'ai demandé tellement de fois d'aller vous servir ailleurs, dans des paroisses que je ne connaissais pas, et où on ne me connaissait pas, surtout. Pourquoi, Seigneur? Pourquoi cette barrière de la trop grande intimité? Dans mon village, même si c'est devenu une petite ville, je resterai toujours "le petit Eugène à Eusèbe et Rosalba Gagnon", je ne serai jamais "monsieur le curé Gagnon". Et tout ce que j'ai dit, tout ce que je dirai n'aura jamais l'air de venir de vous. Pardonnez-moi, Seigneur! Pardonnez-moi. Je me sens tellement inutile et indigne d'être votre représentant sur terre.» Ses coudes s'affaissèrent lentement et il resta prostré, la tête dans ses mains.

Charles ne reconnut pas sa fille fougueuse dans cette robe terne. Il s'en consolait : de la sorte, ce n'était donc pas vraiment Léontine qui se trouvait là, allongée dans ce cercueil capitonné de blanc, exposée au rez-de-chaussée dans le petit salon qui donnait sur la rue. La jeune femme que les gens voyaient, dévisageaient, ce n'était pas sa Léontine, et il s'appropria pour lui tout seul la jeune fille rieuse et moqueuse qu'il avait toujours connue.

Les enfants de Charles et d'Imelda, leurs familles et la parenté vinrent veiller le corps. Philippe Manseau et sa seconde épouse, Georgette, s'amenèrent, ainsi que certains de leurs enfants qui s'étaient établis aux alentours. Les Gingras vinrent aussi. Charles les revoyait peu depuis des années; depuis la mort d'Éphrem et d'Amanda, décédés presque en même temps que sa mère. Clophas, encore forgeron, était celui qui avait gardé le plus de liens avec son ex-beau-frère. Léonard s'était établi dans la Beauce et Alphonse, frère du Sacré-Cœur, était à l'extérieur du pays. Damien et Mélanie, son beau-frère et sa sœur, ne pouvaient venir du Manitoba; de telles dépenses étaient inconcevables après tant d'années de crise économique. Sa sœur Hélène, qui vivait aux États-Unis, n'avait pu être rejointe; elle était en voyage avec les Summers, ses patrons.

Imelda entendait des remarques désobligeantes chuchotées ici et là et elle ne s'en sentait que plus solidaire de sa fille, mesurant trop tard à quel point elle l'aimait. Les regards de pitié lui faisaient aussi mal que les regards réprobateurs ou mesquins. La cinquième grossesse de Gemma, qui commençait à se deviner, suscitait des commentaires ravivés par les circonstances du décès de la benjamine. Quelqu'un lui demanda si elle allait en avoir cinq, comme la famille Dionne en 1934. Gemma protesta en riant et ces propos sur la continuation de la vie atténuèrent la tension pour un temps.

Charles ne voyait rien, il reconnaissait à peine les visiteurs. Puis il perçut tout à coup avec une vive acuité que tout un chacun n'en pouvait plus de subir la crise économique qui durait depuis près de neuf ans. Ces rares échappées, pendant lesquelles ses pensées l'éloignaient de Léontine, étaient brèves. Imelda passa dans son champ de vision pour, malgré sa peine silencieuse, s'assurer que ses filles avaient préparé assez de nourriture pour tout le monde. La robe de sa femme, pourtant modeste, tranchait sur celles des autres. Charles avait tenu à ce qu'elle s'habille de neuf ce printemps, malgré la crise, peut-être parce que sa dernière fille allait avoir vingt ans, ou qu'il sentait, avec son intuition des affaires, que les mauvais jours achevaient.

Dieudonné Boudrias vint offrir ses condoléances et Marie-Louise se laissa enfin aller à pleurer un peu dans les bras de ce cousin de son âge à qui elle était restée très attachée. Quand il était devenu orphelin de père, puis de mère, Dieudonné avait considéré la famille du forgeron Gingras comme étant son unique famille. Mais depuis la mort de son oncle Éphrem et de sa tante Amanda, qui remontait déjà à plus de dix ans, il s'était davantage rapproché de Marie-Louise, la seule qui lui paraissait accessible dans la famille Manseau, sa famille par alliance.

Charles regardait les gens, l'esprit ailleurs, ayant de la difficulté à aligner deux idées de suite, le cœur vidé. Comme Léontine qui s'était vidée de son sang. Comme Mathilde autrefois.

5

— J'ai dit non! cria Imelda d'une voix si coupante que Marie-Louise et Antoinette en restèrent sidérées.

— Voyons donc, maman, protesta l'aînée, les larmes aux yeux, on peut quand même pas vous laisser toute seule avec votre peine.

Leur mère se leva et alla se poster devant la fenêtre de la cuisine donnant sur la rivière, y noyant son regard. Après ces trois jours où la maison avait semblé prise d'assaut par tant de visiteurs, Imelda ne pouvait plus tolérer qui que ce soit; elle n'avait plus qu'un seul besoin : se retrouver seule, complètement seule. Antoinette murmura à sa sœur :

— Tu vois bien qu'elle n'est pas dans son état normal; elle n'a jamais crié de même après nous autres.

Sa mère l'entendit et ajouta lentement, sans se détourner :

— Faut bien crier quand le monde veut rien comprendre. Ça fait dix fois que je vous le dis depuis hier : retournez chacune chez vous. Faut que la vie continue.

Antoinette insista, larmoyante :

— Maman, on peut pas, on veut pas vous abandonner!

— Es-tu sûre que c'est moi la plus abandonnée des deux, ma fille? lança la mère avec irritation.

Déjà secouée par le deuil, sa fille éclata en sanglots devant cette vérité méchante.

– Je veux juste vous aider, maman ; pourquoi vous me repoussez de même ?

Imelda se reprocha la réplique qui lui avait échappé. Elle infusa du thé.

– Je te repousse pas, ma petite fille, fit-elle avec lassitude. Je veux juste me retrouver dans ma maison, en paix.

– On comprend ça, maman, insista Marie-Louise, mais…

Imelda la toisa d'un regard décidé en poursuivant elle-même la phrase :

– … mais je suis assez grande pour voir à mes affaires. Vous êtes bien fines, toutes les deux, mais vous allez retourner chez vous ; vos familles ont besoin de vous autres.

Antoinette renchérit :

– J'en ai pas, de famille, moi. C'est vous, ma famille.

– T'as un mari puis des vétérans qui ont besoin de tes visites. C'est ça, ta famille. T'as accepté de faire du bénévolat : fais-le !

– Vous me le reprochez ? larmoya-t-elle.

Imelda perdit patience et cria à nouveau :

– Je te reproche rien ! Je te dis de… de continuer à vivre.

Marie-Louise la quitta très inquiète, convaincue que la peine la faisait divaguer. Antoinette, pour sa part, était persuadée que sa mère aurait eu besoin d'elle mais ne se sentait pas le droit de priver les vétérans de sa présence. Quand leurs pas se furent estompés sur la galerie, Imelda se laissa tomber sur une chaise, épuisée. Elle retrouva enfin le silence de sa maison, la maison qui ne servirait plus désormais qu'à elle et à son mari.

Charles était retourné à la scierie pour la première fois ce matin-là. D'un pas à l'autre, d'un geste à un autre, il avait la sensation de rester dans le point de mire de la douleur. Elle le rejoignait sournoisement au détour d'un son, d'une couleur, d'une odeur. Elle était là, tapie en lui, imprégnant tout son être. Sa peine était si obsédante qu'il ne savait plus comment composer avec elle. Même les mots se défilaient. Un homme qui perdait sa femme, c'était un veuf. Cela, il l'avait cruellement appris. Des enfants qui perdaient leur mère, c'étaient des orphelins; ses trois aînés le savaient aussi. Mais un père qui perdait sa fille, pour cela, il ne trouvait pas de mot. C'était si contraire à l'ordre des choses que, pour désigner ce non-sens, aucun terme ne semblait avoir été inventé. Peut-être qu'il en existait dans des livres savants, mais ces livres-là, il ne les avait jamais lus. Et cet horrible mot, s'il existait, il ne l'avait jamais entendu prononcer par personne. Parce que cette abomination était inhumaine.

Imelda prit le temps, lentement, de reprendre possession de sa maison. Ses filles avaient fait le ménage, les garçons avaient replacé les meubles, mais les fauteuils n'étaient pas tout à fait à leur place, la vaisselle était un peu désordonnée dans l'armoire, et l'air était rempli de l'indéfinissable souvenir de la présence de tant d'étrangers. Mais surtout, le vide laissé par la mort de Léontine emplissait toute la maison. Quand Imelda eut tout replacé et que ses mains furent désœuvrées, elle s'assit et eut le loisir de laisser se déployer dans son esprit les pensées qui, profitant de son désarroi, avaient surgi en elle.

Sa peine pataugeait dans un marais d'émotions confuses. «Si je l'avais aimée plus, peut-être que…»

Pourtant, elle savait que sa fille n'aurait quand même agi qu'à son gré. Quel poids sa mère avait-elle eu dans sa vie? Tant de contradictions lui brouillaient le cœur qu'Imelda n'arrivait plus à démêler quoi que ce soit. «Je peux quand même pas dire que je l'ai pas aimée!» s'insurgea-t-elle.

Un autre sentiment commença à poindre et Imelda fut longue à le cerner. Par-delà la honte, elle ne pouvait reprocher à sa benjamine ce qu'elle avait elle-même tenté d'atteindre toute sa vie, en vain. «Quel exemple je lui ai donné, à ma fille? Elle m'a vue plier toute ma vie. Elle, au moins...» Mais cette autonomie l'avait menée à la mort. Imelda soupira profondément. Quel que soit l'angle sous lequel elle envisageait ses rapports avec sa fille, elle se trouvait fautive. «J'ai été une mauvaise mère, se répéta-t-elle. Mais j'étais quand même sa mère! se rebiffa-t-elle. J'étais sa mère mais il restait plus de place pour moi; son père avait tout pris.» Le chagrin lui déchira le cœur, et elle pleura à son aise, sans témoins, dans la grande maison vide.

Dans les semaines qui suivirent, Charles tenta obstinément de baliser sa peine, pour s'en sortir, à moins que ce ne fût pour s'y enfermer. Parfois une immense désolation ou une grande révolte le possédait corps et âme pendant des heures. Dans ces moments-là, il ne savait même plus s'il existait vraiment. Il lui arrivait de ne pas comprendre comment il osait bouger, manger, s'habiller, dormir, oh! dormir, oser dormir... Oser oublier, quelques brèves heures, que sa fille, la chair de sa chair, n'était plus. Comme si elle avait parcouru un chemin à rebours, décousant sa vie, décousant celle de son père, emportant dans la mort une partie de l'existence de Charles Manseau. Il se reprochait d'être encore vivant, lui dont la vie était déjà faite, alors que sa fille était morte avant même d'avoir vraiment commencé la sienne.

Imelda était à une époque de sa vie où la brunante aurait dû s'installer tout doucement, reposante, et qui aurait pu être heureuse. Elle était dans la troisième et dernière phase de son existence et elle réalisait seulement maintenant qu'on l'avait trompée depuis son enfance. On lui avait enseigné que la raison d'être d'une femme était de s'oublier pour sa famille, de ne causer de peine à personne, de tout deviner. Et puisqu'elle n'avait pas dérogé à ce carcan, elle en avait conclu, de bonne foi, qu'elle aurait dû recevoir la pareille. Assujettie dès l'enfance à une obéissance aveugle, elle n'avait pas appris à se défendre, mais seulement à assumer, sans les remettre en question, les responsabilités que d'autres lui assignaient. Elle se demandait maintenant ce qui lui avait échappé en cours de route. Elle devait trouver la faille sinon il ne lui restait que le vide et celui-ci était maintenant insoutenable. Elle tourna et retourna ces pensées dans sa tête durant des semaines, sans éclat, sans larmes, sans même d'amertume : elle n'en avait plus la force.

Le temps passait. Sous le vacarme assourdissant de la scierie, Charles s'enferma dans un mutisme qui inquiéta Henri et Wilfrid. Depuis cette triste journée du mois d'août, ses deux fils devaient gérer l'entreprise, au pied levé ; leur père n'était plus présent que de corps. Henri fut contraint d'apprendre à répartir le travail quotidien des ouvriers, dont certains regardaient maintenant les Manseau avec mépris, et cette prise d'autorité sans préavis lui montra à quel point il n'y était pas préparé.

— C'est à toi de faire ça, insista Wilfrid. T'es là depuis vingt ans.

— Oui, mais… je l'ai jamais fait!

Wilfrid ressentait plus que jamais l'inutilité de sa vie. Pousser des billots, scier des madriers, empiler des planches, assembler des portes et des châssis, quelle importance cela pouvait-il avoir face à la mort de sa sœur survenue dans la peine et le déshonneur, face à l'effondrement de son père, face au chagrin tragique de sa mère? Une rage impuissante s'était emparée de lui et il n'y voyait qu'une cause, l'amant de sa sœur, et qu'un but, le lui faire payer. Comparativement à cette bourrasque intérieure dévastatrice, les tracas quotidiens de la scierie ne lui paraissaient que plus dérisoires.

Henri et Wilfrid commencèrent à craindre pour la sécurité de leur père. Quand celui-ci déambulait près des scies et des courroies, ses réflexes étaient si lents que les ouvriers le surveillaient du coin de l'œil malgré eux. Charles Manseau s'obstina pourtant à passer ses journées à la scierie, essayant de reprendre pied. Mais il était obsédé par le souvenir de sa fille. À certains moments, il prenait cette mort injuste comme une punition personnelle pour avoir défié le sort, pour avoir tenu tête à tout le monde toute sa vie.

Dans le silence de sa maison, Imelda commençait à admettre que les excuses logiques ou raisonnables qu'elle avait fini par endosser avec les années s'étaient effondrées. Que Charles Manseau ne l'ait jamais aimée, elle l'avait toujours su au fond d'elle-même. Puis le temps et les enfants, un à un, avaient semblé combler le vide dans le cœur de l'épouse. Elle avait fini par se convaincre, obstinément, que son mari était incapable d'aimer qui que ce soit. Sa conclusion tordue avait eu le mérite de rendre la froideur de Charles supportable.

Douloureuse, mais supportable. À quoi d'autre se serait-elle raccrochée pour justifier le fait qu'il l'avait toujours tenue à l'écart de lui?

Mais depuis la mort de sa fille et le désespoir du père affiché sans pudeur, cet ultime refuge s'était dérobé sous les pieds d'Imelda. Le désespoir de Charles criait sa capacité d'amour presque démesurée. Cette enfant morte, plus présente entre eux que jamais, avait reçu plus d'amour de son père qu'Imelda durant toutes ses années de bons et loyaux services. Elle refusait de continuer à se leurrer. Sa vie avec Charles Manseau n'avait pas été une vie d'amour partagé, mais une vie de services, de servante. Son dernier lien avec lui, de plus en plus ténu au fil des rebuffades, s'était dissous de lui-même ces dernières semaines. C'était la fin des efforts d'Imelda et de ses espérances de toute sa vie avec lui, la fin de ses illusions.

Le torrent de larmes que Marie-Louise n'avait pas réussi à endiguer, ce fameux soir, en lui répétant sans cesse : «Maman, maman… Pleurez pas de même!», ce torrent de larmes s'était déversé sur une petite fille morte, oui, mais aussi sur la petite fille mal aimée et inconsolable qu'Imelda avait toujours été.

Un matin de fin de septembre, Imelda entreprit son ménage d'automne, mais différemment de toutes les autres années. Elle vida les tiroirs de la commode que Charles lui avait fabriquée pour ses noces. Elle revit la main forte de son mari se poser avec fierté sur le meuble neuf, fleurant encore un peu le vernis, cette main qu'elle aimait tant, autrefois, et qu'elle avait caressée et embrassée avec tout son émoi de jeune épousée. «C'était avant ma nuit de noces», songea-t-elle. Les deux souvenirs contradictoires suscitèrent un sourire de dérision. «Je prends ma décision trente-trois ans après mon mariage, presque jour pour jour.»

Elle vida le tiroir sur le lit et rejeta un à un les vêtements de corps dont elle ne voulait plus. Elle avait porté si longtemps une lingerie de pauvresse, reposant un élastique, remplaçant une agrafe, mais persistant à porter les tissus élimés jusqu'à ce qu'ils cèdent.

Elle les jeta sur le plancher au fur et à mesure de son tri pour finalement constater qu'elle n'avait gardé aucun sous-vêtement, sauf ceux qu'elle portait. Elle se pencha pour en reprendre un ou deux, en attendant de les remplacer, mais les laissa retomber. «Comme ça, je serai bien obligée de m'en acheter d'autres demain.»

Elle ouvrit sa garde-robe et fit la même chose. Elle élimina cependant moins de vêtements : comme les robes étaient plus apparentes que la lingerie, elles étaient en meilleur état. Puis elle transporta le reste dans la chambre au bout du corridor, à gauche, qui avait été celle des garçons. C'était la pièce la plus éloignée, et elle se trouvait du côté opposé à celle de Léontine. Mais Imelda se ravisa avant même de s'installer. La fenêtre donnait sur le ruisseau, et ce paysage était celui qu'elle avait toujours connu de la fenêtre de la chambre conjugale. Elle n'en voulait plus.

Elle transporta ses pénates dans la chambre d'en face, qui avait été celle de Marie-Louise et de Gemma quand leurs sœurs plus petites occupaient la première à gauche près de l'escalier, la plus proche de la chambre des parents. Une fois installée, elle s'assit sur le grand lit et leva machinalement les yeux vers la fenêtre. Le lit, placé dans le sens du corridor, était adossé au mur intérieur pour éviter la fraîcheur du mur extérieur, l'hiver. Le panorama offert par la fenêtre, à droite, était celui du garage et de la petite écurie. Imelda se redressa d'un coup.

— Non! Pas ça!

Fébrilement, elle entreprit de déplacer le lit en tête-à-queue pour l'adosser contre le mur extérieur. La chambre était étroite et, pour la réaménager, elle dut d'abord pousser un peu la commode, puis un bout du lit, puis encore la commode. Elle se hâtait, voulant que tout soit fini avant que Charles ne rentre. «Le dîner», pensa-t-elle tout à coup. Elle eut le réflexe de descendre sans tarder pour le préparer, copieux et appétissant, comme elle l'avait fait tous les jours pendant tant d'années. Un goût amer lui emplit la bouche. «Il reste du bouilli. Je le ferai réchauffer.»

Elle termina son aménagement et s'assit enfin, essoufflée, sur le bord du lit. Son regard se porta de nouveau vers la fenêtre, qui lui laissa entrevoir un autre paysage. Toujours du côté de la cour mais en sens inverse, c'était maintenant la scierie qu'elle apercevait. Elle ferma les yeux. «Il sera donc toujours dans mon chemin...», soupira-t-elle avec amertume.

Elle s'allongea sur le lit, fatiguée. Dans cette position, elle ne voyait presque plus l'extérieur, et l'image de la scierie s'estompa dans ses pensées. Mais elle évalua qu'elle se trouvait alors au-dessus de la berçante de Charles. La colère lui brouilla le cœur.

— Est-ce qu'il y a une place où il n'est pas, lui, dans cette maison-là? cria-t-elle, excédée.

La rage au cœur, elle refusa cette chambre qui, en plus, était contiguë à celle de Léontine, ce qui ravivait son deuil. Furieuse, elle entreprit de replacer le lit dans le sens habituel, traîna de nouveau la commode... Cette tâche la fatiguait et, dans sa hâte, elle travaillait mal. Presque à la fin de ce branle-bas, elle s'étira le dos et se crispa de douleur. Elle dut s'asseoir puis s'allonger de nouveau dans le lit encore de travers, pour atténuer sa douleur.

Une grande lassitude s'empara d'elle : elle avait tout chambardé mais rien n'était amélioré; au contraire, c'était pire qu'avant. «On peut rien changer; ça sert à rien.» Son abattement fut secoué par l'arrivée de Charles pour le repas de midi. «Mon Dieu!» Mais ce ne fut pas la culpabilité de n'avoir pas préparé le repas qui lui insuffla de l'énergie, ce fut plutôt la crainte que ses projets ne soient découverts trop tôt. Elle se releva péniblement, ferma la porte de la chambre derrière elle, voulut s'assurer au passage que rien ne traînait dans la chambre conjugale et vit le tas de sous-vêtements au pied du lit. Elle les ramassa et les jeta en vrac dans sa garde-robe qu'elle ferma soigneusement. Puis elle descendit lentement, fatiguée.

– Je me suis étendue un peu puis j'ai pas vu passer le temps, dit-elle simplement sans mentir.

Elle fit réchauffer le bouilli et mit la table. Après le dîner, elle remonta, restaurée par le repas et la pause. Ses idées étaient plus claires. Elle acheva de remettre l'ancienne chambre de Marie-Louise en ordre, puis retourna dans celle des garçons, en face. C'était la seule où elle pouvait s'installer : ni celle de Léontine ni celle des benjamines, trop proche de la chambre des parents, ne pouvaient lui convenir. Elle s'installa et constata avec une résignation amère qu'elle se trouvait vraisemblablement au-dessus de l'évier et du poêle. «Comme si j'avais pas d'autre place que ça, dans la vie.»

Elle finit de trier ses vêtements, jetant sans remords les robes usées qu'elle s'était obstinée à porter pour

106

économiser. Elle transporta le reste de ses effets dans la commode de sa nouvelle chambre qu'elle avait nettoyée de fond en comble au printemps, comme tous les ans.

Elle sortit ensuite pour cueillir des plantes sauvages derrière la maison. Elle suspendit la plupart d'entre elles par la tige pour les faire sécher dans le débarras attenant à la chambre conjugale, et s'en garda un petit bouquet qu'elle plaça sur le chiffonnier, près de ce qui serait désormais son lit. « Mon lit… Puisque j'ai jamais compté pour lui autrement que pour faire du ménage puis prendre soin des enfants, j'ai plus besoin d'endurer le reste ; le reste, on le fait avec sa femme, pas avec la servante. »

Ce soir-là, Charles, qui ne pouvait plus supporter qui que ce soit ni à la scierie ni à la maison, se réjouit que sa femme ne monte pas se coucher en même temps que lui ; il ne remarqua rien d'inhabituel et s'étendit seul, dans le silence. Il finit par s'endormir et ronfla.

Imelda monta enfin, sans bruit, furieuse contre elle-même de se comporter en coupable, et, tournant le dos à la chambre conjugale pour la première fois en trente-trois ans, se dirigea vers une autre chambre pour y dormir.

Quand elle referma la porte derrière elle, elle se sentit enfin seule pour la première fois de sa vie de ménage. Une ivresse brutale l'envahit. Incrédule, elle promena son regard sur la petite chambre.

— Ma chambre…, murmura-t-elle comme pour installer sa voix dans les lieux, en prendre possession plus concrètement.

Quand elle se fut retournée dix fois dans le lit, incapable de dormir, elle s'énerva et la colère qui l'envahit la réveilla encore davantage. Pourquoi n'était-elle pas tombée endormie de béatitude en se couchant, fière de sa décision irrévocable? Pourquoi ne trouvait-elle pas le repos, enfin libre de dormir à son aise sans les exigences de son mari? Pourquoi se sentait-elle bêtement si malheureuse, si abandonnée? Elle se mit à pleurer silencieusement, complètement désemparée. Le sommeil la prit enfin, quand elle eut admis que sa solitude physique ne répondait pas à son attente.

Le lendemain, elle s'éveilla complètement courbaturée. Tout son corps, tendu par la lutte contre l'insomnie, semblait avoir mené mille combats durant cette première nuit solitaire dont elle avait pourtant rêvé de si nombreuses fois. «C'est une accoutumance à prendre; ça va venir», ragea-t-elle.

Charles constata en s'éveillant que la place était inoccupée à côté de lui. Il tendit machinalement l'oreille aux bruits du déjeuner qu'Imelda préparait sans doute, s'attendant à déceler l'odeur du thé. Aucun son ne troublait le silence de la maison. Il vit enfin que, de l'autre côté du lit, les couvertures ne semblaient pas avoir été déplacées. Intrigué plus qu'inquiet, il s'habilla et descendit. La cuisine était déserte; seul le tic-tac de l'horloge grand-père animait la maison. L'inquiétude accéléra soudain les battements de son cœur. Il imagina Imelda tombée quelque part, inconsciente, et depuis longtemps, puisqu'elle n'avait pas dormi à côté de lui. Au-dessus de lui, le plancher de l'étage craqua, une porte s'ouvrit et les pas d'Imelda se firent entendre dans l'escalier. Il respira de soulagement et feignit l'indifférence. Sa femme prépara le déjeuner comme si de rien n'était et dit simplement, d'un ton neutre :

– J'ai des achats à faire aujourd'hui. Je les fais marquer ou je paie comptant?

Ce propos domestique le rassura profondément et le rendit généreux.

– Qu'est-ce qu'il te faut?

– Du linge puis une nouvelle paire de lunettes. Je ne vois plus assez bien pour coudre.

– Coudre? C'est plus nécessaire de te fatiguer à coudre : on est rien que nous deux.

Son cœur eut un raté.

– Mais moi, je suis là, dit-elle lentement. J'ai besoin de robes, puis j'ai tout mon temps pour moi.

Dans l'après-midi, Charles, décidément très intrigué, prétexta de la fatigue et revint à la maison. Il savait qu'Imelda était partie faire ses courses et il monta à l'étage pour chercher où elle avait passé la nuit. D'une chambre à l'autre, il ne trouva que des lits vides et l'absence de ses enfants partis chacun leur tour. Quand il arriva finalement à la chambre des garçons, il aperçut un petit bouquet de plantes sauvages sur le chiffonnier, découvrit les robes suspendues dans le placard et ouvrit les tiroirs à moitié remplis. Il souleva l'un des deux oreillers du lit double et aperçut la chemise de nuit de sa femme. Sa surprise se mua en colère. «Dans ma maison, les autres ont pas à me faire subir leurs décisions, maudit!» Il était furieux et il aurait dû, comme d'habitude, exprimer sans délai sa colère, mais il n'y avait personne à qui la faire subir. La solitude entraîna ses pensées sur un autre terrain. «Si elle s'imagine que je vais quêter pour qu'elle revienne dans la chambre! Avant que je braille après elle, il va faire beau!» Ce soir-là, il trouva qu'il était bon de s'éjarrer à son aise dans le grand lit. Il se détendit et sa pensée sombra dans le vide où l'avait laissé la mort de Léontine. Il refusa d'admettre toute autre forme d'absence.

Les semaines passaient. Imelda se cousait des robes, changeait un rideau, se tenait constamment occupée. Elle parvenait petit à petit à atténuer sa culpabilité d'avoir quitté la chambre conjugale. Elle la connaissait bien, la culpabilité, cette traîtresse qui l'avait grugée toute sa vie et pour tant de motifs qu'elle ne se préoccupait même plus de les identifier.

Elle rentra les derniers légumes du potager et prépara des conserves, comme d'habitude, mais en petites quantités. «J'ai pas le goût d'en faire plus.» Elle sala ses concombres, mais dans un seul pot de grès. Les marinades, elle ne les entreprit même pas et sans remords. Le soir, elle s'asseyait seule dans le salon. Elle ne voulait plus désormais essayer d'entreprendre les petites conversations dérisoires et brèves qui avaient été le lot de sa vie de ménage, des monologues entrecoupés de brefs commentaires de Charles qui étouffaient l'échange au lieu de l'alimenter.

Elle reprit l'habitude d'ouvrir la radio, pas trop fort toutefois; Charles trouvait les chansons à la mode insipides et les raillait à tout propos. Les yeux d'Imelda glissaient parfois distraitement sur cet appareil que son mari avait acquis en paiement de loyers en retard. C'était un meuble rectangulaire, sur quatre pattes tournées. Il s'ouvrait vers l'avant en deux panneaux et abritait aussi un phonographe. Léontine possédait plusieurs disques, dont celui du tango qu'elle aimait tant, mais Imelda préférait ne pas les entendre.

Un soir, cet air joua sur les ondes. La présence dansante de la jeune femme s'imposa dans la pièce, vivante et heureuse. «Papa, avait-elle protesté en riant, laissez-vous aller un peu…» Ramenée douloureusement quelques mois en arrière, Imelda n'eut pas le réflexe de fermer l'appareil. Déjà une autre chanson distillait ses premiers couplets :

S'il était quelque part en ce monde
Quelqu'un qui m'aimerait un peu,
Ma misère serait moins profonde
Car tout seul on est si malheureux.
Oh! venez ce soir au clair de lune
Entendre le récit touchant
De tous mes malheurs, de l'infortune
Qui m'oppresse depuis si longtemps.

Imelda se leva finalement et tourna le bouton, trop chagrinée pour supporter la radio plus longtemps. Le poste s'éteignit et le silence retomba dans la maison que la tristesse avait envahie. La voix de Charles s'éleva, pathétique :

– C'était quoi, la chanson?

Imelda en resta interdite. Comment pouvait-il avoir oublié l'air préféré de sa fille, sur lequel elle avait voulu le faire danser à quelques reprises?

– C'était le… tango… *Jalousie*, articula-t-elle lentement.

Charles secoua la tête.

– Bien oui, je le sais. Mais l'autre? L'autre chanson?

Imelda fut presque rassurée malgré elle. Elle fit un effort de mémoire mais ne trouva rien.

– Je le sais pas; je porte pas tellement attention à ça.

– Pour une fois que c'étaient des mots qui avaient de l'allure, maugréa-t-il.

La mélodie nostalgique, presque tendre, lui resta dans l'oreille. Il se berçait à peine, comme il l'avait toujours fait, presque immobile devant sa fenêtre, ses yeux regardant inlassablement la scierie, le seul repère de sa vie. Cette mélodie le réconfortait dans son esseulement, si semblable à celui du héros de la chansonnette qui, seul lui aussi, avait tant souhaité être aimé.

Petit à petit, Imelda continuait à sortir Charles de sa pensée. Elle tentait de se vider le cœur autant de ses rancunes d'épouse que de son attachement, plus profond qu'elle ne s'y attendait. « Je vais y arriver. Ça prendra le temps qu'il faudra. J'ai plus rien à faire, de toute façon, et assez d'enfants et de petits-enfants pour me remplir le cœur. » Dans la paix qui commençait à s'installer, des remords et des questions surgissaient pourtant, sournoisement, quand elle ne s'y attendait pas. Elle devait alors patiemment retrouver le début de sérénité qu'elle avait péniblement acquis. Heureusement, un sommeil de plus en plus réparateur dans ses nuits solitaires détendait son corps et, conséquemment, l'apaisait moralement.

À l'inverse, Charles s'habituait de moins en moins à dormir seul. Pourtant, il avait été veuf cinq ans et la solitude lui était familière. Mais, cette fois, il n'était pas veuf; il était abandonné, et par quelqu'un qu'il voyait et revoyait tous les jours. Cette séparation lui était plus insupportable que le deuil, parce que constamment ramenée sous ses yeux.

Dans son lit désert, l'homme admit un soir que son corps aussi le trahissait. Aucune envie, aucun désir n'arrivait plus à surgir de lui, comme si tous ses morceaux étaient disjoints, attendant un ordre ou une impulsion que rien, au plus profond de lui, n'arrivait à réveiller. Il regarda ses mains, la forme de son corps allongé dans son vêtement de nuit, le contour de son sexe flasque, et il eut peine à imaginer la puissance de ses ébats d'autrefois.

Il se rappela brusquement Germaine et la jouissance effrénée qui les avait saisis tous deux, le premier soir de leurs brèves rencontres, dans la petite écurie. Mais ce souvenir heureux prit fin brusquement devant un rapprochement cruel : c'était dans cette même écurie que sa fille était morte parce que, comme son père, elle avait voulu vivre de tout son corps. Mais elle en était devenue enceinte.

Un doute qu'il croyait enfoui resurgit alors dans sa conscience. Le fils que Germaine Vanasse avait mis au monde après son séjour à Saint-François-de-Hovey pouvait-il être le sien? Charles secoua la tête. «On le saura jamais, personne. Germaine était mariée; j'étais pas le seul homme dans son lit.» Il refusa définitivement cette possibilité. «Mes enfants, c'est ceux qui sont ici; c'est ceux-là qui ont besoin de moi. L'autre, il a eu une mère et un père; il a manqué de rien.»

Il admit alors que lui, un homme, pouvait décider d'écarter un doute de cette importance, mais que sa fille, une femme, avait été confrontée, sans déni possible, à la présence d'un enfant en elle. «Nous autres, les hommes, on paye jamais rien pour ça.» La sécurité de sa condition d'homme se doubla d'un sentiment nouveau d'injustice : il avait été un amant, il avait été un père. Mais les deux attitudes se contredisaient et lui laissèrent un goût de fiel.

Les lieux sordides où sa fille s'était réfugiée revinrent hanter son esprit : «Pourquoi l'écurie? Pourquoi elle est allée là?» se redemanda-t-il pour la dixième fois. Une fois de plus, le sommeil fut long à venir.

Le premier lundi d'octobre, Charles descendit déjeuner endimanché, en disant laconiquement :

– Je pars pour la journée.

Il prit la voiture, une Ford 1930 achetée quelques mois avant la crise et qui fonctionnait comme une neuve puisque les restrictions de toutes sortes en avaient limité l'usage. Imelda, qui ne savait plus désormais si elle était soulagée ou contrariée d'être mise à l'écart, ne se formalisa aucunement de cette absence. Son mari revint à la fin de l'après-midi. Il n'avait plus son air sombre du matin mais une lueur nouvelle dans le regard ; une lueur faible peut-être, mais qui ne pouvait échapper à Imelda.

– T'as fait ce que tu voulais ? lui demanda-t-elle, intriguée.

– Oui.

Ce fut tout. Elle ne sut rien. Ni le lundi suivant ni les autres, et sa décision de sortir son mari de sa pensée fut, semaine après semaine, mise à rude épreuve. D'un lundi à l'autre un sentiment de jalousie se formait en elle et s'incrustait malgré ses efforts répétés pour se convaincre qu'il ne comptait plus pour elle. «Il va quand même pas voir ailleurs ? commença-t-elle à croire. Bien, si c'est ça, ça me prouve encore une fois que c'est juste cette affaire-là qui comptait pour lui. Bien, qu'il y aille !» Mais la répétition de cette absence hebdomadaire distilla dans son cœur déjà chagriné un poison dont elle ne contrôlait les ravages qu'au prix d'efforts de plus en plus grands.

En novembre, Victor téléphona, comme il en avait pris l'habitude depuis la mort de Léontine, et il informa sa mère que l'édifice de *La Tribune*, où Lucien travaillait, avait subi un incendie.

— Mon Dieu! Il lui est rien arrivé, au moins? s'inquiéta la mère.

Lucien n'était pas sur les lieux quand l'incendie avait partiellement détruit l'édifice, mais cela l'avait amené à travailler deux fois plus. Soucieux de publier quand même le journal, tous les journalistes avaient refait les articles du jour en vitesse. Toutefois, le correcteur d'épreuves, débordé, avait dû demander de l'aide. Lucien, qui avait fait la moitié du cours classique, avait offert ses services pour relire de nombreux textes, en plus de son travail habituel. Dans cette situation d'urgence, les fautes et les coquilles s'étaient glissées doublement dans les articles et l'aide du jeune Manseau avait été appréciée à sa juste valeur. Somme toute, l'incendie avait permis aux administrateurs du journal de constater qu'ils sous-estimaient le potentiel du préposé aux annonces classées. Imelda, fière de son fils, ne put s'empêcher de mentionner l'incendie à table, même si Charles et elle se parlaient à peine depuis qu'elle avait quitté le lit conjugal.

— *La Tribune* a passé au feu, dit-elle simplement.

Charles repoussa l'assiettée qu'il avait à peine touchée.

— Qu'est-ce que tu veux que ça me fasse que c't'bâtisse-là prenne en feu? On y a jamais mis les pieds.

— Nous autres, non, mais ton fils, oui. Il travaille là, lui, au cas où tu t'en souviendrais pas.

La colère envahit soudain la mère devant l'indifférence du père.

— Travailler, gagner sa vie, de l'argent, ça, insista-t-elle d'une voix sifflante, tu connais ça? Ton fils est un homme, un homme qui a besoin de gagner sa vie comme tout le monde !

Charles, irrité, sortit de table. Imelda serra les poings de rage.

– Il y a pas juste les morts qui comptent, ici-dedans !

Charles blêmit comme si Imelda osait profaner sa fille morte. Mais son regard d'acier en rencontra un autre encore plus dur que le sien. Imelda, tendue dans son indignation haineuse, lui jeta au visage :

– Oui, les morts ! Ils sont plus là que les vivants, dans cette maison ! Mais tes enfants, tes huit autres enfants, ils existent, ces huit autres-là ! Le sais-tu ?

Charles voulait fuir mais il ne savait où diriger ses pas. Il refusa de s'asseoir dans sa berçante où il risquait de continuer à subir les reproches de sa femme. Il écarta l'idée de sortir : la pluie de novembre lui glaçait les os, lui qui avait maigri depuis la mort de sa fille et en était devenu frileux. Malgré que la soirée fût à peine entamée, il monta à sa chambre.

– C'est ça, va te coucher ! cria Imelda. Pendant ce temps-là, les autres continuent à vivre !

Le temps avait usé la colère ravageuse et habituelle de Charles. Il se sentait accablé davantage de jour en jour, et de nuit en nuit, surtout. À l'approche de l'hiver, il commençait à avoir froid et il s'étirait moins dans le lit, se ramenant à sa place, celle qu'il avait occupée pendant tant d'années. Il eut, un soir, la curiosité de les compter. « J'ai dormi trente-trois ans avec Imelda. Trente-trois ans ? s'étonna-t-il. Avec Mathilde, c'était… » Il en resta saisi. « Quatre ans, pas plus… »

Marie-Louise prit les festivités de Noël en main quand elle constata que sa mère ne mentionnait rien. Elle insista pour cuisiner toutes les victuailles et décida même d'aller les préparer chez sa mère pour la sortir de ce qu'elle qualifiait de torpeur malsaine. Imelda en fut contrariée. «Personne n'aura le cœur à fêter, de toute façon.» L'autre raison de son irritation était qu'elle ne pourrait sans doute cacher plus longtemps qu'elle ne partageait plus la chambre de son mari. Quand Marie-Louise voulut préparer les chambres pour ses frères et sœurs qui viendraient pendant les fêtes, Imelda l'avertit d'un ton sans réplique :

— Avec tout ce qui est arrivé depuis quelques mois, ton père et moi on a de la misère à dormir. Tant qu'à avoir autant de chambres pour rien, j'en ai profité.

Marie-Louise, stupéfaite, regarda sa mère. Devant le visage buté, elle comprit qu'il était inutile d'insister. Au lieu d'y réfléchir, elle se mit en tête de dissimuler la vérité à ses frères et sœurs jusqu'à ce que sa mère redevienne raisonnable.

Aux fêtes, le petit Yvon, le benjamin d'Henri, se heurta à une porte fermée à clé quand il voulut aller dans la chambre de sa jeune tante. Croyant à un jeu, il s'assit patiemment dans l'escalier, puis finit par demander :

— Quand est-ce qu'elle va venir jouer avec moi, ma tante Léontine?

Gemma, qui venait d'accoucher de sa fille Pauline et en était très émotive, éclata en sanglots. La fourchette de Charles cliqua sur le bord de son assiette. Wilfrid alla chercher le petit et l'emmena dans le salon, le temps de le distraire. Marie-Louise fit une diversion, le ton faussement enjoué. Tout en parlant et en passant les plats, elle jetait de fréquents coups d'œil à son père, attendant un peu de gratitude pour tout le mal qu'elle se donnait afin de rendre la rencontre familiale plus joyeuse. C'était peine perdue. Il ne la voyait pas.

Le repas s'attrista définitivement quand il fut évident que les parents ne s'adressaient presque plus la parole et que toute la famille était au courant qu'Imelda avait déserté le lit conjugal. Cette dernière feignait de ne pas entendre les propos indiscrets. Elle avait préparé quelques surprises, pour les enfants seulement, et passa presque tout son temps avec eux, à les regarder jouer.

— Ma foi, marmonna Gemma, je pense qu'elle retombe en enfance.

Imelda fit comme si elle n'avait pas entendu. « Je peux pas retomber en enfance : j'en ai jamais eu ! »

L'année s'acheva dans la tristesse. Charles fut encore plus silencieux que d'habitude. L'esseulement s'installa de plus en plus en lui. Il ne pouvait même plus se raccrocher à l'ambition : il les avait, sa maison, sa scierie, sa famille. Et il avait même l'âge en prime. Il se sentait vieux. Certains jours, il se demandait ce qu'il faisait encore là, osant vivre en santé à son âge quand sa fille de vingt ans était morte aussi bêtement.

Pour l'instant, il lui restait un devoir sacré à accomplir, auquel il pensait chaque matin et chaque soir. Mais il retardait ce geste qui couperait le dernier lien presque vivant qui le rattachait encore à sa fille.

6

La jeune fille laissa retomber sa tête contre ses bras repliés sur la table et sanglota de plus belle. Imelda était désemparée. Comment donc une mère devait-elle accueillir sa fille qui avait décidé de sortir du couvent moins de deux ans après y être entrée et avoir clamé, honnêtement, lui avait-il semblé, que l'appel de Dieu était plus fort que tous les attraits de ce monde?

Blandine avait pris la décision de partir après de longues conversations avec la Mère des novices. Cette femme d'expérience avait remarqué un tel changement d'attitude chez la jeune fille depuis le mois d'août dernier qu'elle s'en était même ouverte à la Mère supérieure. Toutes deux avaient entériné la demande de la novice.

Celle-ci avait alors téléphoné à son frère Victor, qui demeurait lui aussi à Sherbrooke. Comme elle était entrée au couvent au début de l'automne, elle était démunie, en ce mois de janvier. Sa belle-sœur Angèle lui avait donc fait porter, par Victor, un chandail très chaud, un chapeau, des bottes et son propre manteau d'hiver, qui, même trop grand, pouvait convenir pour une fois.

Le matin de son départ du couvent, Blandine avait soigneusement replié sa robe de religieuse sur son petit lit. Puis elle avait revêtu, pour la première fois depuis presque deux ans, des vêtements séculiers. «J'ai jamais eu le tour d'avoir l'air du monde», constata-t-elle en soupirant.

Victor avait ramené sa sœur à Saint-François-de-Hovey sans prévenir ses parents, comme celle-ci le lui avait demandé. Angèle ne les accompagnait pas, ayant prêté à sa belle-sœur le seul manteau d'hiver vraiment chaud qu'elle possédait. Victor ne s'attarda pas et repartit avec les effets divers dans un sac et le manteau sur son bras. La mère pensa prosaïquement à la garde-robe à refaire en entier. En quittant la maison paternelle pour le couvent, Blandine avait donné tous ses vêtements à Gemma. Il y avait belle lurette que les mains ingénieuses de sa sœur avaient tout défait, retaillé et recousu pour sa petite famille.

Imelda secoua la tête. Comme elle était fatiguée de tous ces problèmes qui s'ajoutaient les uns aux autres! Celui de Wilfrid n'était pas le moindre. Il ne parlait que de vengeance et il avait même menacé Réal Dumas, l'ancien ami de sa sœur, qu'il tenait pour responsable de sa mort. Sa violence l'anéantissait lui-même et il évitait ses parents, dont le chagrin ravivait sa haine. La mère soupira. «Quand ils sont petits, on se dit que quand ils seront grands les problèmes seront finis! Si on savait ce qui nous attend…» Depuis la mort de Léontine, elle se reprochait d'être une mère fautive qui avait cru bien faire et qui avait tristement échoué avec chacun de ses enfants. Elle regarda Blandine, devenue la dernière de la famille, pleurer comme un enfant fragile.

— C'est pas sur un coup de tête? demanda la mère, pour trouver quelque chose à dire, le temps de se ressaisir.

Sa fille releva la tête vers elle. La mère remarqua les yeux cernés, le visage amaigri.

– Ça fait depuis le mois d'août que j'y pense tout le temps, maman. Ça me sort plus de la tête.

– Août? s'étonna sa mère. Qu'est-ce que...

Elle se tut, confuse tout à coup. Sa fille poursuivit :

– Qu'est-ce que Léontine vient faire là-dedans, vous voulez dire? C'est ça, maman. C'est ça. Depuis que Léontine est... est partie, je sais plus pourquoi je suis entrée au couvent. Comme si... comme si...

Elle éclata de nouveau en sanglots.

– Si j'avais été là, ce serait pas arrivé, se reprocha-t-elle une fois de plus.

Imelda ne sut que répondre. « Personne pouvait empêcher Léontine de faire ce qu'elle voulait. »

– Si vous saviez combien de mauvais coups je l'ai empêchée de faire, pleurait Blandine. Elle voulait faire tout ce qui lui passait par la tête; comme si tout était toujours correct.

– Empêcher les autres de suivre leur idée, ma petite fille, répondit sa mère avec lassitude, ça fait juste retarder leurs affaires. Puis quand ils se décident, dit-elle songeuse, c'est dix fois pire.

La jeune fille ne pouvait soupçonner que sa mère appliquait ces paroles à l'infidélité qu'elle soupçonnait de la part de son mari. Blandine secoua la tête; elle n'arrivait pas à formuler des impressions trop floues pour être cernées par des mots. « Comme si c'était à cause de Léontine que j'étais entrée au couvent. Mais je sais pas pourquoi, à cause de quoi! »

– Vous souvenez-vous, maman, quand elle avait pris une guêpe dans sa menotte? demanda-t-elle tout à coup. Elle voulait voir si ça chatouillait de se faire piquer. Au fond, peut-être que Léontine pensait que le danger n'existait pas.

Des souvenirs flottèrent entre les deux femmes. Des gestes anodins de complicité pour l'une, des inquiétudes et des réprimandes pour l'autre.

— Maman, fit brusquement Blandine, parlez-moi d'elle. Comment c'est arrivé? Victor et Antoinette m'ont dit ce qu'ils savaient. Mais vous, vous étiez ici. Comment c'est arrivé, une affaire de même?

La mère et la fille se retrouvèrent instantanément. Entre elles, il n'y avait plus de secrets à garder, plus de peine à dissimuler. Elles pleurèrent, parlèrent, se turent, se confièrent aussi.

— J'en reviens pas comment tu sais des affaires sur elle, avoua la mère, désarçonnée par tant de complicité entre Blandine et Léontine. J'ai toujours été ici, dans la maison, mais j'ai rien vu de ça. Es-tu sûre que t'en inventes pas des bouts?

Blandine se moucha et sourit.

— Deux petites sœurs qui sont toujours ensemble, c'est comme des jumelles. Je devinais ce qu'elle pensait, je savais d'avance ce qu'elle allait faire.

Imelda la regarda intensément.

— Comme ça, ça t'a pas surprise que… qu'elle ait fait ça avec ce gars-là?

Blandine regarda sa mère, si tendue. Elle savait que celle-ci n'était pas expansive et que ce devait être ainsi dans l'intimité avec son mari. Elle ne voulut pas la blesser et choisit ses mots.

— Je savais qu'elle aimait la vie par-dessus tout. Et que si elle aimait quelqu'un, un jour, elle ne se poserait pas de questions. Léontine ne faisait jamais les choses à moitié.

La mère se rebiffa.

— Il y a des choses dans la vie, ma petite fille, qu'on fait en son temps.

— Ou qu'on se décide jamais à faire, insinua la jeune fille qui s'était détournée de sa mère.

La brève complicité s'évanouit.

— Papa, fit Blandine en se mouchant, il est au moulin ?

Imelda se raidit. Non, il n'était pas à la scierie et elle ignorait complètement où il se trouvait en ce moment, comme tous les lundis depuis le début d'octobre. La plaie fut encore mise à vif.

— Il est parti pour la journée. Par affaires…, ajouta-t-elle vivement, se croyant tenue de le couvrir aux yeux de sa fille.

Son regard glissa instinctivement vers la porte par laquelle son mari rentrerait. Elle y vit la petite valise déposée près du seuil. Il était évident que Blandine s'installait de nouveau chez ses parents. D'ailleurs, la jeune fille s'étonnait et commençait à se chagriner que sa mère ne l'ait pas accueillie avec plus d'empressement.

— Je peux reprendre ma chambre ? quémanda-t-elle.

Sa mère acquiesca d'un mouvement de tête et se résigna à lui expliquer les changements qui étaient survenus entre elle et son mari depuis son départ. Si ses frères et sœurs avaient appris la situation sans manifester ouvertement leur désaccord, Blandine en fut bouleversée.

— Maman ! Vous n'avez pas fait ça à papa ?

Le peu de sécurité qui lui restait, après le renoncement exigé par son entrée au couvent, puis la honte d'en sortir, s'écroulait.

– Quoi? s'irrita sa mère. Vouloir dormir tranquille, c'est un crime?

Blandine, tout innocente qu'elle fût des problèmes conjugaux, ne fut pas dupe.

– Maman! cria-t-elle, qu'est-ce que je vais faire si vous, même vous, vous n'êtes pas heureuse dans la vie? Maman, où est-ce que je pourrai être heureuse?

Le cri pathétique ébranla la mère : non seulement elle n'était pas heureuse, mais ses enfants le voyaient. Le constat brutal bloqua toute compassion pour sa fille. Toute son énergie lui fut nécessaire pour admettre l'évidence si longtemps niée. Elle n'ajouta rien. Elle n'avait plus de réponses, ni pour elle ni pour les autres.

Charles arriva à la fin de l'après-midi avec cet air subtilement victorieux qu'Imelda appréhendait maintenant des jours à l'avance. Elle se détourna de lui pour ne pas y voir confirmé leur échec conjugal une fois de plus. Blandine descendit de sa chambre et le père, estomaqué, apprit la décision de sa fille. Il chercha sa femme des yeux, comme pour savoir que penser de cette attitude, mais celle-ci lui avait tourné le dos, s'occupant à remettre une bûche dans le poêle et feignant de régler la clé de l'arrivée d'air du tuyau.

– Dites quelque chose, papa, larmoya Blandine, émotivement fragile.

Il se débarrassa de son lourd manteau d'hiver et de sa toque en castor.

– Manquer à ses promesses, ma fille, c'est une chose grave.

Blandine le regarda, éberluée.

– Mais je les avais pas encore prononcés, mes vœux! C'est une prise d'habit que j'ai faite en juillet, papa, pas des vœux. Même pas des vœux temporaires.

Ça sert à ça, le noviciat : savoir si on a vraiment la vocation.

Il ne savait que répondre. Il ne pouvait pas décemment lui avouer qu'il n'avait aucun espace affectif à lui consacrer ces temps-ci ni qu'il était aussi désemparé qu'elle, peut-être.

— Même la Mère des novices et la Mère supérieure ont dit que c'était la meilleure décision, ajouta-t-elle nerveusement.

La jeune fille avait vainement espéré un cautionnement maternel ; elle l'exigeait maintenant de son père, incapable de supporter seule son profond désarroi.

— J'étais trop malheureuse, papa. Vous pouvez quand même pas souhaiter ça pour votre fille ?

Charles se passa les mains dans les cheveux et voulut monter pour enlever son complet propre. Mais sa fille lui barra le chemin de l'escalier, exigeant une réponse.

— Il me semble que t'avais l'air bien, dit-il sans conviction, quand on allait te voir au parloir.

— C'était avant que Léontine…

Le regard du père se durcit. La cadette refoula ses larmes avec difficulté et n'osa poursuivre. Le père monta à sa chambre et n'en redescendit que pour le souper.

Un nouveau quotidien s'installa entre eux trois. Blandine, désorientée et incertaine de son avenir, surveillait tous les gestes de son père, attendant un soutien dont elle avait tragiquement besoin. Mais il semblait loin de tout, inaccessible, s'apercevant à peine de sa présence. Elle saisissait alors n'importe quel prétexte pour essayer de se rappeler à lui :

— Je vous dérange, c'est ça ? disait-elle souvent.

Un matin, elle le sollicita autrement.

– Je vous fais honte, hein, papa? C'est une honte, une fille qui sort du couvent? Ça vous fait plus honte qu'une fille qui…

Charles la regarda, coupable de sa propre conduite d'autrefois, confusément coupable de celle de Léontine.

– Bien non. C'est juste que… que c'est pas ça que t'avais dit que tu ferais.

Blandine saisit alors les mots prononcés distraitement pour clore l'entretien et s'en servit au contraire comme d'une arme.

– Puis vous, papa, vous changez jamais d'idée? Quand vous vous trompez, vous restez pris avec vos mauvaises décisions?

Ces escarmouches l'épuisaient.

– Je prends pas de mauvaises décisions, répondit-il.

– Bien, vous êtes bien chanceux, répliqua-t-elle. Puis le seul à part ça.

Dans ces situations pénibles, Imelda refusait d'intervenir. «Ils sont assez grands pour régler leurs affaires tout seuls.» Mais la violence qu'elle devait s'imposer pour se taire lui montrait à quel point elle s'était toujours interposée, croyant bien faire, entre Charles et leurs enfants. Elle constatait maintenant, effarée, que, lors des disputes fréquentes de Blandine avec son père, les deux protagonistes lui lançaient souvent des regards étonnés, interrogateurs, devant sa non-ingérence. Elle devait même souvent quitter la pièce pour s'empêcher de se mêler au débat. Elle montait alors à sa chambre ou allait coudre dans la chambre du fond, les laissant s'affronter. «Ils ne savent pas se parler; j'ai toujours été entre eux autres. » Quand Blandine ne prenait pas son père à partie, elle le blâmait.

– Ça vous dérange que je sois là, hein?

– On s'étaient habitués autrement, ta mère puis moi, finit un jour par répondre son père, à bout d'arguments.

– Mais quand vous étiez tous les deux avec Léontine, lança Blandine, elle vous dérangeait pas, elle! Il y avait juste elle qui comptait ici-dedans. Juste elle. Nous autres, on n'existait pas. On n'a jamais existé. On pourra jamais vous satisfaire. Jamais!

Le quotidien devint vite insupportable et Imelda souhaita s'absenter régulièrement de la maison. Il lui restait à trouver un prétexte.

Charles fuyait à la scierie, comme il l'avait fait toute sa vie. Toutefois, il y avait aussi les lundis mystérieux où il partait endimanché et dont il revenait avec sa lueur dans le regard. À la fin de janvier, le troisième lundi où elle le vit partir, Blandine lui demanda où il allait.

– Pour quoi faire? répliqua-t-il sèchement.

Interdite, Blandine bafouilla :

– Parce que… si vous allez à Sherbrooke, je descendrais peut-être avec vous. J'irais passer quelques jours chez Victor ou Antoinette.

Le père prit le temps de mesurer ses paroles.

– Si t'as besoin d'y aller, je te donnerai de l'argent pour l'autobus.

– Oui, mais si vous y allez…

Il boutonna fermement son manteau.

– Je peux pas t'emmener.

Ce fut tout. Blandine fondit en larmes une fois de plus et se réfugia dans sa chambre. Mais la réponse laconique lancée par le père à sa fille raffermit les soupçons qui hantaient Imelda. La semaine suivante, une tempête de neige sévit et Charles se résigna à ne pas sortir ce lundi-là. Il tourna autour du téléphone sans oser l'utiliser. Cette abstention confirma encore plus Imelda dans ses soupçons. Blandine, désemparée, se mit à douter de l'honnêteté de son père et sa détresse tourna en accusations sur tout et sur rien.

Imelda, qui depuis la mort de Léontine s'obligeait à renier tous ses sentiments pour Charles, étouffait de plus en plus difficilement sa colère devant ses absences répétées. « Après tout ce que j'ai fait pour lui, maintenant qu'il a de l'argent... » L'humiliation la rongeait. Son ressentiment augmenta à un tel point qu'elle dut admettre qu'il n'y avait qu'un seul mot pour nommer cette émotion. Mais cette pensée décupla sa colère. « C'est pas de la jalousie ; ça peut pas être de la jalousie : je ressens plus rien pour lui. »

À la mi-février, le cœur brisé, meurtrie de colère, elle fit venir Henri et lui demanda un service inusité. Il essaya de nier la situation, autant pour lui que pour sa mère.

— Papa a bien changé depuis six mois, mais de là à penser que, que...

— M'aides-tu, oui ou non ? insista-t-elle brusquement. T'imagines-tu que j'aimerais pas mieux être capable de me rendre là par mes propres moyens ?

Henri accepta, à demi ennuyé et à demi curieux ; s'il y avait une autre femme dans la vie de son père, il était peut-être plus prudent de surveiller ses intérêts en ce qui concernait la scierie. Le lundi suivant, Charles partit selon son habitude et Henri, ayant emprunté une voiture, le suivit avec Imelda. Ils quittèrent Saint-François-de-Hovey et prirent la direction de Sherbrooke. Une fois arrivé dans la circulation urbaine, Henri faillit le perdre de vue et le suivit avec difficulté. Heureusement que son père conduisait lentement. Charles s'arrêta dans une rue résidentielle, descendit de voiture et monta lentement le perron d'un logement des années vingt. Henri nota l'adresse et se gara un peu plus loin. Se fiant à la durée des absences précédentes de son mari, Imelda évalua qu'il y resterait jusqu'au début de l'après-midi. Henri sortit de la voiture et se promena dans les rues avoisinantes pour se dégourdir les jambes. Imelda resta dans l'auto, étouffant d'humiliation un peu plus à chaque minute qui s'écoulait, imaginant douloureusement ce qui se passait à l'intérieur du logement inconnu. Henri jugeait cette situation ridicule et pitoyable et contourna dix fois le pâté de maisons. À la fin de l'avant-midi, il vint inciter sa mère à sortir.

— Restez pas enfermée là-dedans, maman. Il y a un restaurant pas loin, au cas où vous auriez besoin d'aller au petit coin.

Bien qu'on fût en plein redoux de février, rester assise sans bouger dans une automobile froide avait eu raison de la résistance de la femme vieillissante. Elle était complètement transie, à bout de nerfs et ankylosée. Elle accepta, mais préféra y aller seule.

— Reste ici pour surveiller, au cas où…, ordonnat-elle sèchement.

Elle marcha lentement, les membres raidis par une trop longue immobilité. Elle craignait d'attirer l'attention tant son désarroi lui paraissait visible, sans cesse inquiète de rater la sortie de son mari. Elle profita des commodités du restaurant et prit ensuite le temps d'avaler une soupe et un thé brûlants, mais sans s'attarder. Puis elle revint dans la voiture, où elle se rencogna nerveusement, remettant en question sa démarche sans pouvoir y mettre fin à cette étape-ci. Henri remonta dans la voiture après être allé dîner à son tour. Sa présence redonna une contenance à Imelda, qui sentait son entêtement s'effriter à mesure que les heures s'écoulaient.

Tel que prévu, Charles sortit vers quatorze heures et une femme referma la porte derrière lui. Henri n'arrivait pas à le croire. «Il va avoir soixante-six ans...» Il pensa surtout à sa mère, déjà assez éprouvée. «Avec Léontine partie depuis même pas un an, puis Blandine qui vient de rappliquer...» Henri ne savait trop s'il devait admirer ou mépriser son père. Mais il eut de la compassion pour sa mère dont le visage était blême et tendu. Ignorant leur présence, son père reprit sa voiture et partit.

— Bon, on s'en va? proposa vivement Henri, pressé de quitter les lieux.

Imelda se mordait les lèvres pour ne pas pleurer.

— Non, mon garçon. Faut que ça se règle aujourd'hui.

— Quoi?

Il la regarda et il en éprouva soudain une immense pitié.

— J'espère que vous savez ce que vous faites, maman.

— Attends-moi, j'en aurai pas pour longtemps.

Il l'aida à sortir, remarqua qu'elle portait un manteau neuf qui lui allait bien même si elle n'avait plus sa taille de jeune fille. «Le père devrait se trouver chanceux au lieu de chercher ailleurs.»

Imelda monta lentement les marches du perron, s'appuyant à la rampe. Rendue devant la porte, elle reprit son souffle, puis sonna fermement sans se retourner vers Henri qui regrettait de l'avoir laissée s'engager dans cette folie humiliante. De l'intérieur de la maison, des pas lents s'approchèrent et la poignée de la porte tourna. Imelda sentit son cœur flancher et elle ferma les yeux pour se donner du courage. Elle respira profondément et articula, de la voix la plus hautaine qu'elle avait pu se composer :

– Je suis Mme Charles Manseau.

Une voix calme mais étonnée lui répondit :

– Je vous avais reconnue, madame Manseau.

Stupéfaite, la visiteuse ouvrit les yeux et, à son tour, reconnut son interlocutrice : Gilberte Théberge, une institutrice maintenant à sa retraite, qui avait enseigné à ses filles. Imelda en oublia toute sa colère un moment, puis la retrouva, se sentant encore plus humiliée.

– Votre mari n'est pas avec vous ? s'enquit l'autre, dissimulant un certain malaise.

– Non, répondit sèchement Imelda. Mais il vient juste de sortir d'ici, par exemple.

Mlle Théberge soupira.

– C'est vrai, il vient de sortir ; vous l'avez manqué de quelques minutes.

Le ton était si sincère qu'Imelda en fut intimidée.

– Eh bien…, ne restez pas dehors, entrez ! l'invita poliment la maîtresse des lieux.

Imelda fit quelques pas, puis s'arrêta, bloquant l'entrée. L'autre dut se contorsionner pour refermer derrière elle. Mlle Théberge, intriguée, percevait un grand désarroi chez sa visiteuse. De sa voix calme et sereine, elle énonça prudemment quelques politesses et banalités. Imelda lui répondit par monosyllabes. Mlle Théberge finit par l'inviter à s'asseoir. Imelda, épuisée par cette situation insoutenable, accepta, mais sans se départir de son manteau. Elle ne voulut pas enlever ses bottes non plus.

– Je serai pas longtemps…

Elle suivit donc Mlle Théberge au salon telle qu'elle était, la neige de ses bottes ayant fondu dans l'entrée. L'ancienne institutrice parla vaguement de sa retraite, de ses anciens élèves. Imelda ne savait plus comment ramener la conversation sur l'infamie qu'elle voulait faire cesser à tout prix.

– Madame Manseau, est-ce que vous êtes venue pour quelque chose en particulier? finit par demander Mlle Théberge.

Imelda se résolut à vider la question.

– Je sais que mon mari vient vous voir tous les lundis depuis des mois, en cachette, dit-elle sèchement.

Le visage de l'institutrice se fronça.

– Je… je voudrais juste savoir, reprit difficilement Imelda, juste savoir… Vous, une femme si respectable…

Elle fondit en larmes, incapable d'énoncer le reste, trop humiliant pour elle.

– Faut que ça cesse! supplia-t-elle. J'ai pas mérité ça! J'ai pas mérité ça!

Elle pleurait malgré elle, impuissante à retenir les larmes qu'elle refoulait depuis des mois. Le sourire courtois de la vieille demoiselle s'était figé et avait fait place à l'indignation. Elle eut du mal à garder un ton courtois.

– Madame Manseau, je n'ai jamais rien eu à me reprocher. Ni à votre mari.

– Essayez pas de le nier! cria douloureusement Imelda. C'est pas pour rien qu'il vient ici tous les lundis depuis quatre mois!

Elle n'était plus que malheureuse et désemparée, sa peine avait perdu toute fierté. Elle pleura un long moment. Mlle Théberge ne savait plus que faire; elle lui prépara finalement un thé. Son absence permit à Imelda de se ressaisir, de se moucher et de reprendre ses esprits.

– C'est pas ce que vous croyez, dit enfin Mlle Théberge en lui tendant une tasse de thé fumant. Faites-vous pas de peine avec des idées fausses comme ça. Vous avez déjà assez de chagrin pour votre fille.

– Il vous en a parlé? fit Imelda qui cherchait à se contrôler. Léontine… Il s'en consolera jamais. Je le vois bien qu'il s'en consolera jamais.

– Vous non plus, peut-être, reprit doucement l'ancienne institutrice qui avait compati tant de fois à des chagrins d'élèves. Oui, c'est vrai, il m'a parlé de Léontine.

Elle hésita, se redressa, but une autre gorgée de thé. Elle soupira, puis se décida à demi.

– C'est même à cause d'elle s'il est venu et s'il revient encore. Mais c'est pas à moi de vous dire ça. C'est à lui.

L'épouse retrouva toute sa souffrance intacte. Son visage se durcit, ses yeux s'embuèrent de nouveau et elle se cala plus profondément dans le fauteuil en disant :

– Je sortirai pas d'ici avant de savoir ce qui se passe entre vous autres. Ça prendra le temps qu'il faudra!

Gilberte Théberge soupira encore. Elle ne pouvait plus supporter le spectacle de cette souffrance inutile. La compassion l'emporta sur la discrétion. Elle raconta alors qu'en octobre dernier M. Manseau était venu lui demander un service : lui lire une lettre qu'il n'arrivait pas à déchiffrer.

– L'écriture était bousculée, saccadée. Mes yeux en ont parcouru quelques lignes puis je l'ai repliée. J'en avais les larmes aux yeux. « Monsieur Manseau, que je lui ai dit, je peux pas lire ça; c'est trop personnel. »

— Une lettre? demanda Imelda d'une voix blanche. Une lettre de qui? ajouta-t-elle avec incrédulité.

L'institutrice hésitait encore.

— Vous ne lui direz jamais? Vous me promettez que ça restera entre nous?

Imelda promit.

— C'était de votre fille… Léontine.

— Léontine?

— Une lettre qu'elle avait écrite à son père. Vous ne le saviez pas?

— Non…, bafouilla la mère.

— Une lettre qu'elle lui avait écrite la veille, la veille de… Ce n'était à personne d'autre que lui de la lire. C'est pour ça qu'il est venu.

— Mais pourquoi? s'exaspéra Imelda.

La femme hésitait, ne se décidait pas, puis finit par révéler:

— Parce que votre mari, madame Manseau, n'a jamais su lire.

Imelda ne dit à peu près rien de tout le trajet du retour, absorbée dans des pensées qui lui faisaient oublier Henri. Celui-ci avait constaté que sa mère avait les yeux rouges et larmoyants, mais elle lui avait simplement dit:

— C'est pas ce que je pensais. C'est une femme bien, très bien. Parle à personne de cette affaire-là, jamais!

Elle s'était enfermée dans le silence et au bout d'un long moment les larmes avaient coulé, tout doucement. Henri comprenait que cela la soulageait de pleurer et qu'elle évacuait cette rage et cette dureté qu'elle s'était données depuis la mort de Léontine. Mais il était mortifié d'être tenu à l'écart, comme si, à quarante-huit ans, il ne pouvait comprendre les malheurs de ses parents.

Mais sa mère était loin de ces considérations. Elle s'en voulait de s'être donnée en spectacle à Mlle Théberge. Toutefois, le soulagement qu'elle retirait de cette visite lui enlevait tout regret. « C'est une femme bien ; elle m'en voudra pas. »

Sa pensée était plutôt obsédée par les conséquences de ce qu'elle venait d'apprendre. Après plus de trente ans de mariage, Imelda Lachapelle découvrait une facette inattendue de Charles Manseau. Toute sa vie, il avait seulement su griffonner sa signature, tracer les initiales de ses clients en lettres carrées malhabiles. Au mieux, quelques mots écrits au son, intelligibles seulement pour lui. « Malgré ça, il a réussi à bâtir son commerce, un gros moulin à scie ; il a réussi à passer à travers la crise. Tout ça avec des chiffres dans sa tête et quelques mots et des chiffres dans son petit cahier. » Elle pensa aux livres compables et aux registres tenus par Victor et ensuite Henri, et que leur père n'avait jamais pu vérifier. « Des écritures qui servaient aux autres, pas à lui. Lui, il a eu tout ça dans sa tête, sans répéter deux fois les mêmes erreurs. » Des souvenirs s'éveillèrent : Charles revenant de chez le notaire, satisfait d'un nouveau contrat, mais pourtant inquiet, méfiant.

— Le contrat n'était pas à ton goût ? lui avait-elle demandé des dizaines de fois.

— Oui, mais on sait jamais, avait-il tant de fois répondu.

Combien de fois s'était-elle irritée de cette méfiance persistante, de ces doutes qu'il laissait toujours planer.

Elle comprenait aujourd'hui qu'il n'avait jamais pu être pleinement rassuré et qu'il s'était toujours senti à la merci des autres, ceux qui maîtrisaient la lecture et l'écriture. L'admiration secrète qu'elle avait toujours eue pour lui reprenait forme, se justifiait, et ce sentiment lui apportait plus de consolation que la haine de ces derniers mois.

Mais quand elle revint chez elle, la tristesse du quotidien vécu avec cet homme balaya ses réflexions. «Mais ça justifie pas tout le reste, se dit-elle. On est rendus trop vieux pour se refaire.»

Charles avait souhaité lire la lettre de Léontine chaque jour depuis la mort de celle-ci.

– Vous seriez mieux d'attendre un peu, lui avait dit Mlle Théberge pendant des mois. Une lettre de même, on lit pas ça par morceaux.

Il avait attendu, il s'était appliqué davantage, il avait patienté. Puis, un matin, se sentant prêt, profitant du fait qu'Imelda était chez Gemma, il s'enferma dans l'ancienne chambre de Léontine. Il s'assit sur la petite chaise, à gauche du lit vide, là où il s'était tenu prostré devant le corps inerte de sa fille pendant le début de sa toilette funèbre, en août dernier.

Il resta un long moment à regarder l'enveloppe, puis il l'ouvrit en réprimant difficilement un léger tremblement qui s'emparait de ses mains de plus en plus fréquemment. Il ajusta, malhabile, ses lunettes neuves sur le bout de son nez et pesta contre cet attirail. Il se sentait comme un cheval pris entre deux œillères. Mais il voyait mieux ainsi et il cessa de dénier ses émotions par ce qu'il savait être une peccadille.

Ses yeux fatigués se posèrent sur la première ligne, s'ajustant difficilement à l'écriture nerveuse. Jamais, quand il était un petit écolier de première année, il n'aurait pensé que cet alphabet de vingt-six lettres qu'il apprenait une lettre à la fois – les rares semaines où son père consentait à le conduire à l'école – serait, soixante ans plus tard, le seul chemin entre lui et sa fille morte.

Le 23 août 1938

Cher papa,

J'ai peur! J'ai tellement peur! Je me sens seule au monde, loin de tout le monde, avec un bébé dans mon ventre, un bébé que je ne savais pas vraiment que je faisais.

J'ai peur, papa, si vous saviez comme j'ai peur, comme je voudrais que vous me berciez comme quand j'étais petite. Je me sentais tellement forte contre votre cœur. Mais vous n'auriez pas voulu, cette fois-ci. Vous auriez eu vos yeux de colère, vos yeux qui font trembler tout le monde, même moi, des fois. Le savez-vous, papa, que le monde vous craint? C'est ça que vous voulez, papa?

Des larmes avaient mouillé la lettre. Charles cligna des yeux, éloigna le papier, le rapprocha et poursuivit.

Vous m'avez toujours dit de faire ce que je voulais, de ne jamais me faire arrêter par les autres ni par les volontés des autres. C'est ça que je veux faire. Je l'aime, Réal! Je l'aime! J'ai le goût de me sentir vivante, de l'aimer d'amour! Je ne savais pas que ça finirait comme ça. Il ne veut pas qu'on se marie; de toute façon, je ne suis pas sûre que je veux passer cinquante ans de ma vie avec lui. J'ai trop vu maman se faire déjeter par vous... »

137

Charles s'arrêta net, croyant avoir mal lu. Il fixa la feuille et les mots s'embrouillèrent comme quand il était illettré, quelques mois auparavant. Les lettres ne se distinguaient plus les unes des autres, formant une masse aussi confuse que compacte. Une sueur froide le saisit, ses yeux clignaient, essayaient de maîtriser les mots qui dansaient devant son regard au lieu de s'aligner sagement et de lui permettre de savoir. Il revint quelques mots en arrière, et buta encore sur le mot « déjeter ». Il refoula la sensation oppressante qui l'envahissait et il poursuivit sa lecture.

... jour après jour, pour se faire détruire à petit feu. Mais moi, je ne me serais pas laissé faire comme elle.

Papa, si vous lisez tout ça, c'est parce que l'affaire aura mal fini. Il paraît que ça arrive même si la femme que je vais aller voir va faire de son mieux pour m'aider. C'est pas ma faute, je l'ai pas voulu. J'ai juste voulu vivre, vivre complètement. C'est un si grand péché de vouloir vivre à sa manière? Vous l'avez fait, vous. Pourquoi moi je n'aurais pas eu le droit? Pourquoi maman n'en a pas eu le droit? Parce qu'on est des femmes puis vous autres des hommes? Parce que vous avez compris que pour vivre comme on veut, il ne faut pas aimer les autres? Il faut les tenir loin de soi, les empêcher de vous aimer? Pourquoi vous m'avez aimée, moi, puis pas les autres? Pourquoi vous n'avez jamais aimé personne d'autre, papa? Les autres voulaient tant, et vous leur avez brisé le cœur tellement de fois, papa. Pourquoi? Pouquoi? Pourquoi?

Papa, j'ai peur, je vais peut-être mourir! Mourir pourquoi? Parce que j'aime Réal? Papa, pourquoi vous m'avez rejetée cet été quand j'ai essayé de vous en parler?

Papa, papa, pourquoi vous n'êtes jamais là quand on a besoin de vous? Papa, j'ai peur...

Votre fille qui vous aime tant,

Léontine

xxxxxx

Charles Manseau tenait dans ses mains la lettre achevée dans la peur, comme la vie de sa fille, à vingt ans, parce qu'elle avait simplement agi dans un grand élan d'amour, comme lui, autrefois, avec Germaine Vanasse.

Il avait le cerveau gelé, mais son cœur allait le tuer au-dedans de lui. Ses mains crispées sur le papier, sa tête retombée sur sa poitrine, des larmes tombèrent sur les feuilles et mouillèrent une seconde fois le papier, s'unissant trop tard au désespoir de sa fille.

7

Charles fut anéanti pendant des jours. Le cri de l'enfant qu'il avait tant aimée l'avait poignardé en plein cœur : «Papa, papa, pourquoi vous n'êtes jamais là quand on a besoin de vous?»

Un gouffre s'était creusé sous lui à cause du doute effrayant que cela supposait par rapport à ses autres enfants. «Ils peuvent pas penser ça de moi. J'ai travaillé toute ma vie pour eux autres.»

Il n'arrivait pas à se défaire de tout ce qui s'agitait en lui, peut-être parce que ce n'était ni dans son cerveau ni dans son corps que la douleur le tenaillait mais dans son cœur et que cela faisait plus mal que partout ailleurs.

Quelques jours plus tard, Blandine étant chez sa sœur Marie-Louise, il éclata brusquement après le souper :

– Mes enfants peuvent pas dire que j'ai jamais été là! Je suis jamais parti nulle part! J'ai jamais découché. J'étais toujours ici, au moulin!

Son pouls s'était accéléré, sa colère indignée l'étouffait. Imelda, étonnée, arrêta de faufiler une jupe pour Blandine. La plaidoirie inattendue que son mari venait de lancer fit soupçonner à Imelda qu'il était sur la défensive. Mais contre qui? «J'ai rien dit de tout le souper.» De plus, qui donc pouvait le faire douter de lui au point d'en avoir un trémolo dans la voix? Le regard de la femme changea. Seule Léontine détenait ce pouvoir. «La lettre…»

Depuis un mois maintenant, Imelda savait que Léontine avait écrit une lettre à son père la veille de sa mort. Depuis un mois, elle se morfondait de connaître les derniers mots de sa fille. Mais depuis un mois elle se redisait aussi qu'une lettre écrite avant de mourir, ce devait être très douloureux à lire et que, lorsque son mari pourrait enfin la parcourir, peut-être en souffrirait-il cruellement. «C'est donc ça qui le ronge depuis des jours?» se dit-elle, songeuse. Charles ne put supporter ce long silence.

– Admets-le donc que j'ai toujours été ici!

Elle fronça les sourcils. Que lui avait donc écrit Léontine pour le secouer à ce point? Elle soupira. «De toute façon, il veut même pas savoir ce que j'en pense; il veut seulement que je dise comme lui.» Elle secoua la tête, refusant de s'impliquer dans une affaire dont elle avait été exclue. Elle répondit sobrement et, pour une fois, selon ce qu'elle ressentait.

– C'est sûr que t'étais au moulin.

– C'est ça que j'ai dit! cria-t-il.

– Mais le moulin, reprit-elle, c'était pas ici.

– C'est pas au bout du monde, le moulin! Tu le sais comme moi!

Elle leva la tête et lui répliqua avec amertume :

– Je le sais pas, Charles. Tu m'as jamais invitée à y aller.

La véracité de l'affirmation le darda au cœur. Il chercha fébrilement le souvenir d'Imelda à la scierie, mais aucune image ne se présenta à lui. Il sortit et claqua la porte, incapable de supporter cette évidence :

141

la maison et la scierie étaient face à face, mais sans communication entre elles. Le fossé entre lui et Imelda était devenu un ravin, un ravin si profond qu'à la seule pensée d'essayer de le combler il se sentit épuisé d'avance.

Mais pour l'heure, c'était la pensée de ses enfants qui le hantait. « Au nombre que j'ai, il doit y en avoir quelques-uns, maudit, qui me trouvent correct ! Neuf ! C'est quand même du monde ! » Son cœur eut un raté et il se passa la main dans les cheveux : il ne lui restait plus que huit enfants.

Dans un sursaut, il décida de défier Imelda et de lui prouver que ses enfants le reconnaissaient comme un père digne de ce nom. « C'est pas vrai que j'étais jamais là. C'est pas vrai... » Sa bouffée de révolte se dilua : ce défi, ce n'était pas contre les paroles d'Imelda qu'il le formulait, mais contre les mots écrits et ineffaçables de Léontine. Il refusait d'admettre ce cri : sa fille tant aimée ne pouvait avoir été cruelle à ce point envers lui. Il dévia sa protestation en se disant plutôt : « Ça se peut pas... »

Mais le doute était désormais installé en lui et Léontine n'était plus là pour l'effacer. Il sut aussi qu'Imelda ne le confirmerait pas dans son rôle de père sans reproche. Il la rejeta encore davantage. « Mes enfants, eux autres, ils le savent que j'ai été correct », s'obstina-t-il.

Ses enfants. Le souvenir de sa rupture avec son aîné démarra mal sa quête d'approbation ou de cautionnement de la part de ses enfants. « Ça fait longtemps de ça, s'excusa-t-il lui-même. Après le feu au moulin, n'importe qui aurait dit des affaires... de même à son garçon. » Oui, Victor était bien son fils et il s'était conduit comme tel. Mais lui, Charles Manseau, s'était-il conduit comme un père? Il refusa l'autoaccusation. «J'ai été pas mal plus parlable que mon père, maudit!» Mais il dut admettre qu'un peu plus que rien du tout, cela n'était probablement pas suffisant.

Le lendemain, il observa longuement ses deux fils qui travaillaient sans relâche, au milieu des autres ouvriers. Henri et Wilfrid finirent par s'en apercevoir et s'en irritèrent.

— Qu'est-ce qu'on a encore fait? marmonna Henri, agacé.

Leur père s'avança vers eux. Il ne sut comment formuler sa requête et il dut crier pour couvrir de sa voix le bruit strident des scies.

— Vous pouvez quand même pas dire que je vous ai pas donné une bonne partance dans la vie! Un bon métier, même pendant la crise, c'est pas tous les pères qui ont donné ça à leurs garçons.

Les fils se regardèrent, désarmés par cette assertion mal à propos et humiliés aussi qu'elle soit vociférée devant les employés. Wilfrid, irascible depuis la mort de sa sœur, attrapa une planche sciée et passa devant son père en rétorquant :

— Vous pouvez pas dire qu'on n'est pas des bons ouvriers, non plus.

Henri resta seul face à son père. «Qu'est-ce qu'il nous veut, au juste?» Il voulut atténuer la réplique du cadet, mais il pensait la même chose que lui.

— J'ai toujours essayé de vous donner satisfaction, papa.

Il le quitta pour rejoindre un client qui venait d'arriver. C'était devenu sa tâche, par la force des choses, depuis que son père n'arrivait plus à reprendre intérêt à son commerce. Dans le bruit assourdissant de la scierie, Charles Manseau laissa monter dans son souvenir des bribes d'ordres cassants, des directives pointilleuses, des reproches pour un travail exécuté différemment de sa manière. Et dans toutes ces réminiscences, il fut incapable de distinguer si ces phrases s'étaient adressées à ses employés ou à ses fils. «Mes employés aussi m'obéissent...», admit-il amèrement.

Sa pensée se rabattit sur Lucien. «Lui, au moins, il pourra pas dire que je l'ai "bossé" tant que ça!» Il essaya de l'imaginer à Sherbrooke, mais il fut dérouté par cet environnement dont il ignorait tout. «Un journal, tu parles d'une place pour travailler! En tout cas, il a bien manigancé ses affaires; on le voit jamais.» Il poussa un long soupir. Non, Lucien non plus ne lui renverrait pas une image paternelle réconfortante. Ulcéré, il lia le souvenir de ses quatre fils, pourtant si différents les uns des autres, en un tout homogène commode. «Les hommes, ça parle pas, de toute façon.»

Dans l'intimité du quotidien de sa maison, les jours suivants, Charles comprit nettement que Blandine, pourtant si douce et si réservée autrefois, était maintenant trop agressive envers lui pour le rassurer de quelque manière que ce soit.

— Pourquoi vous vous inquiétez de moi, tout à coup? s'irrita-t-elle quand son père tenta de lui manifester un intérêt inhabituel. J'existe, pour vous, tout d'un coup? Parce qu'il n'y a personne d'autre, je suppose? Parce que Léontine n'est plus là?

Une larme de triste colère perla à ses yeux. Charles préféra croire à une influence étrangère. «Ça doit être les sœurs, au couvent, qui lui ont mis toutes sortes d'idées de même dans la tête.» Il était aussi contrarié parce que, même en cherchant des anecdotes sur l'enfance ou l'adolescence de Blandine, il arrivait difficilement à la situer. «Léontine est venue au monde après elle.» C'était tout ce qui lui revenait à la mémoire et c'était trop peu.

Le lendemain après-midi, Marie-Louise vint faire un tour chez sa mère. Charles guetta son départ par l'une des fenêtres de la scierie puis la rejoignit près de la rue, feignant la coïncidence. Elle le dévisagea d'un air si étonné qu'il en fut contrarié.

— Cou'donc, es-tu si pressée que ça?

— Mais non, papa, voyons donc! C'est juste que… vous voir ici, quasiment dans le milieu de la rue…

Il n'arrivait pas à lui dire pourquoi il l'avait rejointe et Marie-Louise, mal à l'aise, réalisa qu'elle se trouvait seule avec son père pour la première fois de sa vie, à trente-neuf ans. Pour trouver un sujet de conversation, elle parla de son mari Antoine qui travaillait à Coaticook depuis quelques mois et ne revenait que les fins de semaine. Dans son malaise, elle énuméra nerveusement les gâteries qu'elle lui préparait, terminant par sa préférée.

— Le pouding au suif, c'est plus long à préparer, c'est certain; mais il va être tellement content!

Son père en fut mortifié pour elle. Combien d'attentions de Marie-Louise n'avaient reçu que de la froideur de la part de son mari!

— Arrête donc de toujours être au-devant de lui, dit-il brusquement. Il t'a jamais donné la considération que tu méritais. T'as pas d'affaire à te désâmer de même pour lui.

Un froid s'abattit sur les épaules de Marie-Louise et elle se raidit. Elle cligna des yeux et refusa de montrer son trouble à son père qui, ne voyant pas dans quel état il l'avait plongée, renchérissait :

— Tu cours après le vent, ma fille ! Faut avoir un peu de fierté dans la vie !

Marie-Louise en eut si mal qu'elle se décida à protester ouvertement :

— De la fierté ? cria-t-elle. Puis maman, elle, elle fait quoi ? Depuis trente ans qu'elle est au-devant de tous vos caprices, lui en donnez-vous tant que ça, de la considération ?

Tremblante de colère, elle lui tourna le dos et s'enfuit chez elle à longs pas rapides, la tristesse au cœur. Charles resta un long moment à la regarder s'éloigner de lui, puis il regarda la maison à la dérobée avant de retourner pesamment à la scierie.

D'un enfant à l'autre, il se sentait dépossédé de la paternité qu'il avait toujours cru assumer et, surtout, qu'il avait toujours cru reconnue par les siens. Il décida d'aller voir Gemma. « Elle, au moins, avec sa bande d'enfants, elle sait ce que c'est d'être parent. »

Comme elle ne sortait jamais à cause de sa marmaille, il se devait d'aller chez elle. À peine eut-elle le temps d'être surprise en le voyant surgir que le petit Marcel tombait dans la cour et s'éraflait le genou sur un caillou dissimulé sous la neige. Il pleurait à fendre l'âme et la mère dut user de patience et d'autorité pour le calmer.

Charles la regarda examiner et nettoyer la plaie, et dire au petit que ce n'était rien du tout. Le petit repartit en reniflant, confus de ressentir une douleur si vive quand sa mère, en qui il mettait toute sa confiance, lui assurait qu'il n'y en avait pas. De regarder ainsi sa fille et ses petits-enfants, la continuité des générations, apporta un grand réconfort à l'aïeul. « Avoir des enfants, puis des petits-enfants, ça, personne peut me l'enlever. » Il toussota : non, la mort pouvait les lui enlever n'importe quand.

Gemma ne pouvait interrompre ses besognes pour converser avec son père. Celui-ci se sentit rapidement de trop entre la lessive, les pleurs du bébé et la surveillance incessante des quatre autres. Finalement, Gemma dut s'asseoir pour donner le biberon au bébé de quelques mois. Mais son père occupait déjà la berçante et il ne vit pas que cette chaise aurait mieux convenu à la mère qu'à lui. Celle-ci s'assit sur une chaise droite et cala l'enfant dans le creux de son bras en lui tendant le biberon. Son père ne disait rien. Elle murmura, d'un ton songeur :

— S'il fallait que le bon Dieu vienne chercher ma petite Pauline, je sais pas ce que je ferais. Vous autres, les hommes, vous avez votre travail, l'argent à gagner, mais nous autres, les femmes, on a juste nos enfants.

Penchée vers la petite, elle la gratifia d'un sourire d'une telle connivence que le grand-père se sentit exclu.

— Si je te dérange, dis-le ! lança-t-il, irrité. Tu cours comme une queue de veau depuis que je suis arrivé.

— Vous voyez bien que j'ai de l'ouvrage par-dessus la tête ! protesta-t-elle avec surprise.

— Moi aussi, j'ai toujours eu de l'ouvrage par-dessus la tête.

— Vous n'aviez jamais de temps pour nous autres, non plus ! s'irrita-t-elle à son tour.

— C'est ça ! Dis que je suis un sans-cœur, tant qu'à y être !

— C'est pas ce que j'ai dit, papa, mais le travail, ça n'attend pas ! Vous devriez le savoir !

Son père se berça, tapota nerveusement le bras droit de la berçante, regardant ailleurs.

– C'est pas un reproche, papa, s'excusa-t-elle, mais…

– C'est pas parce qu'on est pas dans la maison qu'on pense pas à nos enfants, rectifia Charles avec morosité.

La femme enroba son père d'un regard maternel sans s'en rendre compte.

– Je ne vous blâme pas, papa, mais on ne peut pas être à deux places à la fois, c'est tout. Puis vous, vous étiez toujours au moulin.

Elle se leva pour promener le bébé qui rechignait et ingurgitait difficilement.

– J'ai fait ce que j'avais à faire, protesta l'homme; gagner votre vie.

Sa fille lui retourna son sourire insistant de mère compréhensive, qui obnubilait ses sentiments sous son manteau de compréhension universelle.

– On n'a jamais eu à se plaindre, non plus. Mais vous étiez au moulin puis maman à la maison. C'est pas un reproche, papa, répéta-t-elle, c'est juste une constatation. Mon mari fait la même chose. Un père, ça doit être quelqu'un qui n'est jamais là, je suppose.

Les petits virent leur grand-père partir en coup de vent. Occupée à ses tâches jamais achevées, Gemma ne l'avait pas vu blêmir. Elle conclut simplement qu'il était normal qu'il retourne travailler.

Charles renonça à poursuivre sa quête auprès d'Antoinette. Ses regards d'attente, il ne pouvait plus les supporter depuis longtemps, mais il les interprétait aujourd'hui seulement comme une déception encore plus douloureuse chez sa fille.

Devant la faillite évidente de sa paternité, insupportable dans sa vérité, il commença une activité inhabituelle pour lui : marcher, partir, errer à pied ou en voiture. Il se retrouvait souvent dans une forêt, dans ce qui avait constitué autrefois ses coupes de bois, quand les affaires marchaient rondement, c'est-à-dire avant la crise. Il marchait ainsi, sans but, essayant de ne rien ressentir, s'occupant seulement de déplacer son corps, espérant changer le mal de place.

Un midi, quelques semaines plus tard, à la scierie, Henri soupira. Une fois de plus, son père était parti au milieu de l'avant-midi, le regard absent, sans annoncer son retour.

— Un de ces jours, il va lui arriver malheur, murmura-t-il à Wilfrid. Des fois, je pense qu'il s'en remettra jamais.

Wilfrid serra les dents. La hargne qu'il nourrissait à l'égard de l'ancien amant de sa sœur remonta encore en lui. Depuis des mois, il se désespérait des remous que cette triste affaire créait encore dans sa famille, et il essayait en vain de refréner le désir de vengeance qui l'empoisonnait. Déjà, le mois dernier, il avait menacé Réal Dumas et, n'eût été la présence d'Henri, il en serait venu aux coups. Il accompagna son frère à la maison paternelle.

— Comment ça, il est pas au moulin ? s'exclama Imelda.

Ses fils, en habit de travail avec de la sciure dans les cheveux et sur les salopettes, se regardèrent, impuissants. Henri haussa les épaules et Wilfrid, enlevant sa casquette, s'assit à la longue table de la cuisine.

— On voulait pas vous inquiéter pour rien, dit Henri, mais là, on sait plus quoi faire.

– Ça fait longtemps que ça dure? s'enquit Imelda.

Son ton avait spontanément exprimé de l'inquiétude et elle était furieuse contre elle-même de manifester du souci pour son mari. Où était-il? Que faisait-il? Son humeur était devenue si sombre ces dernières semaines qu'elle soupçonnait maintenant une révélation terrible dans la fameuse lettre de Léontine qu'il avait probablement lue et qu'il persistait à lui cacher. L'amertume qu'elle en ressentait s'imposa sur les autres aspects de la situation. « S'il continue à me faire des cachotteries, tant pis pour lui! »

– Votre père est assez grand pour savoir ce qu'il a à faire, finit-elle par conclure.

Henri s'exaspéra :

– Bien non, justement! Des fois, on se demande s'il a pas perdu la raison.

Wilfrid assena un coup de poing sur la table, la rage dans les yeux.

– Tout ça à cause de cet enfant de chienne de Dumas! C'est à cause de lui que tout ça est arrivé. Je vais le tuer, ce chien sale-là! Je vais le tuer!

Il se prit la tête entre les mains, essayant de toutes ses forces de contrôler la violence qui le ravageait encore une fois comme une tornade.

– Arrête ça! cria Imelda. Ta sœur a fait ce qu'elle a voulu. Personne lui a jamais imposé quoi que ce soit. Tu le sais aussi bien que moi.

Henri cria sa colère pour la première fois.

– Oui, Léontine a fait à sa tête, comme d'habitude! Puis ça a mal tourné! Pour elle, puis pour nous autres aussi! Une affaire de même, ça salit toute une famille!

Il s'arrêta, confondu par son ambivalence. Toute la famille taisait la honte qui les éclaboussait, mais chacun d'eux n'y pensait pas moins. Il se leva brusquement.

— Mais là, on fait quoi? Le père, il part des demi-journées de temps, on sait même pas où il va. Il y a des affaires à mener, des décisions à prendre.

— Décide-les! s'impatienta Imelda. T'es là depuis vingt ans!

Henri rougit. Son ancienneté ne lui avait jamais donné droit à la gestion de l'entreprise. Il était honteux de se rendre compte à quel point il avait été tenu à l'écart des décisions. Il poussa un long soupir. Comment la mort de sa sœur avait-elle pu changer leur vie à ce point? Finalement, il retourna travailler, moins soucieux de son père maintenant que sa mère était au courant, mais sachant que ni lui ni elle n'y pourraient rien.

Wilfrid, quant à lui, ne pouvait se contenir davantage. Il remit brusquement sa casquette et sortit d'un pas vif. Mais il ne suivit pas son frère à la scierie, et, quand Henri s'en aperçut, il était déjà au bout de la rue.

— Bon, un autre qui prend le bord! s'exaspéra-t-il, dépassé par tant de comportements inhabituels et imprévisibles.

Imelda se défendit tout l'après-midi d'un sentiment de pitié maternelle envers son mari. Elle savait qu'il était complètement désemparé, que cette mort l'avait tué lui aussi, d'une certaine façon. Malgré tous ses torts envers elle, il était un être humain qui souffrait, et profondément. Et elle était une femme, une femme qui avait toujours essayé de consoler les autres, parce que touchée par leur détresse. Elle se fit violence pour rester insensible. «Il récolte ce qu'il a semé.»

Pendant ce temps, Charles marchait dans la forêt. Les premières chaleurs l'alourdissaient, comme si, malgré une expérience de plus de soixante printemps, il avait oublié à quel point le soleil d'avril pouvait taper. Il se sentait tellement fatigué. Il marchait lentement, voûté par une grande lassitude. «Qu'est-ce que je fais encore dans ce monde à traîner ma carcasse, si je nuis à tout le monde?» Il marchait presque inconsciemment, dépossédé de son identité paternelle. «Ils peuvent pas me haïr tant que ça, maudit!» Il s'accusa encore plus douloureusement : «Je tue tout ce que je touche...» C'était devenu son obsession. Mathilde était morte en donnant naissance à l'un de ses enfants. Léontine était morte parce qu'il lui avait enseigné à ne faire qu'à sa tête et qu'elle en était devenue enceinte. «Elle avait essayé de me le dire; j'ai rien voulu voir. Je l'ai tuée.» Il en revenait toujours au même point.

Le désespoir l'enveloppa, l'étouffant, et il accéléra le pas pour se fuir lui-même. Une branchette lui cingla la joue. La douleur raviva en lui une violence sourde. Il saisit la branche, voulut la casser, la réduire en miettes, mais elle était souple, remplie de sève. Sa résistance exaspéra le vieil homme qui l'empoigna encore plus rageusement, la tordant, la secouant de tous côtés. Ses gestes désordonnés, inutiles, prirent de l'ampleur dans un mouvement de colère, et Charles heurta violemment sa main droite contre le tronc de l'arbre. La douleur le scia. Le craquement sec n'avait pas été celui du bois mais celui d'un os. Charles ouvrit la bouche pour aspirer de l'air, pour surmonter la souffrance atroce qu'il ressentait à sa main droite sans même pouvoir déceler quel doigt avait été brisé. Sa main valide enveloppa précautionneusement la droite et la ramena contre sa poitrine. Il se laissa tomber sur une souche, tremblant de douleur. Il avait si mal qu'il lui sembla qu'il allait mourir là, tout seul dans la forêt, par cette belle journée d'avril.

Quand il rentra chez lui, désemparé comme un enfant avec sa douleur lancinante au doigt, il s'arrêta en voyant la motocyclette d'un agent de la route dans sa cour. En passant le seuil, il aperçut Wilfrid, l'œil tuméfié. Effondrée sur une chaise près de la table, Imelda pleurait. Derrière elle, Blandine et Henri étaient tendus. L'agent s'adressa au chef de famille :

— Votre fils a de la chance, monsieur Manseau. Vu que Réal Dumas a pas voulu porter plainte, j'appellerai pas le détective de Sherbrooke. Mais faudrait pas que ça recommence, c'est certain.

Dans le brouhaha, personne ne vit la main enflée de Charles ni ne remarqua qu'il la tenait contre lui, le coude replié. Ce fut seulement quand l'agent, Henri et Wilfrid furent partis que Blandine s'écria :

— Papa! Qu'est-ce qui vous est arrivé?

Mais Charles n'eut pas le temps de lui répondre. Imelda éclata de ressentiment et d'anxiété :

— T'es content, là? lui cria-t-elle en se levant brusquement. Notre fils a failli aller en prison. En prison! À cause de qui, hein? À cause de qui? C'était facile de dire à ta fille de faire à sa tête! Tu vois où on est tous rendus aujourd'hui? T'es content de toi, hein? T'es content? Ose donc dire que t'es fier de tout ce gâchis-là!

Elle tremblait d'une peine et d'une colère trop longtemps étouffées. Le chagrin la submergea et elle cria sa plainte en pleurant :

— Mais quand est-ce que ça va s'arrêter, ces malheurs-là? Quand est-ce?

Elle le repoussa rageusement et monta lourdement à sa chambre, où elle s'enferma en claquant la porte pour la première fois. Charles, même souffrant, se rappela que, l'été dernier, sa fille aussi avait claqué la porte et – maintenant, il l'admettait – s'était enfermée en pleurant. «Elle aussi, je l'ai laissée pleurer toute seule dans son coin.» Une douleur lancinante à la main, la détresse au cœur, il s'assit pesamment. Blandine laissa enfin la compassion lui envahir le cœur.

– Laissez-moi regarder ça, papa, dit-elle doucement.

Le père se laissa soigner, dépassé par les événements. Sa fille prenait grand soin de lui éviter toute souffrance supplémentaire en lui examinant le petit doigt, mais il geignait au moindre contact.

– J'ai bien peur que ce soit une fracture, papa. Va falloir faire venir le docteur.

Elle concassa un peu de glace de l'immense bloc de la glacière pour lui préparer une compresse froide.

– Ça devrait au moins arrêter d'enfler, dit-elle.

En attendant le docteur Gaudreau, le père et la fille se retrouvèrent dans le silence, encore secoués par l'incident de l'agression de Réal Dumas par Wilfrid. Charles déposa sa main gauche sur le bras de la jeune fille qui, étonnée, releva les yeux vers lui. Comme il lui apparaissait vulnérable en ce moment de souffrance physique!

– Toi qui la connaissais tant que ça, dit-il à voix basse, tu…

Il cherchait visiblement ses mots et ses doigts tremblaient légèrement. Il retira sa main. L'agressivité de Blandine commença enfin à se dissoudre. Elle regardait son père et attendait.

– Pourquoi dans l'écurie? balbutia-t-il enfin.

— L'écurie? répéta Blandine, étonnée.

— Oui, reprit-il vivement. Pourquoi dans l'écurie?

Blandine comprit que sa requête concernait la mort de Léontine. Elle chercha comment répondre avec tact.

— Où vouliez-vous qu'elle aille, papa, mal prise de même des suites de... d'une affaire qui avait mal tourné?

— Mais... ici! protesta-t-il. C'était sa maison!

— Êtes-vous sûr de ça, papa? demanda-t-elle doucement. Antoinette m'a raconté qu'en juillet, quand elle avait parlé de la fille Larivière, vous aviez dit qu'une fille de même... vous l'auriez pas gardée dans votre maison...

Il se détourna, accablé. Blandine se sentit plus forte pour poursuivre jusqu'au bout.

— Léontine est allée là où vous ne la trouveriez pas. Comme elle l'avait déjà fait quand elle était petite.

— Quand ça? demanda-t-il faiblement sans se retourner vers elle.

— Oh! ça fait longtemps. Je me souviens même plus de ce qu'elle avait fait, au juste. C'était une niaiserie d'enfant, mais vous étiez tellement en colère que Léontine était allée se cacher dans l'écurie en pleurant et en disant qu'elle ne sortirait plus jamais de là pour ne pas se faire chicaner par vous.

Il haussa les épaules d'un air dubitatif.

— Elle en est sortie, faut croire.

La voix de Blandine se durcit.

— Parce que je m'étais accusée à sa place.

Le père se retourna d'un coup :

— Puis toi, ça te faisait rien de te faire chicaner?

— Oh! moi ou Antoinette ou Lucien ou n'importe qui d'autre, on était habitués : vous trouviez toujours quelque chose de pas correct.

Maintenant elle le toisait. Elle accusait à son tour.

– Mais Léontine, poursuivit-elle, ulcérée, ça aurait été la première fois ! La première fois en dix ans !

Charles ne put supporter le regard de sa fille.

– J'ai jamais voulu mal faire, dit-il sincèrement.

Blandine eut un petit rire de dérision.

– Un enfant, papa, ça peut pas voir ce que son père, un adulte qui a trois, quatre, cinq fois son âge, a dans sa tête ou trois plis en arrière du cœur. Un enfant, papa, ça peut juste entendre les paroles ; ça peut juste voir les gestes.

Elle se leva et concassa d'autre glace avec brusquerie. Puis elle se tourna soudain vers son père, rayonnante :

– Papa ! Je vous remercie de m'avoir posé cette question-là.

Il s'étonna de cette volte-face.

– Ça fait des mois, dit-elle, que je cherche pourquoi je suis entrée au couvent. Vous venez de me le dire.

– Pourquoi ? demanda-t-il en la regardant intensément.

– Pour essayer d'avoir ma place quelque part, parce que j'en ai jamais eu ici.

Elle posa violemment la nouvelle compresse sur la table et sortit prendre l'air.

Ce soir-là, seul dans son grand lit, Charles n'arrivait pas à dormir. Il se fit croire que c'était la double fracture de son petit doigt qui l'en empêchait ; le plâtre encombrant, à l'extrémité de sa main droite, semblait avoir le don de s'accrocher partout, même dans les draps, ce qui provoquait des élancements qui lui vrillaient le cœur. Mais il y avait plus que cela.

L'anecdote racontée par Blandine éclairait la crise de larmes de Léontine, en juillet dernier. Après le téléphone de rupture de Réal Dumas, sa fille était montée en courant dans sa chambre, esseulée dans sa détresse, sans que son père eût esquissé le moindre geste vers elle. Ce triste souvenir lui confirmait une fois de plus, une fois de trop, ce qu'il se reprochait tant : « Léontine a eu besoin de moi puis j'ai rien fait. » D'autres pensées se joignirent aux précédentes pour l'accabler. « Puis les autres, ont-ils eu besoin de moi, eux aussi ? »

Charles avait l'impression que la vie le trahissait, qu'il n'avait plus aucune certitude et que, d'un souvenir à l'autre, des trous noirs se creusaient dans sa conscience, faits d'absences et d'incompréhensions.

Le lendemain matin, les Manseau respirèrent de soulagement. Sous la pression de la famille Dumas, excédée par les frasques de leur cadet, celui-ci confirma qu'il ne porterait pas plainte contre Wilfrid et qu'il éviterait les Manseau pendant un certain temps. Henri et sa mère souhaitèrent qu'à la suite de cette leçon Wilfrid abandonne enfin ses idées de vengeance. Il les prit de court quand il leur annonça le jour même qu'il partait pour une semaine, sans préciser sa destination. Imelda s'inquiéta.

— Mêlé comme il est, j'espère qu'il fera pas d'autres bêtises.

— Pourquoi pensez-vous que ce seraient des bêtises, maman? demanda Blandine.

— Si c'était pas le cas, il aurait pas eu peur de dire où il allait! rétorqua-t-elle, mortifiée de ne pas savoir où son fils se réfugierait.

Charles hocha la tête.

— Un homme peut avoir besoin de se changer les idées. Ça regarde personne.

L'allusion de son mari indigna sa femme.

— Comme ça, c'est ça que tu ferais? lança-t-elle en fermant le rond du poêle si brusquement qu'il pivota.

— Arrête donc de le prendre pour un enfant d'école, répliqua-t-il. Il a trente-deux ans, Wilfrid, ça commence à être temps qu'il… qu'il se conduise en homme, maudit!

— Il y a bien des manières de se conduire en homme, fit Blandine.

— Ça se peut! rétorqua son père. Mais il y a rien qu'un homme ici-dedans, c'est moi. Je suis peut-être mieux placé que deux femmes pour être au courant des besoins qu'un homme peut avoir!

Blandine hocha la tête avec lassitude.

— Oui, papa, vous êtes le seul homme ici. Mais vous êtes pas le seul homme sur la terre. Puis les hommes ont chacun leur manière de…

— Il y a pas trente-six manières d'être un homme, trancha-t-il.

— Bien, reste donc avec ta manière! s'exaspéra Imelda.

Blandine n'ajouta rien. Ses pensées étaient très différentes de celles de ses parents. Elles accompagnaient son frère, lui souhaitant ardemment de trouver la paix qu'il cherchait, et le priant aussi de lui en montrer le chemin, elle qui ne se reconnaissait plus dans cette attitude hargneuse qui la soulageait et la détruisait à la fois depuis la mort de sa sœur.

Les nuits qui suivirent, Charles dormit beaucoup, sous l'effet de sédatifs. La semaine suivante, il souffrit d'insomnie. Un soir, son regard erra dans la pénombre et il vit la porte de la garde-robe de sa femme à demi-ouverte; Imelda avait dû venir y ranger quelque chose dans la journée et avoir été dérangée pour oublier de la refermer, elle qui était si ordonnée. Il se leva machinalement, alluma et allait refermer le placard quand il aperçut, sur la tablette du haut, une boîte à chaussures jaunie par le temps. Un ruban défraîchi était noué autour. Son esprit ne demandait qu'une diversion et il s'intéressa tout à coup à l'objet. «Les lettres du jour de l'An», se rappela-t-il avec une émotion inattendue.

Il prit conscience qu'il n'avait jamais parcouru les lettres de bonnes résolutions que ses enfants, année après année, avaient préparées pour leurs parents. Au début, il les avait obligés à les lire à haute voix, mais Imelda trouvait cela inconvenant de les forcer à dévoiler ainsi, devant les autres, des promesses sincères qui ne seraient pas souvent tenues. Elle avait fait cesser ces lectures trop solennelles, au grand soulagement des enfants, qui en étaient arrivés à ne plus vouloir rédiger leurs fameuses résolutions du Nouvel An. Depuis lors, le père avait fait semblant de les lire, marmonnant un commentaire vague qui peinait les enfants parce qu'il sonnait faux. Il s'avoua, ce soir, que cela l'avait peutêtre chagriné encore bien davantage qu'eux.

Il s'étira et voulut prendre la boîte : son plâtre s'accrocha dans un cintre. Il serra les dents de douleur. Il se reprit à deux mains et réussit à faire glisser l'objet de la tablette. Il ferma soigneusement la porte de sa chambre et s'assit sur le lit.

Il essaya d'ouvrir la boîte mais le plâtre le gênait. Après quelques gestes infructueux, il sortit les liasses de lettres. Puis il essaya d'en déchiffrer une. Mais il ne voyait que des masses confuses de mots. «Mes lunettes», s'irrita-t-il, si peu habitué à cet accessoire qu'il n'avait pas encore le réflexe de le garder près de lui. Il dut d'abord les trouver : il s'en servait si peu. Il se leva, fouilla dans ses vêtements, puis les sortit de son chiffonnier. « Des lunettes dans un étui, ça sert pas le diable », se reprocha-t-il. Affublé de cette prothèse, il se rassit dans son lit et cligna des yeux pour déchiffrer les écritures. Il s'impatienta vite : l'écriture malhabile des enfants, autant que les mots inhabituels et solennels, était malaisée pour lui qui lisait depuis si peu de temps.

Méthodique, il voulut d'abord classer les lettres par dates ; mais pour cela il devait ouvrir chacune des enveloppes et la maladresse inhabituelle de sa main droite l'irrita. Finalement, il regroupa plutôt le tout par enfants et ensuite par dates. Il classa les bulletins, les lettres de résolutions, les cartes d'anniversaire. Puis il se rendit compte qu'il était très tard ; il rangea soigneusement les souvenirs et se coucha. Le lendemain soir, il monta un peu plus tôt à sa chambre, ferma la porte et rapporta la boîte dans son lit, prêt à commencer sa lecture. Il se revit, commis au magasin général, en train de noter les noms des clients sous la dictée de Maurice Boudrias, lui faisant épeler chaque nom en prétextant :

– C'est pour pas me tromper.

Adossé aux deux oreillers, les lunettes bien en place, il refit la petite histoire de Victor et constata, selon les remarques de ses professeurs, à quel point l'aîné avait dû souffrir d'être retiré de l'école après l'incendie. « Je pouvais pas faire autrement. Je savais même pas si j'arriverais à faire mes paiements à la banque tous les mois. » Mais il le regretta, et, ce qui était nouveau, pour Victor. « Il a travaillé comme un homme, lui aussi, après le feu au moulin. »

Le lendemain soir, ce fut le tour d'Henri. Il sourit. À voir ses notes, celui-là avait dû être ravi de quitter les bancs de l'école ; une remarque du frère enseignant lui rappela les fous rires de l'enfant. « Travaillerait mieux s'il riait moins en classe. »

Un autre soir, ce fut Marie-Louise. Partout dans ses lettres, elle manifestait une même application. « Trop, peut-être », se surprit-il à penser, se rappelant qu'elle prenait à cœur son rôle de fille aînée en aidant sa mère, s'occupant de ses frères et sœurs.

Rendu à Wilfrid, il constata que ses notes étaient plus que moyennes, excellentes même, en instruction religieuse. Il buta ensuite sur le mot suivant, qu'il avait esquivé à plusieurs reprises sans faire l'effort de le décoder. Comme celui-ci revenait systématiquement, il s'y résigna.

– Or... ortho... orthographe, finit-il par articuler à mi-voix. Ils peuvent pas prendre des mots comme du monde, dans ces écoles-là ! bougonna-t-il.

Il poursuivit. Les autres notes étaient au-dessus de la moyenne en rédaction, en histoire du Canada et en géographie. « Serait apte à prolonger ses études », avait écrit l'un de ses professeurs. « Je l'ai jamais su ! » réalisa son père. Il ne put s'empêcher de s'interroger sur ce que l'enfant avait pensé quand il avait remis son bulletin ainsi annoté et que son père n'avait fait aucun commentaire.

Soir après soir, enfant après enfant, année après année, il faisait le chemin à rebours de sa paternité, surtout de ce qu'elle aurait pu être. La constance des notes de Gemma le fit sourire malgré lui. Égale en tout, autant en instruction religieuse qu'en arithmétique. Il buta encore sur cet autre mot complexe et soupira. «Quand on pense que les enfants apprennent des affaires compliquées de même...» Il admira son travail bien fait, ses mots bien alignés, ses notes rassurantes, les remarques sur la bonne conduite. «J'imagine qu'elle va faire pareil avec ses enfants.»

Quand il lut les notes d'Antoinette, il se rappela les longues soirées durant lesquelles elle restait à s'acquitter de ses devoirs et de ses leçons plus tardivement que les autres, semblant si lente à retenir ce que d'autres apprenaient d'une seule lecture. «Ça veut juste dire qu'elle a plus de mérite que les autres», protesta-t-il en lui-même, se rappelant la déception qu'il avait si souvent lue dans les yeux de sa fille quand elle lui présentait son relevé de notes.

En parcourant les bulletins de Lucien, il ne fut pas surpris des bonnes notes ni des remarques élogieuses des professeurs. Il lut aussi un commentaire qui revenait à quelques reprises : «Studieux mais distrait.» «Ouais, je me suis demandé bien des fois ce qu'on allait faire avec lui, se rappela-t-il. Pas d'ambition pour cinq cennes, en plus! Comme Wilfrid...» soupira-t-il.

Quand arriva le soir de Blandine, il fut perplexe. Cette enfant aux tournures de phrases si charmantes, qui avaient suscité des remarques si flatteuses de la part des religieuses, était-ce bien sa fille agressive et hargneuse? «Comment ça se fait que j'ai tellement de misère à me rappeler ses affaires à elle, quand elle était petite?» s'irrita-t-il encore une fois. La conversation qu'il avait eue avec elle peu de temps auparavant lui donna sa réponse. «Parce que je voyais seulement Léontine», conclut-il avec remords.

Le soir suivant, il hésita. C'était maintenant le tour de sa chère Léontine. Il était réticent pour la première fois. « Si j'ai jamais vu les autres comme ils étaient, peut-être que je me suis trompé sur elle aussi. » Mais la curiosité fut la plus forte et il entreprit lentement le dernier paquet.

Il se rassura d'un document à l'autre. Des notes presque parfaites. Aucun reproche de mauvaise conduite. Mais il lut avec étonnement, à quelques reprises au cours des nombreuses années scolaires, des mises en garde de quelques religieuses, mises en garde destinées aux parents et qu'Imelda avait lues, sans aucun doute, mais pas lui, son père. « Travaille bien en classe, mais accepte mal l'autorité. » Ou encore : « Devrait acquérir plus de discipline personnelle. » L'une des enseignantes avait même inscrit, lors de la dernière année scolaire : « Une impulsivité mal contrôlée. » Ainsi s'achevaient les documents scolaires de sa fille. Ainsi s'était achevée sa vie.

Charles cala lourdement sa tête dans les oreillers relevés. Ainsi donc, d'autres personnes que lui, son père, qui prétendait pourtant la connaître mieux que quiconque, avaient perçu les points faibles de Léontine, qu'il n'avait jamais vus. « Ou que j'ai jamais voulu voir », admit-il difficilement. Sa pensée l'entraîna dans des chemins insidieux. « Si j'avais fait plus attention, si j'avais pu lire les remarques des sœurs, si... » Des mises en garde d'Imelda, irritée, lui revinrent à l'esprit, des inquiétudes maternelles qui n'avaient jamais trouvé d'écoute chez lui, qu'il avait toujours refusé d'admettre. Au bout d'un long moment, il prit la lettre fripée qui ne l'avait pas quitté depuis presque un an. Il ne pouvait plus traîner ce reproche avec lui. Mais il ne pouvait pas davantage détruire ce dernier lien avec sa fille. Après mûre réflexion et beaucoup d'hésitation, il la joignit aux autres documents de Léontine, fermant ainsi douloureusement l'histoire de sa petite dernière.

Les yeux de l'homme restèrent longtemps ouverts dans l'obscurité de la nuit. «J'ai jamais su qui ils étaient, ce qu'ils aimaient, ce qu'ils voulaient faire dans la vie. » Des phrases, écrites ici et là par ses enfants, lui revinrent à la mémoire, tellement différentes du langage sommaire du quotidien. «Pour vous, mon papa chéri, je serai sage. Je m'appliquerai mieux à l'école parce que vous travaillez si fort pour nous. » «Et je demande au petit Jésus, dans son ciel bleu rempli d'anges, de prendre bien soin de vous tous les jours parce que je vous aime tellement. » «Papa, mes promesses, je les ai faites de tout mon cœur, même si je sais que ça vous intéressera pas de les lire. » Et cette autre, plus poignante encore : «Si vous les lisez, papa, dites-moi que vous êtes content ou faites-moi un signe, juste un petit signe de tête… Je vous aime tellement, papa. » Et celle-là était signée Blandine.

Deux larmes glissèrent sur ses vieilles joues. «Des beaux mots de même, pourquoi on fait juste les lire? Ou juste les écrire? Il me semble que… que ça aurait fait tellement de bien de les entendre. » Il imagina alors les voix pointues ou graves ou fluettes prononcer les mots qu'ils avaient écrits avec tout leur cœur d'enfant. Puis ses larmes se mirent à couler parce que, malgré toute sa bonne volonté, il n'arrivait pas à s'imaginer les prononçant, à son tour, pour les autres.

8

— Maudit! rugit-il.

Charles ne parvenait même plus à soulever une planche, pour vérifier si la marque de coupe était franche et nette, sans accrocher le plâtre de son petit doigt. Il laissa tomber la planche et quitta le clos de bois en observant deux employés à la dérobée, soucieux de s'assurer que sa maladresse était passée inaperçue. Le premier se détourna avec prudence, feignant de n'avoir rien vu. «Le monde sait juste faire ça, avoir peur de moi!» Il aperçut alors le deuxième qui l'ignorait totalement et qui se dirigeait vers Henri. Celui-ci leva le bras vers un carré de madriers nouvellement sciés et donna ses ordres. Charles Manseau se rendit à l'évidence: il n'y avait pas si longtemps, c'était lui, et lui seul, qui commandait à ces mêmes ouvriers. Il voulut vérifier mentalement: Léontine, c'était en août 1938, on était maintenant à la fin d'avril 1939. Il en fut presque incrédule. «Ça se peut pas.» Tant de changements pouvaient-ils être survenus en moins d'un an?

Il marcha à pas lents vers la scierie. Aujourd'hui, son imposante structure lui paraissait menaçante, voire écrasante. Sa gestion impliquait tant de décisions quotidiennes, de choix complexes, de supervision constante de ses employés, d'âpres négociations avec les fournisseurs et les clients, de recherches malaisées en approvisionnement, de traitement adéquat de la marchandise : coupe, classification, séchage, livraison, etc.

Il examina de nouveau le bâtiment et une rancune sourde surgit en lui. «Tu m'as tout pris! Mon temps, mes ambitions, mes sueurs.» Mais il s'insurgea : «Il fallait bien que je gagne ma vie, maudit!» Sa révolte s'éteignit d'elle-même; il ne parvenait plus à se convaincre. Déjà, une dizaine d'années plus tôt, il avait douté de l'importance omniprésente de son commerce. Aujourd'hui, en avril 1939, privé de sa fille, sa joie et son espoir, il était encore plus accablé par le vide qui s'infiltrait partout dans son existence. Il regarda le vieux Gervais, qui travaillait pour lui depuis 1903 et qui prendrait bientôt sa retraite; l'homme était toujours aussi serein. «Il s'est pas morfondu pour rien, lui, crut-il. C'est peut-être lui qui avait raison...»

Parvenu machinalement à l'intérieur de la scierie, il se réfugia dans la petite pièce qui servait de bureau. Il s'assit dans le fauteuil de chêne à roulettes, aux bras moins usés que salis par les mains qui s'y accrochaient pour le pousser et le repousser. Devant lui, le petit bureau qui avait à peine un mètre de longueur et un peu moins de largeur, étalait sa surface éraflée, tachée d'encre à quelques endroits.

Charles ouvrit distraitement le tiroir de droite : des crayons, une règle, quelques bouts de papier, des factures. Il leva les yeux. Contre le mur du fond, un classeur métallique; c'était la seule décision qu'Henri s'était permis de prendre sans le consulter, du moins avant les événements tragiques de l'année précédente. À gauche, une petite armoire de bois à deux portes, et qui fermait à clé, comme le classeur. Quelques chaises pour les clients ou fournisseurs qui discutaient longtemps. Il soupira. Cette petite pièce, c'était surtout Henri qui l'utilisait puisque c'était lui qui tenait la comptabilité de l'entreprise. Charles réalisa qu'il avait toujours eu ce local en aversion simplement parce qu'il servait aux écritures, ces signes menaçants qu'il n'avait jamais pu vérifier ni contrôler. Il lui vint soudain à l'esprit que, maintenant, ce n'était plus le cas : il savait lire.

Sa main droite étendue sur le bureau, il constata encore à quel point le plâtre le gênait dans ses mouvements; il devrait cependant le tolérer plusieurs autres semaines. «Je vais devenir fou!» s'exaspéra-t-il. Il ne savait plus que faire pour s'occuper. Près des scies, il était encombrant et il lui répugnait d'y rester à ne rien faire, autant pour lui-même que pour le mauvais exemple qu'il donnait ainsi aux employés. La maison ne lui offrait pas de refuge non plus. «Qu'est-ce que j'irais faire là?» grogna-t-il intérieurement. Et puis il était las de marcher comme il l'avait fait fréquemment depuis quelques mois; cette fuite ne le soulageait plus.

Henri entra par hasard et, surpris de voir son père assis à sa place, il ne put s'empêcher de lui demander :

— Vous voulez vérifier quelque chose, papa? Je sais que j'ai pris un peu de retard dans la comptabilité pendant l'absence de Wilfrid, mais...

— Non, non, c'est pas ça, répondit son père. Je sais que tu vois à tes affaires.

Henri fronça les sourcils. Était-ce bien un compliment? «C'est bon à prendre», admit-il. Charles essayait de trouver une justification à sa présence dans le bureau d'Henri, à sa présence dans la scierie, pour tout dire. Sa main frotta distraitement le bois du bureau et cela lui donna une idée.

— En fait, je voudrais revoir quelques affaires dans les livres. Des vieilles affaires.

— Comme quoi? demanda Henri qui devint soupçonneux.

— Prends pas le mors aux dents, répliqua son père. Des affaires... des affaires du temps où j'avais des coupes de bois.

— Vous en avez eu longtemps. Dites-moi la date, ce sera plus simple.

Les dates, Charles ne s'en souvenait plus aussi aisément depuis une quinzaine d'années; en ce moment, comme il ne cherchait rien de précis, il se sentit pris à son propre piège et n'aima pas cette sensation.

— Vers... 1922, improvisa-t-il. Il me semble que ce doit être quelque part par là.

Henri ouvrit le classeur et sortit un grand cahier brun aux coins retroussés.

— Voulez-vous que je cherche pour vous? proposa-t-il.

— Non, non, laisse faire. Je vais voir à ça.

Henri resta un moment, indécis.

— Papa...

— Qu'est-ce qu'il y a? s'irrita Charles, pressé de le voir partir.

— Bien, faudrait que je vous parle d'une affaire sérieuse. Ça fait plusieurs fois que la pression de la bouilloire est dure à maintenir.

— Le gouvernement nous a obligés à mettre une valve de sécurité. C'est quoi, le problème?

— Le problème est pas là, papa. Le problème, c'est que la bouilloire a fait son temps.

– La bouilloire? s'écria son père. Une bouilloire qu'on avait achetée neuve?

– Neuve, admit Henri, mais dans ce temps-là!

Charles réfléchit. « On est en 39, ça fait… »

– Ouais, c'est sûr que c'est pas d'hier, admit-il.

Ce serait une dépense importante à effectuer même si l'économie donnait des signes de reprise. « Comme si j'avais la tête à ça », soupira le père.

– Si on n'a pas le choix, il va bien falloir en acheter une neuve, se résigna-t-il avec lassitude, n'ayant aucunement le goût de s'en occuper lui-même. Tu t'informeras des prix, dit-il en ouvrant le cahier brun, signifiant à son fils que la question était réglée.

Henri le regarda, perplexe.

– Papa, c'est pas de même qu'on va régler ça.

Le père s'impatienta, harcelé par cette question d'ordre pratique. Il ne désirait qu'une chose, qu'on le laisse tranquille, et il se méprit sur la protestation de son fils.

– Je veux bien croire que les affaires ont l'air de reprendre, mais il doit y avoir moyen de trouver un bon prix quelque part! Tu t'informeras, lui redit-il, le congédiant d'un geste irrité de sa main gauche.

Il avait déjà commencé à feuilleter le cahier pour se donner une contenance et fut étonné lui-même de se confirmer qu'il pouvait vraiment lire, pour la première fois de sa vie, ce qu'avaient été les transactions relatives à *sa* scierie, à *son* commerce. Le livre de comptes, demandé par bravade, se révélait tout à coup le témoin de ses années de travail, le témoin de sa vie, en fait, puisque, depuis la mort de Léontine, il était forcé d'admettre, d'une douleur à l'autre, que sa scierie avait primé sur tout. Et voilà qu'aujourd'hui, par hasard, il avait accès à toute une partie de son existence qu'il n'avait jamais pu contrôler à son aise. Agréablement surpris de sa découverte, il n'avait aucunement l'intention de s'en laisser distraire à ce moment-ci.

C'était maintenant au tour d'Henri de s'impatienter. «Ça fait des semaines que ça devrait être réglé; faut finir par décider! Quand c'est pas mon père qui est tout croche ou qui n'est pas là, c'est Wilfrid qui fait le fou puis qui sacre son camp pour une semaine!»

— M'écoutez-vous? s'écria-t-il. La bouilloire, il est pas question de la remplacer! Faut changer de système!

— Comment ça, changer de système? sursauta son père. La vapeur...

— La vapeur, ça a fait son temps. On est en 1939: on choisit entre l'électricité ou le diesel. C'est tout. C'est l'un ou l'autre. La vapeur, c'est fini, ça!

Charles fut abasourdi. Tout lui échappait. Même sa scierie, qu'il avait implantée de peine et de misère, payée chèrement en argent et en labeur.

— Papa! s'exaspéra Henri. Ça fait un an que vous n'êtes plus là, que vous voyez plus ce qui se passe. Mais le monde continue à tourner, lui. Les décisions, bâtard, faut finir par les prendre!

Le père dévisagea son fils avec étonnement. Il était assis et il mit sur le compte de cette position inhabituelle la perception soudaine que son fils, debout, était plus grand et plus fort que lui. Et il se sentit encore plus éloigné du problème de l'heure. Incapable d'en discuter sur-le-champ, il prit le cahier, s'accrocha le doigt encore une fois et se leva brusquement.

— Je vais aller lire ça à la maison; il y a pas moyen de travailler en paix, ici-dedans.

Henri le regarda partir, sidéré. Charles traversa la rue, rentra chez lui et s'installa à la grande table de la cuisine. Il apprécia d'emblée le silence de sa demeure. Il déduisit que le bruit des scies devait le fatiguer, mais il ignorait depuis quand. Attentif, il découvrait de page en page que son fils Henri s'acquittait bien de sa tâche. Les transactions, commandes et livraisons défilèrent lentement sous ses yeux malhabiles à lire et qui se plissaient sous les lunettes d'écaille. Imelda fut émue malgré elle que l'alphabétisation de son mari le comble à ce point. Il lisait lentement, se reprenant souvent à plusieurs reprises pour déchiffrer l'écriture pressée d'Henri. Heureusement, il y avait là plus de chiffres que de mots, et les chiffres, Charles en avait toujours décodé la valeur.

Le lendemain, il voulut poursuivre ses investigations et il retourna à la scierie pour aller chercher les premiers registres. Il fut obligé de demander où ceux-ci étaient rangés. Henri en trouva plusieurs dans le classeur, sauf les premiers.

— Les premiers livres, demanda-t-il, c'était du temps de Victor?

— Au moins le premier, répondit son père.

Henri alla fouiller dans l'armoire des archives et il dénicha un petit cahier noir, un seul, ressemblant à un cahier d'écolier, le feuilleta et le tendit à son père. Il fut froissé pour Victor de constater que son père désirait tout parcourir d'une couverture à l'autre.

— Pourquoi vous voulez voir tout ça? Vous pensez que c'est pas correct? demanda-t-il sèchement.

Charles reconnut le ton habituel qu'il avait avec ses fils. «On s'est peut-être jamais parlé autrement…» Il éraflait la susceptibilité d'Henri sans le vouloir, mais il ne pouvait faire autrement. Il emporta les dossiers chez lui, de l'autre côté de la rue.

Il décida de commencer par le début et ouvrit le petit cahier noir. L'écriture était différente et il déduisit que ce devait être celle de Victor. Sa mémoire se brancha sur son aîné. «C'est le premier qui a joué dans mes affaires.» Cette participation ne s'était effectuée que sur papier, et encore parce que la Eastern Townships Bank, qui lui avait consenti un prêt pour reconstruire sa scierie, avait exigé des relevés mensuels. Il avait dû céder, mais comme il ne savait ni lire ni écrire, il avait dû confier cette tâche à son aîné malgré son ressentiment dû à l'incendie. Près de trente ans plus tard, Charles apprécia le système simple mais efficace que Victor avait établi malgré ses quinze ans. «Il faisait ça avec plus de soin qu'Henri», s'étonna-t-il.

Charles se rappela qu'avant l'incendie il tenait ses comptes lui-même. Il calculait avec un petit crayon de bois, griffonnant des chiffres sur un bout de papier brun, et ces données s'enregistraient ensuite dans sa mémoire. Il osa se féliciter. «J'en connais pas bien d'autres qui auraient pu faire ça!» Ce sentiment nouveau de fierté consciente le sécurisa. Mais sa pensée s'obstinait malgré lui à dévier de la comptabilité. Son souvenir l'attirait au-delà des chiffres qui remplissaient les pages qu'il regardait maintenant sans les voir : il pensait à Victor. Il s'avoua pour la première fois qu'il lui en voulait depuis longtemps, même avant l'incendie, et surtout que la cause lui échappait. Et que, paradoxalement, le départ de son aîné l'avait spolié d'une partie de sa paternité.

Il le revit tout à coup, petit enfant de moins de deux ans, trottinant autour de la première scierie de son père, érigée dans la vieille grange. «Mathilde venait en pique-nique, se rappela soudain le père avec émotion, quand elle attendait Henri.» Mais les souvenirs qui, l'an dernier encore, lui auraient trotté seulement dans la mémoire lui descendirent aujourd'hui au cœur. «Vas-tu le surveiller?» s'était inquiétée Mathilde, alourdie par sa grossesse avancée et restreinte dans ses mouvements. Le jeune père s'était irrité de la crainte maternelle et, une fois sa contrariété exprimée devant le peu de confiance de sa femme, il avait oublié l'enfant. Une image surgit brusquement : le petit évanoui de peur dans les bras de Vanasse, aussi blême que l'enfant qu'il portait en tremblant. «La *strap*...», se rappela-t-il, bouleversé.

Une vision d'horreur s'imposa à lui. Le bambin s'était approché en toute innocence de la courroie en mouvement de la grande scie et, sans le cri rauque du vieux Vanasse, il aurait eu le bras arraché. Charles trembla de la tête aux pieds. Et il comprit pourquoi Victor avait toujours craint les scies, sans jamais savoir lui-même pourquoi, probablement, se le reprochant sans doute, mais ignorant que c'était son père qui en était responsable. Les yeux voilés, Charles occupa ses mains à placer et replacer les livres devant lui. «Il était aussi bien de partir; le moulin, c'était peut-être pas pour lui.» Il ferma le petit cahier noir. «Une maudite niaiserie payée cher... Ben cher.»

Ce soir-là, allongé tout seul dans son grand lit, obsédé par ce souvenir, il osa énoncer une déduction. «J'en ai-tu fait ben d'autres, des niaiseries de même?» Un doute de plus s'ajouta aux précédents. «C'est ça, vieillir? s'interrogea-t-il. Commencer à douter de tout?» Malgré lui, l'idée que Victor aurait pu être mutilé pour la vie à cause de lui ne le quittait plus. Il ne pouvait se défaire du souvenir du petit couché dans l'herbe, la tête sur les genoux de Mathilde enceinte de huit mois et blême d'angoisse, et ensuite de la vision du petit qui se collait contre la poitrine de son père en hoquetant : « Peur, papa… Peur, papa… »

— Comme Léontine…, murmura-t-il. J'étais pas là pour mon plus vieux ; j'étais pas là pour ma plus jeune.

Les jours suivants, Charles reprit ses promenades et ses jongleries. Il avait la certitude maintenant que de grands morceaux de sa vie lui avaient échappé. Et ce qui lui était encore plus pénible, c'était de ne pas savoir lesquels. « Le plus maudit dans tout ça, c'est qu'on peut pas savoir c'est quoi qu'on sait pas. »

Pour contrer son angoisse envahissante, il décida d'essayer de mettre un peu d'ordre dans sa propre histoire, comme autrefois il avait rangé le magasin général. « Quand il y a de l'ordre, il me semble que les affaires se comprennent mieux. » Il lui apparut que le plus accessible et le plus concret, et surtout le moins menaçant, c'était encore et toujours sa scierie.

Le fils du notaire Lanthier avait repris l'étude de son père et il mit un peu de temps à repérer tous les contrats, surtout celui de la coupe de bois des Gagnon. Il le dénicha finalement, classé sous « Boudrias-Manseau » et non sous « Manseau-Boudrias ». Le client signa une décharge pour apporter les documents chez lui quelques jours.

— Une chance que je vous connais, monsieur Manseau, s'étonna le notaire, sans ça je ne saurais pas quoi faire.

— Pourquoi ? demanda l'autre, prêt à s'offusquer.

— Votre signature a bien changé depuis le temps.

Une telle bouffée de fierté envahit Charles qu'elle fut comme un baume sur la souffrance qui l'habitait. Son nom, il l'avait griffonné souvent, pourtant, mais aujourd'hui il en retirait une joie qu'il n'aurait jamais soupçonnée et qu'il dissimula au fils du notaire sous une boutade.

— Ça change en mieux ou en pire, le jeune?

— En mieux! Incontestablement en mieux! insista le notaire de cinquante-six ans, avec humour. Mon père avait raison, vous ne ferez jamais les affaires comme tout le monde. Les autres écrivent de plus en plus mal, mais vous, c'est plus lisible que jamais. Regardez!

Il lui montra sa signature au bas de son premier contrat : un gribouillage illisible qui allait devenir sa griffe, sa crédibilité. Il compara avec sa signature d'aujourd'hui et il releva la tête avec une telle joie dans le regard que le notaire fourra sans rien dire la liasse de contrats dans une grande enveloppe.

Charles Manseau passa des jours et des jours à tout scruter. Les termes juridiques qu'il connaissait par cœur et avait utilisés mille fois, il ne les avait jamais lus et il s'irrita plus d'une fois d'une orthographe trop complexe à son goût. À le voir lire à s'en fatiguer les yeux comme s'il ne s'en rassasiait pas, Imelda en attrapa un goût pour la lecture elle aussi. Mais il n'y avait pas de livres dans la maison.

— Tenez, maman, lui dit Blandine le lendemain; j'en ai emprunté un à Marie-Louise pour vous. Elle dit qu'il est pas mal intéressant.

Sa mère le prit, le feuilleta. Le texte était aéré. C'était tout de même le premier livre de sa vie et elle ne fut pas certaine de pouvoir le lire jusqu'au bout. Elle jeta un coup d'œil à Charles, toujours penché sur ses documents. « S'il est capable, je devrais l'être aussi. » Ils lisaient chacun de leur côté, en silence, et ils finirent par énoncer quelques réflexions.

– Lanthier faisait bien les affaires. Il m'a jamais trompé, dit Charles.

– Il y en a d'autres de même, mais tu t'en es toujours méfié, rétorqua-t-elle.

Elle regretta aussitôt ce reproche déguisé. Elle reprit son livre.

– Ça fait drôle de penser que des gens inventent des histoires qui ressemblent à ce qu'on connaît, dit-elle simplement avant de se replonger dans sa lecture.

À la radio, les rumeurs d'une guerre en Europe s'intensifiaient. Un matin de mai, Charles sembla les entendre pour la première fois. La guerre de 14-18 et le souvenir de la mobilisation de ses fils Victor et Henri s'imposèrent à son esprit. Les craintes d'Imelda au sujet d'un éventuel enrôlement de ses fils ou des plus âgés de ses petits-fils ébranlèrent la quiétude aveugle du chef de famille.

– C'est pas parce qu'ils disent ça à la radio que c'est vrai, déclara-t-il.

– Ils en savent quand même plus que nous autres, ici, à Saint-François-de-Hovey, répliqua Blandine.

Charles sortit, refusant ces informations alarmantes. Mais à l'intérieur de la scierie les ouvriers étaient réunis et en discutaient âprement. Il se sentit harcelé par cette menace lointaine jusque dans ses derniers retranchements.

– La guerre, papa, insista Henri, tout le monde dit que ça pourrait nous toucher, même ici.

– On verra ça dans le temps comme dans le temps ! Si ça arrive, comme tu dis.

Henri était trop inquiet pour être rassuré par une réponse aussi vague.

– J'ai quatre enfants à faire vivre, papa. Qu'est-ce qui va arriver s'il y a vraiment une guerre en Europe? Le savez-vous, vous? s'énerva-t-il.

– Ben non, je le sais pas! s'exaspéra son père en passant sa main dans ses cheveux gris.

Il regarda son fils et le découvrit anxieux. « Il a donc bien changé, lui! »

– Il me semble que tu prends ça bien à cœur, ces rumeurs-là, poursuivit-il.

– Des rumeurs? cria son fils. On voit bien que c'est pas vous qui avez été conscrit en 1917!

Le père commença enfin à comprendre l'enjeu. Son fils partirait-il à la guerre? Et Wilfrid aussi? Ses quatre fils seraient-ils conscrits? Tout à coup, le monde s'effondrait autour de lui. Les modifications à apporter à sa machinerie désuète, l'augmentation des assurances contre les accidents à la scierie, et maintenant une guerre qui mettrait peut-être la vie de ses fils en danger. Il persista à refuser de croire qu'un conflit armé, encore éventuel et si éloigné, puisse leur nuire, ici, à Saint-François-de-Hovey.

Le seul problème concret et immédiat qui le touchait, c'était celui du remplacement de la bouilloire. Mais il était incapable de prendre une décision à ce sujet. Son ambivalence était telle qu'il comprit brusquement que la gérance de la scierie était devenue une tâche au-dessus de ses forces : tout l'épuisait, tout l'écrasait. Et il ne pouvait imputer à la fracture de son doigt tout ce désintéressement qui avait surgi en lui. Son intuition des affaires, qui l'avait servi toute sa vie, lui laissait présager que cette guerre du bout du monde allait modifier le cours des choses. Mais lui, Charles Manseau, à cette étape de sa vie, n'avait plus l'énergie d'affronter tous les changements profonds qu'il pressentait.

Ce soir-là, il fit longuement le tour de sa scierie, l'examinant de la base jusqu'au toit, suivant des yeux la longue cheminée qui rejetait la fumée le plus haut possible. Il se promena lentement dans les allées de la cour à bois, palpant les planches ici et là, humant les odeurs particulières des différentes essences d'arbres qui se dégageaient des coupes fraîches. À l'intérieur, il examina la fournaise et les tas de croûtes, les piles de bardeaux; à l'étage, il fit le tour des scies, tâta quelques dents rapportées; il marcha dans la pièce rajoutée servant à la fabrication des portes, châssis, jalousies, et finit par aller s'asseoir dans le petit bureau.

Au bout d'une longue réflexion, sa résignation laissa poindre un grand soulagement.

9

Quelques jours plus tard, Charles retint ses fils Henri et Wilfrid après la journée de travail et il leur annonça, sans préambule :

— J'ai décidé de vendre. S'il y en a qui sont intéressés, ils ont juste à le dire.

Il guetta chez ses fils l'enthousiasme qui le confirmerait dans sa décision ; celle-ci, malgré tout, avait été malaisée à prendre. Mais ils le dévisageaient avec stupéfaction et leur mutisme gâcha l'attente paternelle. Henri commença enfin à manifester une réaction ; il cachait mal, maintenant, une joie évidente. Le père se sentit évincé de sa propre entreprise. « Il a si hâte que ça que je parte, celui-là ? » Il observa ensuite Wilfrid et ce fut à son tour d'être stupéfait. Du bout de sa botte, le cadet jouait dans le bran de scie, faisant tourner sa casquette au bout de son doigt. Il leva les yeux vers son père et celui-ci, incrédule, en eut un coup au cœur. « Il veut pas de mon moulin... » Son offre embarrassait son fils, voilà ce qu'il décelait à travers le regard limpide de Wilfrid qui n'avait jamais pu cacher ce qu'il pensait, même s'il ne l'exprimait pas toujours en paroles.

— J'ai dit que ceux qui étaient intéressés avaient juste à le dire, répéta le père d'une voix rauque, mais blessée. Je force la main à personne.

Henri regarda son frère, cherchant une connivence. Le regard qu'il reçut le désarma. «Faut qu'on se parle», semblaient dire les yeux de Wilfrid. Charles ne put supporter ce silence.

— Je peux mettre une annonce, si ça vous achale tant que ça! dit-il sèchement.

Il sortit d'un pas pressé et furieux.

— Voyons donc, papa! lança nerveusement Henri. C'est pas ça! C'est la surprise! On va y penser sérieusement, c'est bien certain.

«C'est sûr que je les ai pas habitués à décider, ronchonna leur père, j'ai toujours tout "bossé". Mais c'est des hommes, à c't'heure, maudit! Qu'ils se décident, s'ils en veulent, du moulin, parce que moi, je les attendrai pas dix ans!»

Henri, encore sous le choc, voulut se rassurer auprès de son frère.

— Puis? dit-il, exprimant librement son emballement. Qu'est-ce que t'en penses?

Wilfrid marcha un peu, remit sa casquette, donna un coup de pied sur un bout de planche qui dépassait d'une cordée.

— On s'attendait pas à ça, dit-il sobrement.

Henri fut contrarié.

— Franchement, c'est pas le contentement qui t'étouffe. On ferait de bons associés, il me semble!

Son frère hésita, puis répondit lentement :

— Un moulin, ça n'a pas nécessairement besoin de deux boss.

L'aîné blêmit.

— Qu'est-ce que tu veux dire? Que tu le veux pour toi tout seul? Que je suis de trop?

Le cadet toisa son aîné déjà vindicatif à la seule perspective de devenir le patron de l'entreprise. Il sourit et ce sourire humilia encore plus son frère que des reproches.

– Qu'est-ce que t'as? fit Henri. Tu te penses plus fin que moi?

Furieux, il donna à son frère une bourrade qui le déstabilisa. Wilfrid hocha la tête.

– Énerve-toi donc pas pour rien. Le moulin, je suis sûr que tu serais bien capable de «runner» ça tout seul.

Puis il haussa les épaules et sortit en disant seulement :

– On va dormir là-dessus. On s'en reparlera.

Quelques jours plus tard, Blandine et Wilfrid étaient debout près du coude de la rivière, presque sous le pont. Cette pointe terminait le terrain de la maison paternelle et ils allaient y jouer quand ils étaient petits.

– T'as pas reçu ta réponse? demanda Blandine à Wilfrid.

Il secoua négativement la tête et il lança sur l'eau un caillou qui ricocha.

– Te rappelles-tu? demanda-t-il. Tu venais pleur- nicher ici puis je te consolais.

Il se tourna vers elle et ils se sourirent. De tendres souvenirs de complicité enfantine, connus d'eux seuls, leur serrèrent le cœur.

– Si t'avais pas été là, dit-elle, je sais pas ce que j'aurais fait. Je savais même pas pourquoi j'avais le cœur si gros.

Wilfrid lança un autre caillou qui ricocha sept fois. Blandine frappa dans ses mains devant cet exploit, comme autrefois. Ils éclatèrent de rire et ils s'assirent sur une roche assez grande pour deux.

– Je pouvais quand même pas te le dire. C'était pas de sa faute.

Il lança un autre caillou, qui s'enfonça parce qu'il l'avait lancé négligemment. Blandine avait les larmes aux yeux.

– Tu le savais, toi?

– C'est pas parce qu'on dit rien qu'on voit rien.

Ils se turent un moment, puis Wilfrid ajouta :

– Quand t'as dit que tu t'en allais au couvent, je me suis dit que c'était peut-être parce que tu pouvais plus affronter ça.

Blandine accepta de voir sa douleur en face.

– Elle prenait toute la place, dit-elle tout bas. Toute la place, répéta-t-elle. J'existais pas, moi. Je la haïssais tellement pour ça, mais en même temps… je l'aimais tellement.

Son regard erra sur l'eau, puis une joie sincère illumina son visage et elle se tourna vers son frère.

– Tu te souviens? C'est mon nom qu'elle avait dit en premier, mon nom à moi. C'est ma main à moi qu'elle voulait toujours prendre pour aller se promener. Mais j'avais juste deux ans de plus qu'elle : j'avais de la misère à la tenir. Elle était toujours sur une patte, elle voulait toucher à tout, tout faire…

La jeune femme de vingt-trois ans ramena ses genoux contre sa poitrine et elle croisa ses bras, y enfouissant sa tête pour se replonger dans ses souvenirs d'enfance.

– Je m'ennuie tellement d'elle…

Elle éclata en sanglots, en essayant, comme autrefois, de cacher sa peine, comme si le chagrin était honteux.

– Wilfrid, pourquoi elle est morte? Ça n'a pas de bon sens!

– C'est pas de notre faute, Blandine. J'ai fini par comprendre ça.

Le grand frère esquissa le même geste qu'autrefois : il passa son bras autour des épaules frêles de sa cadette.

– C'était pas de sa faute non plus si papa voyait rien qu'elle. C'était dur pour tous les autres aussi, même pour maman.

– Pour toi aussi ? fit Blandine.

Il ramassa une poignée de cailloux de sa main gauche, puis ouvrit sa main lentement, les laissant tomber un à un.

– On est des grandes personnes, à c't'heure, Blandine. On en a eu assez de vivre ça dans le temps, on va pas traîner ça toute notre vie, hein ?

Comme autrefois, il sortit son grand mouchoir et lui frotta le nez. Elle protesta et ils se chamaillèrent un moment, pour rire. Puis Blandine redevint sérieuse.

– T'as pas reçu ta réponse ? redemanda-t-elle.

– Non, pas encore. Je l'attendais pas aussi vite non plus. Sauf que là, l'offre de papa me pousse dans le dos.

– C'est tentant, une offre comme ça. Qu'est-ce que tu vas faire ?

Il fit mine de l'étrangler :

– T'obliger à aller à la poste deux fois par jour s'il le faut !

Imelda se tournait la langue dix fois plutôt qu'une pour taire son opinion. Elle avait toujours craint qu'Henri et Wilfrid, nés de deux mères différentes, n'aient pas le même statut aux yeux de leur père. À ses yeux, ce n'était pas un frère par rapport à un autre frère, c'était « l'autre » par rapport à elle, Imelda. « Il a bien changé depuis un an, mais ça durera pas. Cette fois-ci, je me laisserai pas faire. » Le courage de s'affirmer, qu'elle n'avait jamais eu pour elle-même, elle le découvrait aujourd'hui pour son fils aîné, quitte à s'ingérer malencontreusement dans la vie de celui-ci sans le vouloir.

— Ce moulin-là, ça te revient autant qu'à Henri, insista-t-elle auprès de Wilfrid qu'elle avait vu revenir avec Blandine et qu'elle avait retenu à souper.

Il refusa le second dessert que sa mère insistait pour lui faire accepter.

— Maman, je vais voir à mes affaires comme il faut. Inquiétez-vous pas pour moi.

Blandine lui lança un regard étonné. « Dis-lui donc ! » pensa-t-elle. Wilfrid secoua la tête. « Je le dirai quand ce sera sûr. » Deux jours plus tard, Blandine lui apporta à la scierie la lettre qu'il attendait avec impatience. Il décacheta l'enveloppe et en sortit deux feuilles qu'il lut rapidement. Une telle joie déborda de ses yeux que Blandine devina la réponse. Il appuya son front carré contre la tête châtain clair de sa jeune sœur.

— Je me suis jamais senti heureux de même, murmura-t-il.

— Puis moi, fit-elle, très émue, qui va me consoler ?

— T'auras plus besoin de ça ; t'es devenue une grande fille qui va apprendre à se rendre heureuse parce qu'elle est belle, fine, intelligente... et qui va faire attention parce que son petit cœur est bien fragile, termina-t-il en lui tapotant le bout du nez.

Elle l'embrassa sur les deux joues et lui souhaita d'être heureux.

— Tu diras à maman que je vais aller souper ce soir. En attendant, je vais aller voir mon « ex-associé », ajouta-t-il en riant.

Henri fut décontenancé.

– J'attendais seulement une occasion pour annoncer ça au père, précisa Wilfrid. Ensuite, quand il a dit qu'il voulait vendre, j'ai espéré que ma réponse arriverait assez vite.

L'aîné était estomaqué.

– C'est quand même pas parce que t'as tabassé Réal Dumas un peu fort…

– Pas mal fort…, rectifia Wilfrid en riant. Pas mal fort!

– Mettons! Mais c'est quand même pas à cause de ça que tu dois gâcher ta vie.

– Gâcher ma vie? Ça m'a juste ouvert les yeux. En fait, ça m'a fait sortir la rage que j'avais en dedans d'avoir jamais su où était ma place. Maintenant, je le sais; je la prends.

Il donna à Henri une tape dans le dos et arbora un sourire si sincère que son frère ne trouva plus d'arguments. Il remit ensuite sa casquette et le salua brièvement, comme il le faisait chaque jour, mais il traversa la rue pour aller souper chez ses parents au lieu de rentrer chez sa sœur Gemma où il pensionnait toujours.

Henri ne savait plus que penser. Il avait longtemps espéré racheter l'entreprise, mais en association avec Wilfrid. Et il avait même souhaité que ce soit leur père qui délimite la participation de chacun, lui octroyant la majorité, toutefois. Mais celui-ci avait été inflexible.

– Si vous êtes assez grands pour racheter le moulin, vous êtes assez grands pour vous arranger avec, leur avait-il clairement dit.

Cette scierie qu'il avait toujours attendue, voilà qu'elle lui était enfin offerte. Mais aujourd'hui, les projets qu'il avait si longtemps caressés semblaient irréalisables parce que tout retombait sur ses seules épaules.

À la table familiale, Wilfrid cherchait comment annoncer sa décision.

– T'aurais pu venir souper hier, lui reprocha Imelda; c'était la fête de ton père.

«Hier, je le savais pas encore, songea son fils. De toute façon, c'était peut-être pas une nouvelle à lui apprendre le jour de sa fête, même si, pour moi, c'est un bien grand jour.» Il se décida enfin et les informa de ses démarches, posément, sobrement. Un silence de stupéfaction remplit la cuisine.

Charles crut avoir mal entendu. Cette décision était tellement invraisemblable qu'il ne trouva aucun commentaire à émettre. Imelda, qui tombait des nues elle aussi, souffrait de n'avoir rien pressenti dans son cœur de mère. Wilfrid lança un regard serein à Blandine qui servait le thé et le café.

– C'est là que je suis allé passer une semaine le mois passé, ajouta-t-il.

Imelda lança un regard justicier à son mari, comme pour effacer l'hypothèse équivoque que celui-ci avait émise lors de cette mystérieuse absence.

– C'est pour quand? demanda simplement le père, se rabattant sur les détails concrets, incapable de formuler ses sentiments.

– Dans deux semaines, répondit Wilfrid. J'ai pas grand-chose; mes affaires vont être faciles à régler. Le mari de Gemma va revenir des chantiers, de toute façon; elle n'aura plus besoin de ma pension. Au moulin, je suis sûr que vous pourrez trouver un bon engagé pour me remplacer.

Il ne put s'empêcher de rire.

– Je veux dire… qu'Henri va pouvoir se trouver un bon engagé.

– T'avais pas mal d'expérience, le complimenta sobrement son père.

Wilfrid accepta l'approbation tardive et voulut partir en faisant la paix avec son père.

– J'ai toujours fait de mon mieux.

Imelda se mit à pleurer.

– Mais… une décision de même, c'est tellement… tellement…

– Voyons donc, maman, la consola Blandine, vous savez bien que Wilfrid jongle à ses affaires comme il faut.

– Vas-tu au moins manger à ta faim, dans cette place-là? s'enquit son père qui, visiblement, pensait à autre chose.

Wilfrid s'était attendu, sinon à la réprobation paternelle, du moins à un certain désappointement. Mais rien ne transpirait dans l'attitude de son père. Comme si son départ lui était totalement indifférent.

– Inquiétez-vous pas, ajouta-t-il en ravalant sa déception légitime; il y a beaucoup de jours de jeûne, mais c'est correct.

– Ça fait quoi dans la vie, des frères… de même? demanda Imelda.

– Des frères convers, maman. C'est sûr que, avec le peu d'instruction que j'ai, je pourrai pas être prêtre, moine de chœur. Mais frère convers, c'est aussi correct pour moi. On s'occupe du verger, des champs, des animaux de la ferme, des réparations au monastère. De toute façon, ils agrandissent tout le temps, dans ce monastère-là. Ça me rappellera ma «job» d'ici.

Charles se taisait. Il était ramené brutalement des années en arrière, bousculé par des émotions fortes et contradictoires, et cela l'empêchait de comprendre les informations que Wilfrid continuait patiemment à donner, les questions qu'Imelda ne cessait de poser comme pour décourager son fils de son choix, les commentaires heureux de Blandine qui approuvait ouvertement son frère.

— Mais c'est une vie de sacrifices! protesta Imelda en larmoyant, à bout d'arguments.

— Puis vous, maman, rappela-t-il doucement, vous n'en avez pas fait, des sacrifices, pour élever votre famille?

— Oui, mais toi, t'auras jamais de douceurs pour t'encourager.

— En aviez-vous tant que ça, maman? demanda-t-il plus bas.

Les yeux de Blandine lancèrent des éclairs.

— Puis c'est pas tout d'en avoir, des douceurs! fit la jeune fille. Faut être capable de les voir puis de les prendre!

Elle se tut : elle ne voulait pas gâcher le souper de son frère.

La nouvelle de l'entrée de Wilfrid chez les bénédictins de Saint-Benoît-du-Lac se répandit rapidement dans la famille. La fratrie se sentit soulagée que Wilfrid, qui allait avoir trente-trois ans en juillet, choisisse enfin sa vie, même si le résultat la prenait de court. Comme à rebours, chacun réalisa que Wilfrid avait toujours été peu loquace, peu intéressé à fonder une famille, mais soucieux des autres, plus que quiconque, peut-être.

— Il aurait été un bon père, commenta Gemma; ça fait longtemps que je le vois faire avec mes enfants. Puis un bon mari aussi; il est facile à vivre.

Blandine releva le commentaire.

– Parce que ceux et celles qui entrent en communauté seraient bons à rien d'autre, je suppose?

Les deux sœurs se toisèrent, si différentes l'une de l'autre, si retranchées chacune dans leur fuite opposée qu'elles n'arrivaient pas à se rejoindre. Imelda les sépara.

– C'est pas ça qu'elle a voulu dire, reprocha-t-elle à Blandine.

– Non, mais c'est ça qu'elle pense! Parce que moi j'ai pas fait cinq enfants, ma vie vaut rien? C'est ça que tu veux dire?

Deux jours plus tard, Imelda informa son mari qu'ils donneraient un souper pour le départ de Wilfrid. Charles se réjouit que, pour un temps, des propos différents, des projets nouveaux chassent ses jongleries. Il n'était pas le seul à réfléchir intensément. Après avoir envisagé tous les éléments de la question, Henri alla voir Victor pour lui proposer de s'associer avec lui. Son frère parut intéressé, quoique surpris.

– Je te donnerai ma réponse à la fête.

Imelda avait gardé Wilfrid à souper plusieurs fois, voulant profiter de sa présence le plus possible avant qu'il n'entre au monastère. Un soir, ils se retrouvèrent seuls après le repas.

– Ça te fait rien, dit-elle, de t'en aller dans le silence de même?

– Je vous ai vue le faire toute votre vie, maman, répondit-il lentement.

Elle le regarda, étonnée.

– Voyons donc! C'est sûr que je parlais pas à cœur de jour, mais…

– Maman, l'interrompit-il tranquillement, vous savez ce que je veux dire.

– Dis-le donc si t'es si fin! s'irrita-t-elle inhabituellement contre son fils.

– Tout ce que vous avez sur le cœur depuis toujours, maman, il va falloir le sortir, un de ces jours. Dire à papa ce qui le concerne, au moins.

La colère rougit le visage de la femme.

– De quel droit me fais-tu la leçon, mon garçon? Qu'est-ce que tu connais là-dedans, toi, les affaires de couple?

– Je connais ce que mes yeux ont vu et ce que mes oreilles auraient dû entendre.

Il n'osa continuer. De quel droit, effectivement, lui qui n'avait aucune expérience conjugale aurait-il osé suggérer ou reprocher quoi que ce soit? Mais il était tout de même un adulte et il avait reçu de nombreuses confidences de Marie-Louise et surtout de Gemma, qu'il trouvait si semblable à sa mère, si prompte à se leurrer dans le dévouement pour camoufler des besoins qu'elle ne s'était jamais permis de ressentir. Il soutint le regard courroucé de la femme. C'était sa mère et il l'aimait. Et la pensée qu'il allait se couper d'elle pour toujours le fit passer outre à une pudeur qui, dans l'éloignement définitif si proche, se serait plutôt nommée de la lâcheté.

– Maman, supplia-t-il soudain, fâchez-vous contre moi si vous voulez, mais de grâce, parlez! Dites-le, ce que vous avez en vous. La parole, moi j'ai choisi de la taire, en espérant que j'entendrai mieux ce que Dieu a peut-être à me dire. Mais vous, maman, vous avez un mari, des enfants, des petits-enfants. Dites-le donc, ce que vous pensez! Dites-le donc une fois pour toutes!

Il la regarda, fermée à tous ses arguments.

— Papa, lui, insista-t-il, il n'a pas choisi de se cloîtrer. Son choix à lui, c'était vous!

— Tais-toi donc! vociféra-t-elle. Son choix, comme tu dis, c'était quelqu'un de fiable pour prendre soin de ses enfants. C'est tout!

— Lui avez-vous déjà demandé? s'obstina Wilfrid.

Elle le fixa, incrédule.

— Lui demander? Ça se dit pas, mon garçon, des affaires de même. Puis ça se demande pas non plus.

— Je suis pas sûr de ça, maman. Quand on vit ensemble trente ou quarante ans, c'est un contrat mauditement long! Il me semble qu'il faudrait au moins savoir si on parle de la même affaire.

— Je me suis jamais plainte!

— Pas dans vos paroles, maman.

Elle fut atteinte par cette vérité. Elle accusa pour se disculper.

— Je t'ai rien demandé, mon garçon.

— C'est vrai. Vous m'avez rien demandé en paroles. Mais dans vos silences, oui! Dans vos regards, oui!

— Peuh! M'as-tu répondu? ironisa-t-elle.

— Oui, dit-il. Par mes silences. Puis par mes regards.

— Bien, ils sont pas clairs, mon garçon.

Il hésita.

— Les vôtres non plus, maman. Puis c'est bien mêlant pour tout le monde. Mêlant puis décourageant.

Elle se détourna de lui, étreinte de colère et de chagrin.

— Faites ce que vous voulez, céda-t-il. Mais... essayez d'être heureuse le temps qui vous reste. Maman, essayez, au moins!

— T'imagines-tu que je peux changer ma vie demain matin? s'obstina-t-elle d'une voix triste.

– Non, mais vous êtes quand même pas misérable, ici-dedans. Maman, essayez d'être heureuse : dans votre tête, dans votre cœur. Ça, personne peut vous en empêcher. Vous l'avez bien mérité, il me semble. Tous les deux, vous l'avez mérité.

Il se tut, se reprochant d'avoir été maladroit, déçu surtout par l'obstination de sa mère à se réfugier dans un silence qui se voulait empreint de dignité quand il le soupçonnait plutôt de n'être qu'une amertume due à ses désillusions et à un mépris d'elle-même. Imelda changea délibérément le sujet de la conversation. Blandine avait eu un trousseau à préparer avant d'entrer au couvent; elle supposa que ce devait être de même pour Wilfrid.

– Tu me diras ce qu'il te faut, lui dit-elle. Je vais m'en occuper.

– Faites-vous pas de souci avec ça, maman. Blandine est en train de voir à ça.

– Blandine? s'offusqua Imelda. C'est moi, ta mère. C'est à moi d'y voir.

Le fils de trente-trois ans ne put s'empêcher de s'irriter.

– À l'âge que j'ai, vous n'avez pas à vous sentir responsable de moi, il me semble.

– Blandine non plus! rétorqua-t-elle. C'est juste ta sœur.

Wilfrid soupira. Ce jeu de possession créait un malaise en eux. «Comme si on pouvait pas devenir des adultes pour nos parents autrement qu'en s'en allant le plus loin possible.» Il dut faire un effort pour garder un ton poli.

– Mais Blandine a déjà été au couvent; elle est au courant de ces affaires-là. De toute façon, je lui ai déjà donné de l'argent pour acheter tout ce qu'il me faut.

– Oui mais…, protesta la mère qui s'accrochait indûment à son grand fils.

– Occupez-vous donc de papa! répliqua Wilfrid. C'est lui, votre homme!

Il tourna les talons et quitta la maison sans rien ajouter. Il supportait difficilement cette lourdeur qui s'infiltrait en lui à chaque ingérence maternelle, toujours intempestive.

Le souper intime du départ fut finalement changé en soirée à laquelle fut conviée toute la parenté.

– Blandine avait eu droit seulement à un souper avec la famille, remarqua Antoinette, venue passer quelques jours pour aider sa mère et ses sœurs à tout préparer.

– Coupe pas les cheveux en quatre! protesta Marie-Louise. Au fait, parlant de parenté, je voudrais qu'on invite mon cousin Dieudonné.

– Oh! toi et ton cousin le vieux garçon! s'amusa Gemma, que le retour prochain de son mari rendait moins anxieuse.

– N'empêche que c'est la seule personne que je vois encore de la famille de maman.

En effet, Dieudonné n'était le cousin que de Victor, Henri et Marie-Louise, à cause de leur mère Mathilde, puisque Éphrem et Émérentienne Gingras étaient frère et sœur.

– Un de plus, un de moins, concéda Gemma. Il représentera la parenté de ce bord-là.

La fête fut joyeuse. Victor parla longuement à Henri et lui transmit la conclusion de ses réflexions.

– Les villes des alentours veulent installer l'électricité dans les campagnes; ça pourrait me donner pas mal de contrats. Mon Félix est un homme, à c't'heure;

il veut travailler avec moi. On va agrandir le commerce. «Manseau et fils», que ça va s'appeler, dit-il d'une voix émue.

Il fit un grand geste de sa main droite, dessinant dans les airs une enseigne imaginaire. Au fond de ses yeux passa le souvenir de celle qu'il avait souhaitée quand il avait proposé à son père d'ajouter des services d'électricien à ceux du sciage du bois. Henri en fut bouleversé. «Ce qu'il n'a pas eu de papa, il le donne à son fils. J'étais trop jeune, dans le temps, pour réaliser le mal que ça a dû lui faire.»

Assise sur une marche de la galerie, Blandine parla longuement à Dieudonné, qu'elle connaissait à peine, heureuse de l'attention sincère qu'il lui accordait. Il avait trente-neuf ans, deux mois de plus que sa sœur Marie-Louise.

– Pour moi, t'étais comme ma sœur : presque vieux ! avoua-t-elle candidement en riant.

Ce rire apparut à l'homme comme la plus belle musique qu'il avait entendue depuis longtemps. Il plongea son regard songeur dans les yeux limpides et le laissa glisser ensuite sur la tête châtain clair aux cheveux fins qui voletaient dans le vent léger de cette belle soirée.

– Pour moi, t'as toujours été une petite princesse. Tu ressembles tellement pas aux autres Manseau.

Wilfrid les observait de loin. Blandine, menue, fragile, les membres souples et vifs. Dieudonné, un peu plus âgé, calant déjà comme son père Maurice Boudrias, l'ancien marchand général. Son cœur se gonfla de gratitude. «Merci, mon Dieu.» Il chercha ses parents des yeux et les repéra : lui, solitaire ; elle, affairée à s'assurer que personne ne manquait de rien, sans se demander quels étaient ses désirs. Son regard se rembrunit.

10

– Un frère dans une famille, larmoyait Imelda, c'est sûr que c'est un honneur. Mais s'en aller dans une place de même, loin du monde, c'est quasiment s'enterrer vivant.

Blandine y décelait d'autres regrets déguisés.

– Un frère, c'est pas moins important parce que ça vit pas dans un presbytère ou qu'on l'entend pas prêcher dans une paroisse.

– Au moins, eux autres, ils gagnent leur pain! reconnut le père, qui avait toujours reproché aux curés de se loger dans un presbytère plus spacieux et souvent plus confortable que les maisons de leurs paroissiens dont ils exigeaient une dîme.

– Pour ça, vous pouvez vous rassurer, papa. Les bénédictins quêtent rien à personne. Ils font tout eux-mêmes : construction, jardinage, entretien des animaux et de la ferme, tout.

Les parents constatèrent une fois de plus que leur fille en savait davantage sur leur fils qu'eux-mêmes. Imelda se défendait mal de nourrir de l'aigreur pour Blandine parce que celle-ci avait été la confidente de Wilfrid, comme si elle lui avait volé une part de son fils qui aurait dû lui revenir. La fille percevait cette jalousie que la mère, pourtant, n'aurait jamais nommée ainsi. «Au lieu de couver ses fils, s'exaspéra Blandine, elle aurait mieux fait de donner de l'attention à son mari!»

— En tout cas, poursuivit Imelda, c'était pas la peine de devenir moine pour faire le même ouvrage que tout le monde.

Blandine ne put s'empêcher de lever les yeux au ciel devant cette étroitesse d'esprit.

— Vous pensez quand même pas qu'il s'est enfermé là-bas pour travailler sur une ferme? Son choix, maman, c'est la prière. Prier en silence, sans que personne le sache, c'est ça qu'il a choisi de faire. Pour le reste de sa vie.

Sa mère se renfrogna. La jeune fille s'irrita devant ce comportement qu'elle jugeait hypocrite.

— Si vous croyez pas à la prière, maman, pourquoi vous allez à l'église, d'abord?

— Change de ton, ma fille! la rabroua sèchement son père. C'est à ta mère que tu parles.

Le silence se fit. Les deux femmes s'étonnèrent de l'intervention du père en faveur de la mère. Celle-ci en fut même si surprise qu'elle ne sut comment l'interpréter. Blandine admit intérieurement qu'elle s'était emportée, mais elle était irritée du refus délibéré de sa mère d'essayer de comprendre un choix marginal, certes, mais honnête et réfléchi.

Charles se rappela Alphonse Gingras, son jeune beau-frère, entré chez les frères du Sacré-Cœur au début de la vingtaine. Amanda, la mère d'Alphonse, avait eu du mal elle aussi à accepter qu'il parte et qu'il s'en aille enseigner loin d'elle à Jonquière. Il se demanda ce qu'était devenu ce jeune frère de Mathilde. Aux dernières nouvelles, qui dataient des funérailles de Léontine puisque Charles ne fréquentait plus les

Gingras depuis longtemps, Alphonse avait eu de nombreuses promotions dans sa communauté et il était même allé étudier en Europe. «Lui, au moins, il a avancé dans la vie», se réjouit-il, s'attardant davantage aux promotions hiérarchiques qu'aux études effectuées. Mais, comparativement à son ex-beau-frère, son fils Wilfrid n'avait aucune chance de gravir des échelons dans son cloître.

Le choix de son fils l'avait atteint beaucoup plus profondément qu'il ne l'avait cru tout d'abord. Il l'interprétait comme un rejet de toutes ses valeurs, de tout ce pourquoi il avait trimé durant plus de quarante ans. Il s'était souvent interrogé à propos de ce fils qui n'avait jamais parlé de fréquenter sérieusement des filles et encore moins de se marier. Toutefois, comme il avait atteint la vingtaine au début de la crise, Charles avait loué sa prudence de ne pas fonder de famille dans ces conditions. Plus tard, quand Wilfrid était allé pensionner chez sa sœur Gemma pour l'aider financièrement, le père avait reconnu, malgré ce qu'il avait laissé croire, que son fils avait un comportement louable. Il avait été étonné et rassuré de voir à quel point Wilfrid s'occupait de la petite famille de sa sœur et du logement qui n'était pas le sien. «Il a plus le tour avec les enfants que leur propre père, le Paul-Aimé, toujours parti au diable vert», avait-il souvent maugréé, se refusant à reconnaître la vaillance de son gendre qui devait s'astreindre à des absences fréquentes et prolongées pour essayer de subvenir aux besoins de sa famille.

Avec le recul, Charles constatait que jamais Wilfrid n'avait manifesté d'ambition, du moins selon sa conception, c'est-à-dire chercher à s'assurer une aisance matérielle. Il savait qu'il avait prêté de l'argent à plusieurs reprises à sa sœur Gemma, qui avait été humiliée de devoir accepter en sachant que, malgré toute la bonne volonté et le travail de Paul-Aimé, ils ne pourraient sans doute jamais le lui remettre. Et le père avait appris que Wilfrid avait effacé la dette de sa sœur avant de partir pour le monastère. Absorbé dans ses pensées, il bougonna :

– Être aussi content de ne plus revoir la couleur de son argent, je comprendrai jamais ça.

Blandine le regarda. Elle en eut presque pitié de le voir aussi fermé à d'autres valeurs que les siennes.

– Papa, lui dit-elle doucement, l'argent n'a jamais été important pour lui, vous le savez bien. C'est pas maintenant, avec le vœu de pauvreté à vie, qu'il va commencer à se fatiguer avec ça, vous pensez pas ?

– Pauvreté à vie…, répéta-t-il, abasourdi. Je peux pas croire qu'un de mes propres fils…

Il semblait si accablé, presque déshonoré, que Blandine n'insista pas. « C'est loin de vous, ça, hein, papa ? C'est pas comprenable pour vous de ne pas se tracasser tout le temps pour la sécurité matérielle. » Elle observa longuement l'homme perdu dans ses pensées et elle remarqua une différence dans l'attitude de son père depuis quelque temps. « Ma foi, j'ai l'impression que… » Elle n'osa formuler : « … qu'il essaie de comprendre. » Elle en eut les larmes aux yeux de compassion devant tout le chemin qu'il avait cependant encore à parcourir pour admettre le dépouillement total et volontaire de son fils. « Les besoins de Wilfrid, papa, vous les avez jamais vus. »

Blandine, pour sa part, commençait à identifier les siens depuis quelque temps. Ce qu'elle appréciait tant chez Dieudonné, de dix-sept ans son aîné, c'était son attention tendre et soucieuse, totale; une attention qu'elle avait vainement attendue de son père. Dieudonné l'avait appelée «la petite princesse» et il la traitait comme telle. Et elle savait que sa confiance totale en lui comblait chez lui un manque dont il avait toujours souffert avec une mère efficace mais si rigide. «Mais c'est pas seulement de la tendresse, s'avoua-t-elle. J'ai tellement envie, des fois, d'être une femme avec lui, dans ses bras d'homme.» Sa pensée s'entortilla autour du corps de son amoureux et elle rougit; elle se leva pour s'activer, dissiper le trouble qui envahissait son corps. «Mais pas comme Léontine, se promit-elle. Pas en cachette. Si ça arrive un jour, ce sera pour toujours et j'aurai jamais à en avoir honte.» Cela signifiait se marier et elle n'osa entrevoir un tel projet si rapidement. La seule vie de couple dont elle avait été témoin était celle de ses parents; une tristesse assombrit son élan amoureux.

— T'as rien fait pour le retenir! reprocha brusquement Imelda à son mari dont la pensée s'accrochait à Wilfrid.

— Le retenir? protesta-t-il. Il a trente-trois ans, Imelda! On attache pas un homme de cet âge-là!

— T'avais l'air bien content qu'il parte! T'as même pas protesté. Rien. Pas un mot pour le faire changer d'idée. Tu vas quand même pas me faire croire que tu t'en doutais? Puis que tu l'approuvais en plus?

Charles sentit refluer de nouveau les émotions profondes de l'autre jour.

— J'avais pas à l'approuver ou non, dit-il sobrement.

Il ne voulait pas justifier son attitude, elle ne regardait que lui. Wilfrid leur avait annoncé sa décision le lendemain de l'anniversaire de son père. Personne ne pouvait savoir que quarante-neuf ans auparavant, jour pour jour, Charles Manseau avait annoncé à son propre père qu'il quittait la ferme paternelle. «Lui non plus n'avait pas été d'accord avec ma décision, s'était rappelé l'homme. Et il me l'avait fait sentir, en maudit!» Le geste qu'il avait posé lui-même à dix-sept ans, comment aurait-il pu le reprocher à son fils de trente-trois ans? La voie que Wilfrid avait choisie était complètement à l'opposé de ses valeurs, mais le souvenir de son père Anselme avait bloqué toute l'opposition que Charles aurait normalement manifestée.

— Dis-le donc que ça faisait ton affaire! renchérit Imelda qui ne voulait pas éteindre le conflit, fermement décidée à rendre son mari responsable.

— Pourquoi ça ferait mon affaire? s'impatienta-t-il.

— Parce que comme ça tout va aller à ton fils Henri.

— Henri? s'étonna Charles. Qu'est-ce que tu me chantes là? Wilfrid est autant mon garçon qu'Henri. Puis ça m'arrange pas une miette, tu sauras. Je peux même plus vendre, à c't'heure; je suis obligé d'attendre.

En effet, Henri n'avait pu obtenir, à titre d'unique propriétaire, l'emprunt important dont il aurait eu besoin pour acheter le commerce de son père.

— Si Henri l'avait vraiment voulu, il aurait pu, maugréa ce dernier.

— Les banques, ça fait pas toujours ce qu'on veut, tu devrais le savoir, fit Imelda.

En fait, Henri était décontenancé de devoir gérer la scierie seul. Le banquier avait perçu son ambivalence et n'en avait pas été rassuré. «Des fils qui ont fait les quatre volontés de leur père toute leur vie, ça fait pas nécessairement des hommes d'affaires avisés. » Il avait refusé la demande, rendant impossible la vente de la scierie, du moins à Henri.

– Les banques, ça veut juste se remplir les poches, grogna Charles. Dans le temps, on aurait dû accepter la caisse populaire du gars de Lévis.

– Il y a déjà des villes des Cantons-de-l'Est qui l'ont, papa, précisa Blandine. Dieudonné me disait la semaine passée qu'un commis voyageur lui avait annoncé ça. Il paraîtrait même que des gens d'ici ont fait des démarches pour en ouvrir une à Saint-François-de-Hovey.

Le père sourcilla. Autrefois, il aurait lui-même annoncé cette nouvelle d'ordre financier. Aujourd'hui, c'était sa cadette, sa fille de vingt-trois ans, qui l'en informait. Il dévia son animosité envers Blandine pour la fixer sur son soupirant. Il n'arrivait pas à croire plausible que l'une de ses filles fréquentât assidûment Dieudonné, le fils de Maurice et Émérentienne Boudrias.

– Il est bien trop vieux pour toi, reprocha-t-il encore une fois.

Elle haussa les épaules.

– Quand c'est pas lui qui est trop vieux, c'est moi qui suis trop jeune. Quand quelque chose vous déplaît, papa, vous trouvez toujours à redire, osa-t-elle protester avec désinvolture en coupant sa tranche de poulet.

Il la regarda. Sortie du couvent en janvier, agressive et hargneuse pendant des mois, voilà qu'elle se métamorphosait de jour en jour depuis qu'elle était courtisée par l'homme qui avait repris le magasin général de ses parents.

— De toute façon, grogna-t-il, l'âge, c'est pas la première affaire là-dedans.

Imelda se tourna vers lui avec hargne.

— C'est quoi, la première affaire ?

Blandine en fut amusée. Maintenant que son père s'efforçait visiblement de s'intéresser à son entourage, elle se sentit tentée d'attiser le débat parental.

— Bien oui, papa, c'est une bonne question, ça. C'est quoi, la principale affaire, comme vous dites, dans un couple ?

La phrase de Léontine lui refroidit le cœur : « J'ai trop vu maman se faire déjeter par vous jour après jour, pour se faire détruire à petit feu. » Il avala de travers.

— Demande-le à ta mère. Les femmes, vous vous comprenez mieux entre vous autres.

Il finit le repas sans rien ajouter. Les circonstances du départ de Wilfrid ajoutées à ses semaines d'impotence, le plâtre au doigt, tout cela l'avait secoué. Ayant enfin brisé le cercle, devenu infernal, de son autoaccusation depuis la mort de Léontine, il réintégrait petit à petit son quotidien. Toutefois, depuis l'échec du cautionnement de sa paternité quêté auprès de chacun de ses enfants, Charles était hanté par le mot « déjeter », le mot cruel que sa fille, au seuil de la mort, lui avait appliqué au sujet d'Imelda. « Déjeter ! J'ai jamais déjeté Imelda ! C'est pas vrai ! »

Malgré lui, il avait commencé à observer sa femme, sa compagne depuis trente-quatre ans. Mais celle-ci ne savait comment interpréter cette attention silencieuse qu'elle n'avait jamais suscitée durant toutes leurs années de mariage. Quand ils étaient seuls, elle surprenait un regard qui la suivait, elle se sentait épiée. Et cela se produisait d'autant plus fréquemment que

Blandine s'absentait souvent avec Dieudonné, allant au cinéma, se promenant ou allant écouter la fanfare au parc.

Quelque temps après la question d'Imelda au sujet de l'élément primordial dans un couple, Charles l'interpella brusquement, un soir où il était seul avec elle :

— Imelda...

Elle ne répondit rien. « S'il a quelque chose à me dire, il n'a qu'à le faire. » L'autre s'irrita et haussa le ton :

— Imelda!

En s'entendant parler sur ce ton, Charles crut reconnaître la voix rauque et dure de son père Anselme et il s'énerva davantage. Il demanda presque brutalement :

— As-tu déjà manqué de quelque chose?

Les doigts de la femme se crispèrent sur la tasse qu'elle rangeait. Avait-elle bien entendu? Il lui demandait si elle avait déjà manqué de quelque chose? Elle dont il ne s'était jamais soucié? Il s'exaspéra de son silence qu'il interpréta comme de l'indifférence alors qu'au contraire Imelda était assaillie par la rage que cette simple phrase faisait surgir en elle.

— Réponds! insista-t-il. As-tu déjà manqué de quelque chose?

Son insistance la raidit encore davantage. Que cherchait-il à lui faire avouer? Quelles paroles voulait-il susciter pour s'en servir ensuite contre elle? « Si je dis quelque chose, ça va revenir contre moi. Si je dis rien, je serai encore dans le tort. »

— J'ai toujours mangé à ma faim, répondit-elle sèchement.

— Je te parle pas de ça! coupa-t-il.

Elle se tourna vers lui, les lèvres tremblantes de colère.

– Manquer de quelque chose, moi? Bien voyons donc! J'ai eu de l'ouvrage plein les bras puis neuf enfants à élever. J'ai manqué de rien.

Les mains de la femme continuèrent nerveusement à laver la vaisselle. La main de Charles claqua contre le bras de la berceuse et il se leva, exaspéré.

– Je te parle pas de ça! Je te parle de... de...

Elle se tourna vers lui, s'obstinant à taire les raisons de sa colère.

– De quoi? lui cria-t-elle.

Il était décontenancé : il n'en savait rien lui-même. L'évidence s'imposa à lui. Oui, de quoi aurait-elle manqué? Logée, nourrie, vêtue, de quoi sa femme aurait-elle donc pu manquer? De quoi donc un mari aurait-il pu priver sa femme?

– Si tu le sais pas toi-même, trancha-t-il, comment veux-tu que je le sache?

Il claqua la porte. Elle resta un moment silencieuse, entendant les pas lourds de son mari descendre les marches du perron et s'évanouir dans le gravier au fil de son éloignement. «Est-ce que j'ai déjà manqué de quelque chose?» Elle secoua la tête, ironique. «Comme si on s'inquiétait de savoir si une servante manque de quelque chose, surtout quand on l'a eue dans sa couchette toute sa vie en plus, et pour le même prix.»

Ses yeux s'embuèrent. Mais ce n'était pas à cause de la froideur du veuf qui, selon elle, l'avait épousée pour tenir sa maison, prendre soin de ses enfants et assouvir ses besoins de mâle. Non. Aujourd'hui, les yeux de colère d'Imelda s'embuèrent de mépris, du

204

profond mépris d'elle-même qu'elle ressentait pour avoir si peu demandé, pour avoir tant supporté. Elle rejeta le torchon mouillé dans l'évier et fut éclaboussée d'eau graisseuse. Elle recula vivement, dépitée, écrasée par le poids de tout ce qui n'avait pas été, de tout ce qui avait été ravalé.

Un souvenir inopportun s'imposa à elle. Un après-midi de mai 1925, deux ans après le mariage de sa fille Marie-Louise, Imelda était allée la voir, ayant quelque chose à lui offrir. La jeune femme avait semblé contente de ce tête-à-tête si peu fréquent. Elle avait servi du thé et des biscuits à celle qu'elle avait toujours considérée et aimée comme sa mère. Imelda l'avait regardée et enviée.

— T'as l'air bien. Je suis contente pour toi, Marie-Louise.

— J'ai pas à me plaindre, maman.

— Oui, Antoine te fait bien vivre, avait dit la mère en promenant son regard rassuré sur le logement.

Marie-Louise sourit.

— C'est un bon travailleur.

Imelda chercha ses mots.

— Pour le reste, j'espère que… qu'il t'achale pas trop avec ça.

Marie-Louise s'étonna.

— Le reste… ?

Sa mère se redressa.

— Tu sais ce que je veux dire.

Non, sa fille ne comprenait pas.

— Bien, la nuit, je veux dire, avait ajouté la mère à voix basse en regardant la jeune femme à la dérobée.

— Inquiétez-vous pas, maman, l'avait rassurée sa fille, je peux pas lui reprocher quelque chose là-dessus.

Le ton avait été si triste qu'Imelda, stupéfaite, avait perçu que, contrairement à ce qu'elle croyait, sa fille se languissait de quelque chose qu'elle-même n'avait jamais ressenti. Elle s'était sentie vieille de cent ans, avec un corps de pierre. Elle n'avait pas relevé la phrase ambiguë et, pour chasser cette révélation dérangeante, elle était allée prendre le petit Bruno qui mâchouillait un biscuit pour soulager la douleur de sa dentition en formation. Mais elle avait soudain réalisé que ce petit enfant n'était pas un être désincarné. Il était un garçon, avec un sexe d'homme. Elle l'avait alors imaginé adulte, exigeant de sa femme ce que Charles exigeait d'elle, ce que ses gendres exigeaient de ses filles, ce que ses fils exigeaient de leur femme. Les bras de la grand-mère s'étaient raidis. Elle avait posé son petit-fils par terre puis elle était allée perdre son regard par la fenêtre, parlant du gros orme qui produisait un bel ombrage. Marie-Louise n'avait pas insisté. Sa mère était partie peu de temps après, la laissant étonnée et triste. « J'aurais bien apprécié de la compagnie aujourd'hui; Antoine va encore travailler tard. » Elle avait rattrapé sa mère sur la galerie.

— Au fait, étiez-vous venue pour quelque chose en particulier?

Imelda s'était arrêtée puis s'était rappelé :

— Ah oui…! Le berceau. C'est le berceau que je voulais te donner.

— Vous n'en aurez plus besoin?

Sa fille s'en était voulu de sa sottise. Sa mère allait avoir quarante-neuf ans; Léontine, la benjamine, avait déjà sept ans. Elle avait jugé sa question presque indécente.

— Non, j'en aurai plus besoin, avait répliqué sèchement Imelda.

Sa fille avait hésité.

– C'est que… j'en ai déjà un.

– Le mien est plus solide; c'est ton père qui l'a fait.

– Oui, mais… il est vieux. Maintenant, ils ne sont plus faits comme ça.

– Oui, t'as raison, avait compris la mère. C'est plus comme avant. Pour ça puis pour bien d'autres choses, avait-elle marmonné en descendant les marches d'un pas plus assuré maintenant que les robes avaient raccourci et entravaient moins la démarche des femmes.

«Oui, se redit Imelda ce soir-là, en août 1939, en terminant la vaisselle. Les choses ne sont plus comme avant.» Mais avant quoi? Avant le décès de Léontine, un an auparavant? La mère en ressentait de plus en plus de chagrin au fur et à mesure qu'elle démêlait sa rancune contre son mari de la douleur d'avoir perdu sa fille, regrettant trop tard de s'être privée de l'aimer aussi spontanément que ses autres enfants.

Depuis presque un an déjà qu'elle observait Charles Manseau en dehors de toute intimité physique, elle voyait ses sentiments à son égard se raviver et s'atténuer tour à tour. Elle mesurait à quel point la promiscuité physique modifiait ou embrouillait la perception qu'une personne pouvait avoir d'une autre. «C'est sûr que c'est un bon travailleur, admettait-elle, mais les voisins le sont, puis moi aussi.» Non, cela ne suffisait pas à ses yeux pour faire de lui un compagnon acceptable.

Elle alla s'asseoir au salon et ouvrit la radio. Sa réflexion s'empêtra dans le souvenir de sa lointaine conversation avec Marie-Louise et dans les propos récents et dérangeants de Wilfrid avant son départ. «On pense avoir trouvé la paix, soupira-t-elle, mais on

207

dirait que la vie passe son temps à nous attendre dans le détour. »

– Les mesures de guerre! s'écria Henri le 25 août. C'est le commencement de la fin!

– On les a eues en 14-18, fit son père en haussant les épaules.

– C'était la guerre, aussi! renchérit son fils en claquant la porte du bureau de la scierie.

Charles qui, depuis des mois, s'acharnait à nier l'imminence du conflit armé se sentit happé par cette réalité en quelques jours. Le 1er septembre, la radio annonça l'invasion de la Pologne.

– Ce pays-là, s'obstina-t-il, c'est loin de nous autres sans bon sens.

Le 7 septembre, les journaux et la radio annoncèrent que le Canada venait de déclarer officiellement la guerre à l'Allemagne. Charles rentra de la scierie sombre et hargneux. Imelda pleurait à chaudes larmes.

– Tu vas quand même pas brailler pour du monde qui est à des mille milles d'ici? s'exaspéra-t-il.

Puis il vit Blandine, qui avait pleuré elle aussi.

– Cou'donc, c'est à croire qu'on a déjà des soldats armés dans le salon!

Imelda pleura de plus belle et monta se réfugier dans sa chambre. Blandine secoua la tête, découragée du peu de perspicacité de son père.

– C'est Félix, renifla-t-elle.

– Quoi, Félix? marmonna-t-il en pensant à l'aîné de ses petits-fils, le fils de Victor.

– Il parle de s'engager comme volontaire, papa. Volontaire pour aller faire la guerre en Europe. Dans quelques mois d'ici, il sera peut-être sur les champs de bataille.

Charles s'assit lourdement. Il eut l'impression que le monde entier venait de fondre sur lui, l'oppressant, lui démontrant à quel point il était impuissant à protéger sa famille sous son autorité. Il se frotta la poitrine de sa large main, ayant déjà oublié les douleurs que la fracture de son petit doigt lui causait quand il était prisonnier de son plâtre. Maintenant qu'il avait repris possession de son corps jusqu'au bout des doigts, la peur lui étreignait le cœur pour l'aîné de ses petits-enfants.

Quelques jours plus tard, sans trop savoir pourquoi, Charles eut le besoin irrépressible d'aller retrouver un objet précis dans le grenier. Il déplaça des caisses, des chaises brisées, et repéra enfin ce qu'il cherchait. C'était une petite boîte qui avait appartenu au mari de la grand-tante Delphina, cette vieille dame chez qui lui et Mathilde étaient allés vivre après leur mariage. Le grand-oncle, tailleur de métier, utilisait des boîtes de diverses grandeurs. Quand Mathilde avait enfin pu rouvrir la chambre du haut, si longtemps close, elle en avait pris quelques-unes pour entreposer ses effets personnels. Après son deuil, essayant désespérément de s'extirper cette douleur du cœur, Charles n'avait rien voulu emporter dans sa maison neuve. Rien, sauf un seul objet que, depuis quelques jours, il avait besoin de toucher de nouveau, voulant y reposer son visage vieilli et douloureux.

Sa main rude attira enfin à lui le paquet de format moyen qu'il cherchait, mais il ne put dénouer la ficelle. Avec les années, celle-ci s'était resserrée, les brins avaient séché. Il n'eut pas à les casser : ils se rompirent d'eux-mêmes, comme s'ils ne tenaient que par leur immobilité. Il souleva le couvercle recouvert de poussière et il éternua bruyamment. Ses doigts usés se glissèrent parmi le papier de soie, y cherchant le cadeau que Damien Gingras, qui trappait quand il était forgeron aux chantiers, avait offert à sa sœur : la toque de fourrure beige rosé que Mathilde portait à ses noces. Charles était hanté par cette douceur animale; il ne se possédait plus dans l'attente de la caresse qu'il imaginait contre sa joue, ayant hâte de sentir cette fourrure douce et soyeuse comme l'était Mathilde, le soir de leurs noces.

Mais ses doigts ne palpèrent et n'extirpèrent qu'un chapeau aux poils ternes et dont le cuir, graisseux par endroits, était cassant à d'autres. Incrédule, il tourna mollement l'objet poussiéreux et décevant. Et il comprit que la Mathilde de dix-huit ans n'avait été telle qu'à dix-huit ans. Déjà, pendant leur vie de couple, elle avait, comme Charles et comme tout le monde, avancé en âge, changé, vieilli. «C'était juste dans ma tête...» L'éternelle jeunesse de Mathilde n'avait existé que dans les fantasmes de Charles, tout en prenant toute la place dans son cœur.

D'autres souvenirs affluèrent à sa conscience. Des incidents qu'il avait soigneusement oubliés. L'insistance joyeuse de la fiancée quand elle avait déplié la courtepointe que Charles venait d'obtenir en échange d'une créance, et la stupéfaction de la jeune fille devant la rebuffade de son fiancé. Le malaise presque quotidien de Mathilde devant les nombreuses impatiences de Charles au sujet de la grand-tante Delphina qui, pourtant, les hébergeait. La tristesse poignante de sa jeune femme quand il l'avait surprise, un soir du mois d'août, en revenant de la scierie de Vanasse avec un bouquet de fleurs sauvages pour son anniversaire, et la constatation pénible de l'esseulement où il la laissait toutes les semaines avec un bébé et une grand-tante devenue sénile. Puis la colère blessée de Mathilde quand son frère Damien avait proposé d'aller chez les Manseau à Noël pour leur demander la main de Mélanie.

— As-tu honte de moi, Charles? avait presque crié la jeune femme. Es-tu gêné de me montrer dans ta famille? As-tu honte de tes enfants?

Le cœur de Charles battait vite. Ces tristes moments quotidiens détruisaient le mythe d'une vie de couple parfaitement heureuse avec Mathilde. D'autres lambeaux de réalité envahissaient maintenant sa mémoire plus lucide. Ses silences pénibles aux repas. La chemise que sa jeune femme lui avait cousue pour son anniversaire et qu'il avait si mal reçue. Les supplications de la future mère, ce fameux matin de février:

— Charles, pourquoi tu pars aujourd'hui? Reste...

Un long temps s'écoula dans le grenier silencieux. L'heure n'était plus aux illusions. La réalité s'imposa à Charles, estompant les souvenirs qu'il avait sciemment triés à sa convenance. Il réalisait qu'il avait été fiancé à Mathilde durant un an et marié avec elle durant quatre ans à peine, période pendant laquelle elle lui avait ouvert le cœur sourire par sourire, rire par rire, caresse par caresse. «Qu'est-ce que j'en ai fait, de ça?» Il soupira. «Tu serais pas fière de moi, Mathilde...» Il s'accroupit sur ses talons, fatigué. «Pendant toutes ces années-là, j'étais là juste de corps. Le reste..., je pensais juste à notre avenir.»

Abandonné ainsi à ses pensées, près d'une vieille fourrure mitée, il ne put faire autrement que de songer à la femme vivante et bien intentionnée qu'il avait ensuite épousée. «Puis quand j'ai été avec elle, je pensais juste au passé...»

Pour la première fois, il admettait qu'Imelda l'avait épaulé pendant plus de trente ans avec courage, à travers les six enfants, l'incendie de la scierie, la vie austère pour rembourser l'argent à la banque, et tout le reste.

Il laissa remonter des souvenirs de toutes ces années avec elle, de sa vaillance, de son silence. Il la revit glissant lentement le peigne dans la chevelure abondante de la petite Marie-Louise. Mais il cligna des yeux devant la montée de détresse qui l'avait englué durant tant de nuits aux côtés de cette même femme qui le subissait par devoir, sans jamais accéder au plaisir, le rejetant par le fait même, lui et son corps d'homme.

— Maudit vieux fou! marmonna-t-il, comprenant, presque avec désespoir, tout le temps qu'il avait perdu.

Il eut le désir, sans fausse pudeur, de cesser de vouloir paraître plus fort que les vicissitudes de la vie, de déposer les armes, de s'appuyer contre sa femme et de l'appuyer contre lui. Le besoin de cette complicité se déploya en lui avec une force tranquille. Toutes ces émotions enfin amenées à sa conscience remplirent pourtant son cœur de confusion. Il comprenait seulement que sa relation avec Imelda, pourtant bien amorcée s'il se fiait à la promenade dans la forêt avec les trois enfants et le vieux Lachapelle, avait été compromise le soir de ses noces, à cause de lui. «Je pensais que toutes les femmes étaient comme Mathilde, comme Germaine…», se dit-il en tentant encore de se disculper. L'image de sa mère s'imposa à lui et les regards froids de solitude de son père aussi. Non, cette excuse était mensongère et il l'avait toujours su.

— Maudits hommes! Ça va nous prendre combien de coups sur la tête pour comprendre? balbutia-t-il malgré lui.

Mais comprendre quoi? Cela, il ne parvenait pas encore à le déceler. Il concéda toutefois qu'il n'avait jamais pu trouver de solution parce qu'il n'avait jamais vu qu'il y avait un problème.

Aujourd'hui, il lui semblait que la solution était encore obscure, mais comme un mot qui joue à cache-cache avec la mémoire, un mot qui hier encore venait dès qu'on l'appelait et qui aujourd'hui se défilait.

Il voulut se redresser et le bas de son dos se bloqua douloureusement. Il dut s'aider de ses deux mains pour se relever, déjà ankylosé. Sa vieillesse s'imposa à lui et un tremblement de panique le secoua. « Mais je suis pas encore mort, maudit! Puis le temps qui me reste, il est temps que je le vive pour vrai! » Le doute lui empoigna le cœur. « Mais ça veut dire quoi, vivre? »

11

Imelda en eut le souffle coupé. Elle s'y attendait, mais de le voir surgir au parloir revêtu de la tunique brune des frères bénédictins lui donna un coup au cœur. Charles fut intimidé par son propre fils et il fut désarçonné par sa réaction imprévue. Pour sa part, Blandine alla spontanément au-devant de son frère Wilfrid et l'embrassa furtivement sur la joue.

— C'est pas défendu? dit-elle gentiment.

Elle était heureuse de le revoir enfin, pour lui dire tout le bonheur qu'elle vivait, même s'il ne s'était passé que quelques mois depuis son départ. Après son entrée au monastère, Wilfrid avait porté ses vêtements civils durant environ deux mois, jusqu'à la vêture, qui avait eu lieu en privé. Les visites étant interdites durant cette première étape, sa famille le revoyait donc pour la première fois aujourd'hui, en octobre, revêtu de l'habit qui serait dorénavant le sien et portant le nom qui effaçait à jamais celui de Wilfrid. Charles ne s'attendait pas au choix de son fils. Avant même que son père ne le mentionne, celui-ci s'expliqua :

— Comme j'aurai jamais d'enfant, je peux pas laisser mon nom de famille à d'autres. Ma famille, c'est celle qui était avant moi. C'est à cause de lui que je suis né, au fond.

– Frère Anselme…, prononça Blandine d'un ton solennel. Ça sonne bien, je trouve. Je sais pas comment grand-papa aurait pris ça.

Le frère Anselme se croisa les bras, dans un geste de contentement serein.

– Il l'aurait pas dit, mais je suis sûr que ça lui aurait fait plaisir.

– Tu l'as presque pas connu, protesta son père.

– J'avais quand même vingt ans quand il est mort. On avait eu le temps de piquer de bonnes jasettes, lui puis moi.

– Des jasettes? s'exclama Charles. Avec mon père? On doit pas parler de la même personne certain!

– Un grand-père, c'est jamais comme un père, intervint Blandine.

Elle hésita à poursuivre, puis se risqua à dire, avec humour :

– Jean-Marie puis moi, par exemple, je suis pas sûre qu'on vous voie de la même façon.

Les sourcils de Charles se froncèrent.

– Je suis pareil pour tout le monde!

Blandine et son frère s'esclaffèrent.

– Je pourrais pas jurer de ça, rectifia le nouveau frère Anselme. Si vous parliez au petit Jean-Marie sur le même ton qu'à Henri et à moi, votre petit-fils virerait de bord souvent!

– Arrêtez donc! protesta Imelda qui se sentait concernée malgré elle. Nos enfants puis nos petits-enfants, on les aime tous pareils.

– Pas de saint danger! s'insurgea Blandine. Vous…

Son frère secoua légèrement la tête, dans un geste modérateur. La jeune femme, heureuse et conciliante, ne poursuivit pas indûment sur le sujet, qui menaçait de gâcher inutilement leurs premières retrouvailles.

Dans le silence qui dura un moment, la mère, se rattachant à du concret, examina les vêtements religieux de son fils, doutant de leur confort. Blandine regardait ce qui, à quelques différences près, ressemblait à son ancien costume religieux. Pour Charles, cet habillement pourtant masculin lui semblait incongru sur le corps de son fils : une longue tunique brune aux larges manches, serrée à la taille par une ceinture de cuir dont les bouts pendaient presque jusqu'au sol. Son regard perplexe facilita la conversation, qui redevint familière.

— La ceinture, c'est pour la vie, expliqua Wilfrid.

— Long de même, c'est enfargeant, il me semble, répliqua son père.

— Quand le cuir près de la boucle va s'user, j'en enlèverai un bout, puis je rattacherai la boucle dans du meilleur cuir. Inquiétez-vous pas : à la longueur qu'elle a, je pourrai raboudiner bien des fois avant d'en manquer.

— À moins de devenir gros ! le taquina Blandine.

— Ça m'étonnerait, avec ce que je mange ici ! s'amusa-t-il.

— Tu manges pas à ta faim ? s'inquiéta tout de suite sa mère.

— Bien oui, maman. Mais on jeûne plus souvent que vous autres. Puis le déjeuner, c'est pas des tranches de pain épaisses avec de la graisse de rôti. Mais faites-vous-en pas : on a ce qu'il faut.

— Puis ça, par-dessus, c'est quoi ? s'enquit curieusement son père.

— C'est le scapulaire.

Le frère Anselme se leva et souleva le long pan de tissu qui chevauchait la tunique. La longue étoffe rectangulaire, qui n'avait qu'une ouverture, le capuchon, couvrait le dos et la poitrine jusqu'au sol.

— Ça doit être enfargeant pour travailler, répéta son père que ce vêtement d'homme agaçait parce qu'il différait trop des siens.

Il y eut un autre silence. Puis la conversation oscilla, à bâtons rompus.

— Qu'est-ce que tu fais de tes journées? s'informa Blandine.

Son frère décrivit paisiblement sa journée, de quatre heures du matin à neuf heures du soir, parlant des temps réservés aux offices, à la messe et à la méditation, au ménage et aux tâches communautaires : les travaux aux champs, les soins donnés aux animaux, etc.

— Arrêtez-vous de temps en temps? demanda Imelda.

— On a deux récréations par jour : le midi et le soir.

Charles essayait de comprendre son fils en se référant à la seule expérience qu'il connaissait.

— De toute façon, tu travailles avec les autres; ça doit ressembler un peu au moulin.

— Non, papa; on travaille toujours tout seul. Même si on est quelques frères dans un même endroit, on sait ce qu'on a à faire et on le fait chacun de notre côté. Les trappistes, eux autres, ils travaillent ensemble, méditent ensemble, prient ensemble; ils sont toujours ensemble. Ça, franchement, j'aurais eu de la misère à vivre de même. J'aime ça, être tout seul.

Son père le revit à la scierie, œuvrant effectivement en solitaire, avec compétence et entrain, mais à l'aise dans l'indépendance et la liberté que procure la solitude. «Dans le fond, on se ressemble», s'étonna-t-il.

— As-tu assez chaud, au moins ? s'inquiéta Imelda. On est juste en octobre, mais il y a des nuits pas mal fraîches.

— On n'a pas encore eu de chauffage. Mais il y a un calorifère à eau chaude dans chaque chambre. Moi, je suis au deuxième étage : j'ai un câble solide en prime.

Il s'amusa de la surprise que ses paroles causaient.

— Le câble est attaché au calorifère. Si le goût de me sauver me prend, hop ! je me glisse dehors et je disparais.

Il éclata de rire. Sa mère constata qu'elle ne l'avait jamais vu à la fois aussi serein et aussi expansif. Le père partageait tièdement son hilarité.

— Ouais, mais c'est quoi, cette histoire de câble ?

— En cas de feu, papa. Ceux qui couchent au premier étage pourraient se sauver par le toit de la galerie. Nous autres, en haut, on a le câble pour se glisser en bas.

Le père fut rassuré.

— C'est bien pensé. Le feu, on sait jamais quand ça arrive.

— Comme ça, vous avez du chauffage dans les chambres ? se réjouit la mère. C'est ce qui compte.

— Oui et non, dit-il. Il paraît qu'ils le ferment au coucher pour le rouvrir au lever.

— Pas de chauffage de neuf heures du soir à quatre heures du matin ? L'hiver ? Mon doux ! tu vas geler raide !

Le père s'irrita.

— Cou'donc, si c'est le bois qui manque, je vais vous en envoyer quelques cordes !

Le frère Anselme rit de nouveau.

— On en a, du bois, papa; on le bûche nous autres mêmes. Et on en vend aussi. C'est pas ça : c'est par esprit de pauvreté. C'est par choix.

— Choisir de geler! bougonna Charles. Celui qui a inventé ça, il vivait pas dans notre pays certain!

— Mais ça sert à quoi, un calorifère qui chauffe pas? demanda Imelda.

— Il ne chauffe pas la nuit, maman! corrigea Blandine. Mais le jour, ils doivent le faire chauffer. J'espère! ajouta-t-elle.

— Oui, mais le jour, ils sont pas dans leur chambre.

— Pas souvent, s'amusa le frère Anselme, mais de temps en temps. On a quand même des prières à faire.

Il cherchait quelque chose à dire.

— Ils ont un grand projet, ici. Au début, le monastère était simplement une ferme. Puis les moines ont agrandi quasiment chaque année. Mais c'est toujours en bois. Un jour, on aura un grand monastère en pierres.

Ce vaste projet toucha peu les visiteurs, qui en mesuraient mal l'ampleur souhaitée et la nécessité. Blandine ramena la conversation sur un terrain plus quotidien.

— Ta chambre, c'est grand comment?

— Une dizaine de pieds. C'est bien assez grand pour un lit et un chiffonnier avec un vase à eau et une serviette, une petite table, deux chaises, une étagère et une penderie.

— Deux chaises? se réjouit Imelda. Comme ça, vous avez le droit d'avoir un peu de visite.

— Seulement le Père prieur, maman. Mais les moines peuvent recevoir des hommes qui viennent à l'hôtellerie et veulent se confesser.

– N'empêche, s'obstina-t-elle, que tu vas avoir froid cet hiver.

Blandine et Wilfrid se lancèrent un regard complice.

– T'as de bons sous-vêtements, en tout cas, se rassura sa sœur. Puis avec ta tunique et ton scapulaire par-dessus, t'es quand même pas tout nu.

– Blandine! lui reprocha sa mère; on est dans un monastère.

– Depuis qu'elle sort avec Dieudonné, renchérit son père, on la reconnaît plus. Si ça continue, il va la dévergonder.

Blandine éclata de rire.

– Ce serait plutôt moi! dit-elle pour provoquer ses parents, trop puritains à son goût.

– Arrête donc de parler pour rien dire, s'irrita sa mère; t'es pas une fille de même.

Le souvenir de Léontine flotta dans le parloir. Blandine secoua la tête. « Je suis une fille qui a envie de vivre, maman, n'osa-t-elle dire à haute voix. Je suis une fille qui est jeune, en amour, et qui est aimée par un homme tellement fin… Je suis vivante, maman. Vivante. » Mais elle se refusa à blesser sa mère avec de tels propos.

– Si vous voulez savoir comment ça se passe ici, papa, vous pourrez toujours venir, suggéra son fils qui n'osait croire que son invitation serait prise au sérieux. Les bénédictins ont toujours eu des chambres pour ceux qui avaient besoin de quelques jours pour se reposer, pour penser.

– Moi, venir ici? s'exclama son père. J'ai jamais découché depuis que j'ai marié ta mère.

– Ça commencerait à être temps! suggéra Blandine.

– De découcher? protesta sa mère.

— Bien non. Mais de sortir un peu, de faire un petit voyage, peut-être.

Charles la regarda. « Un voyage ! Comme si on avait le temps de faire ça, des voyages. » Il fut ensuite question de la guerre déclarée le mois dernier et de l'engagement volontaire de Félix.

— Prie pour lui ! quémanda Imelda. Dieu va t'écouter, toi.

Un peu avant Noël, Marie-Louise vint voir son père. Chaque année, au début de décembre, il remettait de l'argent à sa fille aînée, qui achetait un cadeau à Imelda, l'enveloppait et le signait du nom de Charles. Personne n'était dupe et Imelda s'était souvent répété que « d'y avoir pensé », c'était « déjà beau ». C'était une maigre consolation en regard du fait qu'il se souciait si peu d'elle, et qu'il ignorait encore, après tant d'années, ce qui pouvait lui faire plaisir. Cette année-là, Charles dérogea à la coutume.

— Tu peux laisser faire, dit-il à Marie-Louise. Je vais m'occuper moi-même du cadeau de ta mère.

Elle crut avoir mal entendu.

— Ça me dérange pas, papa, je…

— Moi non plus, ma fille. À partir d'à c't'heure, c'est moi qui vas m'occuper de ça.

Marie-Louise s'en réjouit d'abord, puis s'inquiéta.

— Il a bien changé depuis que Léontine est plus là. C'est sûr qu'il est temps qu'il pense à maman de lui-même, mais il est tellement pas habitué à des affaires de même. J'espère que maman va recevoir quelque chose qui a de l'allure, dit-elle à son mari en se couchant.

— Laisse-le donc faire, lui répliqua Antoine. À l'âge qu'ils ont, ils doivent se connaître.

Elle hocha la tête. «Puis nous, après quasiment vingt ans de mariage, on se connaît tant que ça, peut-être?» Elle soupira et ferma les yeux. Tant de choses semblaient lui échapper depuis quelque temps. Elle approchait de la quarantaine et elle avait souvent des émotions et des réactions qui lui étaient inconnues. «Des fois, je me reconnais plus moi-même», soupira-t-elle de nouveau en éteignant la lampe. Près d'elle, Antoine, qui ne revenait que pour les fins de semaine, dormait déjà.

Le jour de l'An s'annonça plus joyeux que le précédent, qui avait été le premier après la mort de Léontine. De plus, Victor et Angèle étaient là, ce qui ne s'était pas produit souvent.

— J'ai pas pu refuser, glissa-t-il à Marie-Louise. C'est la première fois que papa m'écrit lui-même pour nous inviter.

— Hein? Il t'a écrit? De sa main?

Victor haussa les épaules, aussi étonné qu'elle. Il aurait dû s'en réjouir, lui qui avait tellement attendu le moindre signe d'affection de son père, mais il venait si tardivement, ce signe. Et le fils aîné pensait à son propre fils qui s'était engagé comme volontaire dès le début de la guerre et qui, le 17 décembre, avait débarqué en Écosse avec le premier contingent de volontaires canadiens. Marie-Louise, qui ne s'expliquait pas l'invitation de son père à Victor, voulut insister. Imelda lui murmura, en passant près d'elle :

— Je te parlerai de quelque chose plus tard.

La curiosité de l'aînée fut piquée; elle suivit sa mère qui allait tailler des pointes de tourtière sur le comptoir.

— Comme ça, papa lui a écrit? chuchota-t-elle. Je l'ai jamais vu écrire à quelqu'un de ma vie!

Imelda hésita; mais elle se réjouissait sincèrement de ce progrès de son mari et son désir de partager cette nouvelle l'emporta sur la discrétion.

— Ton père vient d'apprendre à lire. Mais promets-moi de garder ça pour toi. Il sait même pas que je le sais.

Marie-Louise se tourna vers son père et le dévisagea sans s'en rendre compte.

— Es-tu en train de virer en statue de sel? se moqua son mari.

Elle haussa les épaules et apporta deux tourtières odorantes. Ils passèrent à table et les voix s'amplifièrent à mesure que les plats chauds garnissaient la table joliment dressée. Imelda avait cuisiné abondamment, reprenant ses habitudes, et la fin récente de la crise donnait à ce jour de l'An une ambiance nouvelle, une vitalité presque joyeuse. Chacun des convives s'efforçait de rendre la réunion heureuse, pour contrer les menaces de la guerre lointaine qui s'était traîtreusement rapprochée d'eux au point d'entraîner l'un des leurs de l'autre côté de l'Atlantique. Plus d'un pensa qu'au moment où ils s'attablaient Félix était peut-être en train de se battre, là-bas.

Ils étaient tous réunis et heureux de l'être. Victor, Angèle et leur fille Anne. Henri et Annette avec les jumelles Francine et Françoise, Gérald et Yvon. Marie-Louise et Antoine avec Bruno, Estelle et Jean-Marie. Wilfrid fêtait son premier Noël dans sa communauté et sa mère se concentra davantage sur l'absent que sur les dix-neuf qui étaient présents; sur les absents, en fait, puisqu'il manquait aussi Félix, mais dans le cœur de la femme, ce n'était pas le même regret. Gemma et Paul-Aimé avec Guillaume, Martine, Marcel, Christiane et Pauline, le bébé d'un an.

Antoinette et Lucien étaient seuls; Blandine était accompagnée de Dieudonné.

Antoinette ne semblait pas se formaliser de l'absence de son mari; celui-ci était très occupé à l'hôtel pendant les fêtes. Elle parla abondamment de son bénévolat à la Croix-Rouge, des quantités de vêtements qu'elle cousait. Elle n'osa pas rapporter les tristes souvenirs de la guerre de 14-18 que les vétérans lui confiaient, par égard pour Victor et Angèle, inquiets pour Félix. Victor enchaîna :

— Tu ne leur as pas dit que tu conduisais une machine, Antoinette?

— Une machine? s'exclama Gemma. Mon Dieu! qu'est-ce que t'as besoin de ça, toi, une femme?

Antoinette ne releva pas l'insinuation.

— C'est pour la Croix-Rouge. Quand j'aurai eu mon permis de conduire depuis deux ans, je pourrai rendre service autrement qu'en cousant ou en tricotant des vêtements pour les soldats ou les gens sinistrés.

— Tu vas quand même pas aller au front avec les infirmières? s'inquiéta Blandine.

Cette fois, Imelda décrocha de Wilfrid pour s'inquiéter de sa fille. Celle-ci les rassura.

— Bien sûr que non. Mais la Croix-Rouge a besoin de femmes pour conduire des machines ou des camions pour les cliniques de sang, pour transporter les soldats blessés qui arriveraient par train.

— T'en as même pas, de machine, ma tante Antoinette, protesta Bruno, l'aîné de Marie-Louise. Comment tu peux apprendre à conduire?

— Mais moi j'en ai une, précisa son oncle Victor.

— Tu prêtes un morceau cher de même? s'étonna son père.

— Je suis pas n'importe qui! protesta Antoinette.

– On se débrouille très bien, l'appuya Angèle. Quand j'ai vu Victor montrer à conduire à sa sœur, je me suis dit : «Moi aussi, je serais capable.»

Les deux belles-sœurs se lancèrent un clin d'œil de connivence.

– Ouais, si j'étais à ta place, je commencerais à me méfier, blagua Henri. Deux femmes ensemble qui sont capables de partir toutes seules…

Dans la conversation joyeuse, Antoinette essaya d'embrigader sa mère et Blandine pour effectuer des travaux de couture ou de tricot à la maison pour la Croix-Rouge. Imelda, rassurée de savoir que sa fille resterait au pays en sécurité, s'intéressa à ce projet.

– Puis ton mari, demanda Charles, qu'est-ce qu'il dit de ça?

– Il est pas contre. De toute façon, depuis que le monde a recommencé à avoir de l'ouvrage, il a beaucoup de clients. Il fait de bien longues heures. Dans le fond, il peut pas savoir ce que je fais : il est jamais là.

Les rires furent moins innocents. Victor et Angèle échangèrent un regard qui en disait long sur les absences de leur beau-frère. Lucien suivait la conversation sans trop s'y mêler, selon son habitude. De son côté, Blandine avait insisté pour que Dieudonné soit invité à ce repas, affichant officiellement son affection pour lui, au-delà de leur différence d'âge. Personne n'y aurait trouvé à redire : jamais elle n'avait été aussi joyeuse. Lucien et Dieudonné recommencèrent à parler de la guerre à leur bout de table; ce sujet prévalait partout depuis quatre mois : à la radio, dans les journaux et dans les conversations de la rue.

– Comme si on était les seuls, le monde de la province de Québec, à pas vouloir de la conscription, soupira Dieudonné.

– T'as bien raison, fit Lucien. Sauf que quand c'est nous autres, on est des lâches et des peureux. Tandis que dans les autres provinces, ça s'appelle autrement.

Les autres hommes se mêlèrent à la conversation.

– Comment tu sais ça? ironisa Antoine. T'es allé dans les autres provinces?

Lucien trouva son beau-frère déplaisant, égal à lui-même malgré les années.

– Non, mais on reçoit les nouvelles, à *La Tribune*. On peut lire ce qui s'écrit dans les autres journaux.

– Ça parle même pas français, ces journaux-là.

– Ça m'empêche pas d'en lire des bouts. Une autre langue, ça s'apprend.

Paul-Aimé ramena la conversation à l'important.

– Puis ça s'appelle comment, là-bas, ceux qui n'en veulent pas, de la conscription?

Lucien finit sa bouchée et articula lentement :

– Des objecteurs de conscience.

Il s'attendait à produire un certain effet; il fut déçu. Peu de membres de sa famille connaissaient le sens de ce mot et surtout la discrimination sous-jacente qu'il impliquait.

– Ça change quoi, dans les faits? demanda le jeune Bruno, qui, à quatorze ans, ne se sentait pas menacé par cet éventuel enrôlement obligatoire.

– Rien, sauf dans l'opinion publique. Mais de toute façon, la conscription, ça atteindrait tout le Canada. En plus, même si depuis 1931 le Canada n'est plus un Dominion mais un pays souverain, les soldats relèveraient quand même de l'Angleterre pour leur participation à la guerre.

Marie-Louise jugea bon de commencer la distribution des cadeaux que ses parents offraient. Les adultes restèrent à table ; ceux qui tournaient le dos au salon se contentèrent de faire pivoter leur chaise d'un demi-tour, les portes vitrées étant largement ouvertes. Pour la première fois depuis dix ans, tous les adultes reçurent un présent, même peu dispendieux, choisi par Imelda et Marie-Louise. Le début de la guerre avait apporté un certain regain dans les affaires et le chef de famille s'était senti plus généreux ; c'était du moins l'explication qu'en avaient trouvée ses enfants. Henri regrettait de ne pas avoir entrepris de démarches bancaires plus énergiques l'été précédent. Il se pencha vers Victor, son voisin de table.

— Mon offre d'association tient toujours, lui dit-il.

Victor en eut un pincement au cœur. Cette offre ne lui était faite de nouveau que parce que son fils était parti à la guerre.

— Je le sais pas. Peut-être que je vais attendre le retour de Félix pour commencer nos projets d'expansion.

À leur tour, les grands-parents furent comblés de cadeaux. La grand-mère était gênée de tant d'abondance ; elle se souciait tant de ne pas blesser ceux qui étaient moins choyés qu'elle donnait l'impression de ne pas apprécier les présents qu'elle recevait, blessant à coup sûr ceux qui les lui offraient. Victor ne put s'empêcher de le constater. « Avec le temps, elle aura pas plus appris à montrer si elle est contente ou non. Ça sert à quoi de vouloir lui faire plaisir ? »

Marie-Louise n'oubliait pas son appréhension pour autant. Au fur et à mesure de la distribution des cadeaux, sa crainte augmentait. « Il a rien acheté à maman, conclut-elle en regardant son père à la dérobée. Je peux pas croire qu'il lui a fait ça. » Elle s'en voulait de ne pas avoir mis davantage en question la procédure inhabituelle. Dans le brouhaha de la fin de la distribution, le chef de famille se leva. Les voix baissèrent de deux crans. Charles tendit une petite enveloppe à Imelda.

— Tiens, tu l'as bien mérité, dit-il sobrement, s'efforçant de cacher l'émotion qui s'infiltrait dans sa voix.

Étonnée, elle accepta l'enveloppe et ses doigts décelèrent des papiers. « De l'argent. Comme pour l'épicerie. » Elle tenta elle aussi de dissimuler son émotion, comme elle l'avait fait toute sa vie. Mais elle chercha instinctivement les yeux de Marie-Louise qui la réconfortèrent.

— Votre père a toujours pris soin de tous nous autres, dit-elle simplement.

Le bébé de Gemma poussa un cri strident et commença une crise de larmes. La mère soupira et se leva avec lassitude, dans un geste routinier qui ne laissait plus transparaître la ferveur des premières maternités. Le mouvement familial reprit. La grand-mère resservit du dessert, les petits-enfants expérimentèrent leurs nouveaux jeux. Charles refrénait difficilement sa déception. « Elle aurait pu l'ouvrir, au moins. » Il fut blessé parce que cela semblait naturel pour tout le monde qu'il offre simplement une enveloppe à sa femme. Pour la première fois peut-être, il se souciait des apparences face à ses enfants. Sa mémoire chercha fébrilement quand et à qui il avait fait le dernier cadeau, pour se prouver qu'il avait l'habitude d'être généreux, dans une certaine mesure. Mais il constata qu'il n'avait toujours donné que de l'argent. « Tu t'achèteras ce que tu veux » ou « T'achèteras quelque chose à ta mère. » Connaissait-il si peu sa propre famille qu'il ne pouvait savoir ce qui aurait fait plaisir aux siens? Aujourd'hui, cela le dérangeait; pire, cela lui déplaisait.

Déçu et impatient, il oscillait entre son irritation coutumière et une jovialité qu'on lui connaissait peu. Au bout de dix minutes, il n'y tint plus. Il demanda presque rudement à Imelda si elle avait ouvert son cadeau; il avait parlé d'un ton si ferme que la moitié de la tablée se tut et que l'autre en fit autant, étonnée du silence soudain.

— J'ai pas eu le temps, bredouilla-t-elle avec gêne.

Elle était profondément humiliée devant ses enfants. Non seulement n'avait-elle reçu banalement que de l'argent, mais en plus il lui aurait fallu en faire l'étalage devant eux, surtout Gemma qui en manquait tant. Elle implora son mari des yeux. Comme il lui semblait inaccessible encore aujourd'hui, après tant d'années de vie commune! Ignorant sa peine, il insistait, presque joyeux :

— T'es peut-être pas curieuse de voir ce qu'il y a dedans, mais j'en connais d'autres qui se morfondent, hein, Marie-Louise?

La fille aînée rougit et Henri en profita pour la taquiner.

— Ouais, ma petite sœur, tu viens de te faire prendre, hein?

Les rires sonnaient un peu faux; toute cette mise en scène n'augurait rien de bon. Imelda ouvrit l'enveloppe à contrecœur et en sortit une liasse de papiers. Mais ce n'étaient pas des billets de banque. Elle était curieuse de voir ce que c'était mais elle n'arrivait pas à lire sans ses lunettes. Charles sortit les siennes, qui avaient encore une apparence neuve, et, la tête haute devant toute sa famille, fier comme il n'avait jamais pensé pouvoir l'être, il lut d'une voix forte des dates, des numéros de trains, des horaires, des noms de villes.

— Votre mère puis moi, résuma-t-il en écartant largement son veston et en glissant ses pouces sous ses bretelles, on va aller dans l'Ouest, chez Damien et Mélanie. On va être avec eux autres à Pâques, le 24 de mars. Comme je l'ai dit tantôt, votre mère a bien mérité ce petit voyage-là.

Il y eut un tel silence que Charles se demanda s'il ne venait pas d'annoncer une nouvelle catastrophique. Derrière l'arbre de Noël, la voix pointue du petit Yvon s'éleva :

— C'est où, ça, le Ouest?

Son frère Gérald engouffra un morceau de gâteau aux fruits et répondit dédaigneusement :

— T'es ben ignorant! Tout le monde sait ça.

— C'est où, d'abord? insista la petite voix pointue.

Le jeune de neuf ans ne se laissa pas démonter. Il répondit simplement :

— Loin!

Les grands éclatèrent de rire. Charles remit les documents à Imelda qui les feuilleta lentement, encore sous le choc. Marie-Louise était presque offusquée d'avoir été tenue à l'écart d'un projet d'une telle envergure.

— Ça vous fatiguera pas trop, papa? demanda-t-elle. Vous êtes plus jeunes, tous les deux.

Charles se rassit et regarda furtivement Imelda.

— On a travaillé toute notre vie puis on n'est pas morts. C'est pas un petit voyage qui va nous déranger, hein, Imelda?

Elle releva lentement la tête et le regarda, plus émue de cette complicité étalée au vu et au su de toute leur famille que de ce voyage invraisemblable. Elle esquissa un sourire sincère et acquiesça de la tête.

– Ils l'ont fait une couple de fois pour venir nous voir, ça doit pas être pire d'y aller.

– Les trains sont pas mal confortables, dit Victor. Angèle puis moi, on a été bien satisfaits quand on est allés à Québec l'année passée, pour notre vingtième anniversaire de mariage.

Imelda n'ajouta rien. Charles attendait des commentaires de joie, de contentement, autrement dit des remerciements. Il jugeait avoir fait plus que sa part en décidant, préparant, payant ce voyage. C'était sa manière de compenser ce qu'il n'avait jamais fait pour sa femme. En retour, il s'attendait à ce qu'elle comprenne sa bonne intention et la lui confirme. Mais elle ne lui disait rien, comme il l'avait fait lui-même durant tant d'années avec elle. Des cris et des pleurs éclatèrent soudain à l'étage.

– Mon doux Seigneur! s'écria Gemma. Qu'est-ce qui se passe en haut?

Blandine alla aux nouvelles. La petite Martine criait, pleurait. La jeune tante la ramena au rez-de-chaussée avec son frère Guillaume, ne réussissant pas à les calmer.

– C'est pas juste! criait Martine. Moi aussi, je veux une grande chambre pour moi toute seule!

– Voyons donc! la rabroua sa mère, Gemma. Tu sais bien que tu dois partager ta chambre avec tes sœurs.

– C'est pas ça, fit Blandine. Ils étaient en train de jouer au grand-père et à la grand-mère.

– Oui! s'écria le jeune Guillaume. C'est elle qui pleure pour rien! Moi, je fais le grand-père, puis les grands-pères, ils ont une grande chambre, eux autres.

Martine redoubla de sanglots.

— Puis moi je fais la grand-mère, puis je veux une grande chambre moi aussi. C'est pas juste!

Les adultes, gênés, s'abstinrent de prendre position dans le conflit délicat. Imelda insista nerveusement pour resservir du dessert. Charles se trompa et demanda un café au lieu d'un thé. Réalisant sa méprise trop tard, il avala sans sourciller ce liquide qu'il n'aimait pas. Gemma ne réussissait toujours pas à faire entendre raison aux enfants et Paul-Aimé, irrité de voir sa marmaille gâcher la réunion familiale, décida d'un ton cassant qu'ils rentraient sur-le-champ. Les enfants se calmèrent et Blandine réussit à les intéresser à un autre jeu.

Charles attendit en vain qu'Imelda le remercie plus ouvertement. Il enfonça cette déception en lui, selon son habitude, refusant d'admettre que son cadeau ne plaisait pas vraiment à sa femme, ce qui le dispensait de s'en demander la raison.

12

Un mois passa. Quelques voisins et connaissances commentèrent le voyage généreusement offert par Charles Manseau à son épouse, les félicitant ou les enviant. Mais Imelda n'abordait jamais le sujet avec Charles et une colère sourde s'insinua en lui. «Elle sera jamais contente; je perds mon temps.» À l'anniversaire de Marie-Louise, en février, celle-ci vint dîner avec sa famille et Charles lui redit, comme chaque année :

— Tu penseras à ta mère aujourd'hui.

Il lui avait rappelé cette mort à tous ses anniversaires. «C'est à croire qu'il me reproche d'être en vie!» s'était chagrinée Marie-Louise à chaque fois. Cette année-là, elle trouva la phrase encore plus indécente que précédemment et elle surprit le regard de sa mère sur son père à la suite de cette évocation déplacée. Elle frissonna. Pour chasser son impression, elle demanda à sa mère où en étaient les préparatifs du voyage. Rien n'était fait.

— J'ai jamais voyagé, s'excusa Imelda; c'est une trop grosse affaire pour moi.

Sa fille préféra croire cette explication rassurante.

— Si c'est juste ça, maman, inquiétez-vous pas. Je vais m'occuper de tout.

Elle prit les choses en main, quitte à envahir l'espace de sa mère. Elle requit la collaboration de sa belle-sœur

Annette et toutes deux permirent à Imelda de sortir de sa torpeur. Le sens inné de l'organisation de cette dernière reprit enfin le dessus.

Les voyageurs partirent à la mi-mars. À la gare de Montréal, ils furent agressés par la présence tangible de la guerre : des affiches de propagande, des aviateurs anglais en formation au Canada, moins dangereux pour eux.

– Fais-toi-z-en pas, dit Charles, devinant l'inquiétude de sa femme. Mackenzie King vient d'être réélu. Il a promis qu'il y aurait pas de conscription. On peut lui faire confiance.

Dans la foule qui allait et venait bruyamment, Imelda constata avec surprise que dans la métropole, loin de sa scierie et de sa petite ville, Charles était un provincial dépaysé. Pourtant, il s'obstinait à s'orienter tout seul. Mais il errait ici et là, se fatiguait à porter les valises d'un guichet à l'autre. Imelda finit par s'asseoir sur un banc, épuisée. Charles, désemparé, dut se résoudre à s'informer. Il se fit répondre en anglais et il en fut confus et irrité. Il haussa le ton, posa des questions à gauche et à droite et finit par trouver un compatriote qui lui donna en français les informations dont il avait besoin.

Esseulée sur son banc, Imelda admettait humblement qu'elle était tout aussi ignorante que son mari des détails pratiques de ce voyage. Elle fut honnête et admira la manière dont il réussissait tout de même à se débrouiller dans cette situation totalement nouvelle pour lui. Elle se sentit rassurée pour le reste du trajet et cela lui redonna confiance en cette escapade.

Pendant les longues journées de trajet en tête-à-tête, le vieux couple constatait à quel point il n'avait jamais appris à converser. Dans leur maison, quand ils se retrouvaient seuls, de petites besognes les occupaient l'un et l'autre. Mais ici, confinés à des banquettes de train, aucune échappatoire n'était possible sauf d'arpenter les couloirs ou d'aller au wagon-restaurant.

Le jour, Imelda regardait défiler le paysage sans toujours le voir, se croyant seule tant son compagnon se taisait, sauf si des étrangers prenaient place sur l'autre siège. Alors, il s'animait pour un temps dans une sorte de monologue qui s'achevait de lui-même. Comme Charles ne s'intéressait aux autres que comme auditeurs, ceux-ci se lassaient rapidement. Dans sa solitude, Imelda gardait les yeux tournés vers l'extérieur. Devant les espaces sans cesse renouvelés et mouvants, la femme tantôt s'émerveillait, tantôt regrettait d'être partie de si loin pour visiter une famille qui lui était étrangère, somme toute.

Le soir, ayant des couchettes séparées dans le même wagon-lit, ils se retrouvaient seuls et ensemble à la fois. «C'est ce qu'on a fait toute notre vie», déduisit Charles avec déception. Là-haut, dans la couchette supérieure, Imelda appréhendait leur séjour chez Damien et Mélanie où elle devrait partager le même lit que son mari pour la première fois depuis près de deux ans. Elle n'arrivait pourtant pas à s'y résoudre, fermement décidée à ne tolérer aucune avance. «On sera pas chez nous; il osera pas faire d'éclat.»

Ils arrivèrent quelques jours plus tard. Si peu habitués aux voyages, ils se languissaient déjà de leur chez-eux. Fatiguée et dépaysée, Imelda alla déposer son manteau et son chapeau dans la chambre qui leur avait été préparée.

— C'est l'ancienne chambre des garçons, s'excusa Mélanie, mal à l'aise. J'espère que vous nous en voudrez pas : on a juste deux lits simples.

La visiteuse perdit du coup la moitié de sa lassitude. Elle trouva alors que ces vacances commençaient bien.

— À notre âge…, commenta-t-elle sobrement, feignant l'indifférence.

Elle eut le réflexe de déposer ses effets sur le lit de droite, selon la place qui lui avait été assignée dans le lit conjugal. Se ravisant, elle choisit plutôt celui de gauche et s'y installa promptement. Au rez-de-chaussée, Damien prit un verre avec Charles pour fêter leurs retrouvailles.

— Moi aussi, je pense à laisser de la place à mes garçons, déclara Damien. Louis puis Mathieu voudraient bien reprendre le commerce.

— T'as encore ta forge? s'enquit Charles après une gorgée.

— Ma forge? s'exclama son beau-frère en riant. C'est sûr qu'il y a pas mal de fermiers qui ont encore des chevaux de labour; la forge, c'est le travail de Louis. Mais Mathieu, mon plus jeune, c'est la mécanique qui l'intéresse. Depuis que des machines se promènent sur les routes, il a commencé à jouer dans les moteurs. Ça nous fait quasiment deux commerces.

— C'est plus simple de même, conclut Charles. Ils vont en prendre chacun un.

— Penses-tu! La forge, ça a fait son temps. Dans cinq ans, dix ans au plus, tout le monde va avoir des machines pour travailler dans les champs puis pour se promener.

Quand vint l'heure du coucher, Mélanie, qui boitait légèrement, alla montrer la chambre à son frère pendant qu'Imelda faisait sa toilette. Charles cachait difficilement son impatience de retrouver enfin son épouse dans un lit commun. Il déchanta au premier coup d'œil.

— Imelda a pris le lit de gauche, précisa sa sœur.

Elle serra brusquement le bras de son frère aîné.

— Je le crois pas encore que vous êtes ici, dans notre maison, murmura-t-elle d'une voix soudain émue, les larmes aux yeux.

— Fais-toi à l'idée, Nanie, on est bien là! lui dit-il avec une joie forcée à cause des lits jumeaux, en pinçant légèrement sa sœur pour appuyer son propos.

Sa cadette se mit à pleurer.

— Ça fait tellement longtemps que quelqu'un m'a appelée Nanie…

Leurs regards plongèrent l'un dans l'autre; ils se revirent cinquante ans auparavant, en 1890, quand le grand frère avait soulevé sa sœurette de dix ans dans ses bras musclés et l'avait serrée maladroitement contre lui. Aujourd'hui encore, une émotion lui empoignait le cœur sans avertissement.

— T'avais des grandes tresses, blagua-t-il en effleurant la chevelure de sa sœur avec pudeur.

Elle tapota affectueusement le bras de son frère et répliqua, en reniflant :

— On est rendus vieux…

— Parle pour toi! protesta son frère en retrouvant sa vivacité. Je me suis jamais senti aussi en forme.

Elle rit.

— Le pire, c'est que t'es bien capable de vivre jusqu'à cent ans!

— Toi aussi, Nanie! Les Manseau, on a la couenne dure!

— Oh! protesta-t-elle, j'en arrache pas mal depuis l'hiver passé.

Déjà au début de la soixantaine, elle se remettait mal d'une fracture à la hanche subie l'hiver précédent et qui lui causait d'intenses douleurs.

– Ça va se passer. Dans vingt ans, tu t'en rappelleras plus, dit-il en se dégageant de l'étreinte.

Imelda entra et ils se souhaitèrent bonne nuit. Les voyageurs, épuisés, dormirent longtemps mais mal, chacun dans leur lit mais dans la même chambre et côte à côte.

Mélanie, restreinte dans ses allées et venues par sa blessure, était triste de ne pas recevoir son frère et sa belle-sœur aussi bien qu'elle l'avait tant de fois imaginé. Damien la secondait tant bien que mal, mais il lui nuisait plus qu'il ne l'aidait dans les tâches domestiques, qui lui étaient visiblement étrangères. Imelda offrit à sa belle-sœur de lui donner un coup de main, trop heureuse de s'occuper et de se réfugier dans un travail coutumier.

Les premiers jours se passèrent joyeusement à évoquer des souvenirs. Mais Imelda ne pouvait partager ce passé commun aux trois autres, qui lui était antérieur. Ces conversations la reléguaient à l'esseulement.

Dans un moment de vive douleur à la hanche, Mélanie se mit à pleurer et à exprimer tout haut un certain regret de leur éloignement, qu'elle appelait parfois leur exil. C'était ce que Damien trouvait le plus difficile à supporter : le reproche de s'être expatrié et d'avoir imposé son choix à Mélanie.

– On s'est pas « expatriés », lui redit-il ; on pensait qu'ici aussi c'était notre patrie.

– Ça l'est devenu ! fit Mélanie. À c't'heure, nos enfants sont mariés avec des gens d'ici. On peut pas repartir puis les laisser ici !

– Votre fille Hermance n'est pas dans le coin ? demanda Charles.

Damien secoua la tête avec irritation.

— Pour vous autres, si c'est dans l'Ouest, tout est à la porte d'à côté. Nous autres, on est au Manitoba, mais Hermance, même si elle enseigne dans l'Ouest, est à cinq cents milles d'ici. Non, soupira-t-il tristement, notre fille n'est pas dans le coin, comme tu dis.

Hermance, religieuse chez les sœurs grises, vivait loin de ses parents, qui s'en consolaient difficilement.

Le matin de Pâques, Mélanie et Imelda revinrent à pied de la grand-messe, les hommes étant restés sur le perron de l'église, Damien tenant à présenter son beau-frère à ses compatriotes.

Les femmes marchaient lentement dans cette belle matinée. Mélanie s'appuyait au bras d'Imelda, pourtant un peu plus âgée qu'elle. Puis elle s'arrêta et renversa sa tête vers le ciel.

— Regarde, Imelda. Le ciel du Manitoba, c'est le plus beau que j'aie jamais vu. Plus haut que ça, c'est le paradis certain.

Imelda le contempla à son tour.

— On est bien petits dans le vaste monde, dit-elle pensivement.

Sa belle-sœur éclata de rire.

— Tu peux le dire! On est juste des moustiques!

Elles reprirent leur marche, se massant un peu la nuque raidie par la posture inhabituelle qu'elles avaient imposée à leur cou.

— C'est sûr, poursuivit sereinement Mélanie, que je m'ennuie des fois. Mais j'ai passé quarante ans de ma vie ici; aussi bien dire toute ma vie.

— C'étaient quand même de bien gros changements quand vous êtes arrivés ici, Damien et toi.

— Oh! tu sais, Imelda, les changements, ça fait partie de la vie.

Imelda secoua la tête.

— Des fois, c'est trop gros pour qu'on soit capable de les prendre.

Sa belle-sœur lui reprit le bras.

— Faut les faire pour le savoir.

Elle se hâta brusquement.

— Mais là, si on se dépêche pas, ma visite va arriver puis mon dîner sera pas prêt !

Le dîner de Pâques réunit toute la famille de Damien et Mélanie : leurs fils Louis et Mathieu, et leurs femmes et enfants. Et l'on parla de la guerre, encore et encore ; Mathieu craignait la conscription, malgré les promesses du gouvernement.

Dans l'après-midi, Charles et Imelda découvrirent que Mélanie ne se sentait pas à l'aise avec l'un des trois petits-enfants présents, le fils de Mathieu. Charles voulut atténuer le malaise.

— Moi non plus, je connais pas tous mes petits-enfants de la même manière.

— Ils ont pas tous le même caractère non plus, ajouta Imelda.

Mélanie détourna la tête. Le bambin de trois ans vint vers eux avec un grand sourire pour leur présenter un jouet.

— C'est Philippe tout craché ! s'exclama Charles, ravi, en se penchant vers le petit. Viens voir ton mononcle Charles, mon bonhomme.

L'enfant ouvrit de grands yeux étonnés et baragouina quelque chose dont son grand-oncle ne comprit rien.

— Ouais… Va falloir que tu m'aides, Mélanie, fit-il en riant nerveusement. Je comprends rien, moi, là.

La grand-mère se frotta les jointures d'un geste nerveux et machinal, regardant ailleurs pour cacher son émotion.

– Moi non plus…

Le sourire moqueur de Charles devint interrogateur.

– Moi non plus, répéta-t-elle. Il parle en anglais, comme sa mère.

Le sourire de Charles s'effaça. Mélanie essuya une larme. Imelda en eut le cœur serré. Elle revit tous ses petits-enfants. Félix et Anne; Francine, Françoise, Gérald et le jeune Yvon, qui allait commencer l'école en septembre; Bruno, Estelle et Jean-Marie; Guillaume, qui deviendrait un écolier lui aussi, et Martine, Marcel, Christiane et Pauline, la dernière de tous. Elle se les rappela tout petits, chacun leur tour, se souvint de tant de gentillesses qu'ils lui avaient dites ou écrites. Elle regarda avec compassion sa belle-sœur, une grand-mère qui ne pouvait communiquer spontanément avec l'un des enfants de ses enfants.

Les jours suivants, le rappel des souvenirs de jeunesse s'épuisa. La réalité des quotidiens si différents des deux couples suscita finalement des surprises et des frictions. Tous les quatre étaient maintenant âgés et leurs idées étaient bien ancrées en eux, ce qui rendit certaines conversations difficiles, voire pénibles.

La semaine suivante, Charles et Imelda sortirent marcher. Le déracinement leur pesait. Ils étouffaient dans ce vent des plaines qui ne cessait jamais. Ils se sentaient écrasés sous ce ciel qui semblait le plus haut qu'ils eurent jamais vu. Ils avaient l'impression de détonner dans cet environnement qui n'était pas le leur, au cœur de problèmes qui leur étaient étrangers. Surtout, ils étaient las de se trouver face à face depuis des jours, en plus de partager la même chambre, même s'ils ne partageaient pas le même lit. Casanier, Charles n'en pouvait plus de tant de changements à ses habitudes. Il eut encore le réflexe de rendre les autres responsables de ses états d'âme.

— Sais-tu ce que ça me coûte, ce voyage-là? grogna-t-il en s'adressant à Imelda. Tu pourrais au moins l'apprécier.

— C'est toi qui l'as décidé, répliqua-t-elle. Mets-moi pas ça sur le dos.

— Mais c'est pour toi que je l'ai fait. Pour te faire plaisir. Mais y a rien qui te fait plaisir. Même quand les enfants te donnent quelque chose, tu crochis. T'es jamais capable de montrer que t'es contente, même par petits morceaux. Le plaisir, poursuivit-il sur sa lancée, on dirait que t'es pas capable de prendre ça. Ni pour toi ni pour les autres.

Imelda le regarda avec haine, refusant de s'interroger sur le fond de vérité possible de ces accusations.

— Me faire plaisir? explosa-t-elle. Me faire plaisir? C'est à *toi* que t'as fait plaisir! Toute ta vie, tu t'es occupé de *toi*, de faire ce que *tu* voulais, d'avoir ce que *tu* voulais, même si t'as dû écraser tout le monde pour ça!

Le vilain mot «déjeter» érafla encore la mémoire de Charles.

— Je t'ai jamais déjetée! lui cria-t-il sans réfléchir. C'est pas vrai!

— Déjetée? bafouilla-t-elle.

Le mot à lui seul était une bassesse méprisante, un mot brutal qui résumait en quelques lettres toute sa vie de femme mariée. L'humiliation de ce rejet acheva de la défaire.

— Oui, c'est ce que t'as fait! Tu m'as déjetée toute ta vie. Tu m'as emmenée dans ta maison pour faire à manger, prendre soin de tes enfants, puis te satisfaire! Pour ça, rien que pour ça!

Charles reçut la haine et les reproches comme une giboulée en plein visage. Il essaya de reprendre pied.

— Puis ce voyage-là, je te l'ai pas donné, peut-être?

— C'est à toi que tu l'as donné! C'est ma sœur à moi que j'aurais voulu voir, ma sœur aux États que j'ai pas vue depuis vingt ans. Mais ça, ça t'est même pas passé dans l'idée, comme de raison.

— Arrête donc de tout me reprocher! vociféra-t-il. J'ai toujours fait vivre ma famille. J'ai jamais découché. J'ai jamais battu personne!

Elle se tourna vivement vers lui, blanche de colère.

— T'as rien à me reprocher non plus! cria-t-elle à son tour. J'ai toujours pris soin de la maison comme il faut. J'ai jamais découché. J'ai jamais battu personne!

Imelda tremblait de la tête aux pieds, épuisée d'avoir enfin crié les mots qui l'empoisonnaient depuis tant d'années. Ils se toisaient, furieux, hargneux, ayant enfin exprimé une partie de leurs rancunes. Mais comme ces rancunes semblaient ridicules tout à coup, ou mensongères, ou les deux à la fois!

— C'est ça! explosa Charles. On a fait tout ce qu'on avait à faire. On n'a rien à se reprocher ni l'un ni l'autre.

Ils ne trouvaient plus rien à se dire. Imelda n'aspirait plus maintenant qu'au silence et à la solitude; à retourner chez elle et ironiquement loin de Charles, pour dormir dans sa chambre, s'enfermer en elle-même, respirer enfin à son aise. Ils s'éloignèrent l'un de l'autre et rentrèrent, parce qu'ils étaient aussi malheureux à l'extérieur qu'à l'intérieur.

— Tu connais pas mon frère, dit Mélanie à Imelda ce soir-là, attristée par la rancœur évidente qui séparait son frère et sa belle-sœur.

– C'est toi qui le connais pas, rectifia Imelda. Un grand frère de dix-sept ans quand toi t'en avais dix, c'est pas l'homme fait avec qui je vis depuis trente-quatre ans!

Mélanie tenta de parler seule à seul avec son frère, espérant lui faire comprendre, ne serait-ce que par certains côtés, le point de vue des autres, si différent du sien. Charles cessa brusquement de feindre et cria son amertume :

– Le monde me haït-tu tant que ça, maudit? J'ai tellement travaillé toute ma vie… J'ai pas mérité ça, il me semble! J'ai pas mérité ça, Nanie…, répéta-t-il, atterré.

Mélanie fut bouleversée par cette peine d'homme ravageuse; elle ne sut comment composer avec elle. Son frère s'était détourné d'elle pour cacher sa souffrance, et il avait courbé l'échine sous un poids invisible. Elle passa son bras sous le sien et appuya sa tête contre le crâne buté. Elle avait toujours été un peu plus grande que son frère aîné. En cet instant douloureux, elle se sentait l'aînée d'un petit garçon isolé par le chagrin.

Finalement, Charles vit approcher avec soulagement la fin du voyage, même si les plaines s'étendant à perte de vue le faisaient rêver par tant d'espace à mesurer du regard et d'air pur à respirer. Il s'en voulait de ne pas apprécier à leur juste valeur ces lieux presque exotiques pour lui, habitué aux forêts et aux vallons. Il accepta toutefois le fait que le Manitoba était désormais le pays de sa sœur Mélanie, de Damien et de leur petite famille. Et qu'ils y avaient pris racine, comme lui, Imelda et leurs enfants étaient installés dans les Cantons-de-l'Est, dans la province de Québec.

Charles quitta les plaines hanté par le souvenir de l'automne 1899, quand Damien avait épousé Mélanie et l'avait emmenée vivre au Manitoba. Tout à ses pensées, désœuvré dans ce wagon qui bougeait sans lui, il émit pensivement ses réflexions à haute voix.

— Ouais. Un mariage, ça change bien des choses dans une vie. Ça vaut la peine de prendre le temps d'y penser comme il faut.

Imelda, encore blessée par le douloureux affrontement qu'ils avaient eu récemment, releva sèchement le commentaire, qu'elle interpréta comme un regret.

— Le temps? fit-elle amèrement. T'es venu chez mon père dans les premiers jours de juillet 1905, tu m'as fait ta demande au commencement d'août, puis on s'est mariés à la fin de septembre. C'est ça que t'appelles prendre le temps d'y penser?

Elle se leva rageusement et alla se poster au bout du wagon pour essayer de s'intéresser au paysage qui fuyait derrière le train. Charles la rejoignit.

— C'était pas la même chose, protesta-t-il, blessé.

— Ah non? renchérit-elle. À moins que ce soit une servante que t'aies choisie, dans le temps, pas une épouse!

Il la regarda, ahuri.

— Perds-tu la raison, Imelda?

— J'ai toute ma tête, Charles Manseau. Ces dates-là, c'est les vraies.

— Je parle pas des dates, je parle de... de la raison.

— T'as le bon mot! railla-t-elle. La raison. Un mariage de raison pour tes enfants. Remarque que j'avais trouvé ça bien correct, dans le temps, qu'un père se fasse du souci pour ses enfants.

— Tu peux quand même pas me reprocher ça!

— Tes enfants, non! Mais c'était pas juste pour tes enfants que tu me voulais. C'était pour ta satisfaction aussi, essaye pas de le nier!

— Je te mariais quand même pas pour le voisin! protesta-t-il, stupéfait.

— Arrête donc tes niaiseries! s'exaspéra-t-elle. Tu sais très bien ce que je veux dire.

Non, l'homme ne comprenait pas. D'une phrase à l'autre, il avait l'impression qu'ils ne parlaient pas de la même chose.

— Comment ça, une niaiserie? s'étonna-t-il. Un mariage, c'est pas une niaiserie!

— Ça dépend pour quoi on le fait! répliqua-t-elle.

Il leva les deux bras en signe d'exaspération.

— Tu le savais que j'avais des enfants! Tu t'es quand même pas réveillée avec trois enfants à élever sans le savoir!

Il avait haussé le ton et des passagers se retournèrent vers eux. Humiliée, Imelda retourna s'asseoir. Charles fut tenté d'aller ailleurs, jusqu'au wagon-restaurant, peut-être, tant pour s'éloigner d'elle que pour se défouler, mais il sentit que le malentendu s'aggravait et il ne voulait plus d'équivoque entre eux; il y en avait eu déjà suffisamment et depuis trop longtemps. «Des affaires pas claires, je peux plus endurer ça.» Il revint à leur banquette. Imelda s'était assise le plus loin possible, résolument tournée vers la fenêtre et les bras croisés, fermée à tout. Il la sentit frémissante de colère rentrée, sur le point d'éclater comme la bouilloire de sa scierie quand la pression devenait trop élevée.

— Tu le savais que j'avais trois enfants! insista-t-il à voix basse. Je t'ai pas imposé des affaires qui étaient pas entendues.

– Non! marmonna-t-elle entre ses dents serrées. C'était ça, le contrat. Prendre soin de tes enfants puis de la maison, puis te satisfaire.

Il en eut mal.

– Moi aussi, j'ai respecté ma part du contrat, dit-il. Je t'ai offert une maison, je vous ai fait vivre, tout le monde.

– C'est ça! trancha-t-elle. On a respecté notre contrat, toi puis moi.

Le soir, quand ils se retrouvèrent dans leur wagon-lit, encore nerveux de leur violente dispute, ils commencèrent à se déboutonner, debout, dos à dos, déstabilisés par les mouvements du train. Au bout de quelques minutes de cette promiscuité forcée, Charles revint à la charge, aigri par la colère qu'il entretenait lui aussi depuis des heures.

– Puis toi? ragea-t-il en s'assoyant sur son lit, celui du bas, pour enlever ses chaussures et ses bas. Pourquoi tu t'es mariée, toi? Pour avoir une maison? Pour avoir des enfants? Pour avoir un mari? Bien, tu les as eus!

– Une maison, j'en avais une! se défendit-elle. Les enfants, je les ai jamais regrettés.

Elle enfila sa longue chemise de nuit par-dessus ses vêtements et commença difficilement à se dévêtir dessous, se tenant près du lit pour s'y appuyer quand le train modifiait sa direction.

– Puis le reste? explosa-t-il en se relevant si brusquement qu'il se heurta la tête contre le sommier du lit du haut.

Il étouffa un juron, trop fier pour manifester sa douleur.

– Moi, je comptais pas dans le contrat? reprit-il en se frottant le crâne. Moi ou un autre, ça aurait fait pareil, si je comprends bien?

– J'ai jamais dit ça! cria-t-elle, enfin dénudée sous la chemise de nuit dont elle enfila les longues manches jusqu'aux poignets.

– Mais qu'est-ce que tu voulais de plus? rugit-il.

Elle se tourna brusquement vers lui et se pencha pour ramasser ses vêtements. La colère lui enflamma le regard, mais elle baissa le ton par pudeur et articula amèrement :

– Puis toi, qu'est-ce que tu voulais de plus? Les repas puis le reste, t'en as eu tant que t'as voulu! Qu'est-ce que tu voulais de plus?

Il se détourna, déboutonnant maladroitement sa chemise tant il était exaspéré. Le manque qu'il avait ressenti durant près de quarante ans lui brouilla le regard. «Mathilde m'aimait, elle!» Il ne put que balbutier :

– J'aurais voulu que… que tu…

– Que je quoi? siffla-t-elle. De la couchette, t'en as eu tant que t'en as voulu. Tu le sais aussi bien que moi. Alors, t'aurais voulu quoi, hein? Que je quoi…? vociféra-t-elle de nouveau en revenant vers lui.

Mais elle se détourna de lui et plaqua ses deux mains contre le lit du haut, le sien, pour se ressaisir. Charles avait le cœur dans un étau. Les mots qu'il voulait crier se bloquaient dans sa gorge. Jamais il n'avait eu à prononcer des mots aussi simples et aussi difficiles à la fois. Et le manque, le manque au cœur de tant d'attentes jamais assouvies, l'étouffa.

– Que je quoi? cria-t-elle de nouveau en commençant à trembler. Que je quoi? murmura-t-elle à bout de douleur en soutenant son front du bout de ses doigts réunis en une masse dure.

– Que tu…

Mais il se tut, abattu par ce qu'il découvrait chez elle et en lui.

– Ce que je t'ai pas donné, Charles Manseau, fit-elle d'une voix brisée, tu me l'as jamais donné non plus.

Sa lèvre inférieure tremblait et elle posa sa main vieillie contre sa bouche pour s'empêcher de crier sa souffrance. Il ne put tolérer de la voir souffrir à ce point injustement.

– Imelda... Tu sais bien que c'était pas juste pour ça...

Elle refusait de se retourner vers lui. Elle ne voulait pas se laisser attendrir une fois de plus par son regard.

– Imelda, reprit-il douloureusement en esquissant vainement le geste de lui mettre la main sur l'épaule, une femme pour tenir une maison, j'aurais pu en trouver d'autres. T'étais quand même pas la seule femme disponible dans tout le canton.

Elle ne répondit rien. Il comprit qu'elle ne le croyait pas.

– C'est vrai que c'est à cause des enfants que j'ai... que j'ai accepté de me remarier; c'est même Victor qui me l'avait demandé.

Imelda dressa l'oreille malgré elle et, toujours debout et dos à son mari, elle rabattit les couvertures de la couchette du haut d'un coup sec pour préparer son lit.

– C'est ton fils qui t'a dit de te remarier? Voyons donc!

– C'est pourtant vrai, Imelda. Il me l'avait demandé en juin, un dimanche midi chez les Gingras.

– Parce que toi, tu y avais jamais pensé en cinq ans? En cinq ans de veuvage quand t'avais à peine trente ans? Me prends-tu pour une innocente?

Il toussota. C'était vrai que son veuvage l'avait tracassé plus souvent qu'il ne l'aurait voulu.

— En tout cas, reprit Imelda d'un ton amer, c'est bien la première et la dernière fois que t'auras fait ce que Victor t'aura demandé.

Il se crispa.

— Tu serais mal placée pour trouver qu'il avait tort. Vous vous êtes toujours bien entendus, il me semble! lança-t-il sèchement.

Elle perçut tant de rancœur dans le ton qu'elle se tourna spontanément vers lui.

— T'étais jaloux? Jaloux de ton fils de dix ans?

— Jaloux, moi? protesta-t-il. C'est pas une question de jalousie.

— Ah non? Puis les moqueries quand il m'avait fait un petit banc pour mon panier à linge, t'en souviens-tu? C'était pas de la jalousie, ça, peut-être?

Charles se revit, amer devant l'admiration et la tendresse dont le regard d'Imelda avait gratifié Victor en ce premier jour de l'An ensemble.

— Mets-toi à ma place, maudit! Je t'avais acheté une blouse qui coûtait cher sans bon sens puis tu l'avais même pas regardée.

— Une blouse… Ouais, un cadeau que t'avais même pas choisi toi-même.

— C'était Émérentienne, c'est vrai. Je connais rien là-dedans, moi, le linge de femme… Mais Victor, lui, il avait fait rien qu'un banc tout croche puis t'étais en pamoison devant lui!

— C'était rien qu'un enfant, riposta-t-elle. Il pouvait pas faire plus.

— Mais moi j'étais ton mari! cria-t-il malgré lui.

La plainte du mari blessé était si douloureuse qu'ils en restèrent saisis. Cette jalousie souffrante ne pouvait être due qu'à de l'amour, même mal exprimé. Toutes sortes de questions et de réponses se bousculèrent en eux, entremêlées de souvenirs épars, faits d'attentes et de chagrins niés de part et d'autre.

— Arrête! trancha-t-il. Je suis plus capable d'en prendre pour aujourd'hui.

Imelda grimpa quelques barreaux et se laissa tomber, épuisée, sur la couchette supérieure.

— Moi non plus, balbutia-t-elle, moi non plus…

Charles se coucha pesamment dans le lit du bas. Imelda et lui ne se reparlèrent plus vraiment après cette altercation. Le retour fut toutefois suffisamment long pour atténuer la vivacité de leurs propos belliqueux.

Quand Henri et Marie-Louise vinrent les chercher à la gare, ils virent descendre un couple taciturne et aux traits tirés. «Je l'avais bien dit que c'était trop fatigant pour eux autres», se reprocha Marie-Louise. Pour tenter de les divertir, elle commenta avec enthousiasme la nouvelle loi qui accorderait sous peu le droit de vote aux femmes de la province de Québec. Imelda ne desserra pas les dents. Dès qu'ils furent rentrés à la maison, elle avoua sa grande lassitude et monta à sa chambre. Henri retourna chez lui. Marie-Louise offrit de rester pour la soirée; son père refusa.

— On va s'arranger.

Ce n'était pas dans la nature d'Imelda de s'enfermer. Contrairement à son appréhension, cet éloignement de sa maison, le premier depuis son mariage, avait modifié sa perception de sa situation. Charles espéra qu'elle adoucirait son attitude à son égard petit à petit.

La routine se réinstalla. Les repas étaient préparés à l'heure, les vêtements lavés, repassés et rangés, la maison nettoyée. Imelda décida d'accepter la demande d'Antoinette et elle commença à effectuer du travail bénévole de couture et de tricot pour la Croix-Rouge.

Charles comprit qu'elle ressentait moins de colère contre lui depuis qu'elle la lui avait enfin lancée au visage. Mais il comprit aussi qu'il n'était plus au centre de la vie de sa femme, et que cela était ainsi depuis la mort de Léontine, soit depuis près de deux ans. « T'es pas vite de comprenure, mon Charles ! » conclut-il, perplexe devant tant d'inconscience.

13

À l'éclosion des premiers bourgeons en mai 1940, au moment où la nature triomphait de l'hiver, gorgée de vie, Félix fut tué à la guerre.

– Mon Dieu...! Mon Dieu...! répétait Imelda, incrédule. C'est pas possible...! C'est pas possible!

Comme elle se sentait impuissante, loin de cette guerre en Europe qui lui avait tué l'aîné de ses petits-enfants. Loin de Victor, d'Angèle et d'Anne, qu'elle trouva si isolés, à Sherbrooke. La voix émue et rauque de Charles la ramena à la réalité.

– Je vais à Sherbrooke, dit-il brusquement en montant s'endimancher.

– Maintenant, comme ça? Laisse-moi le temps de me préparer, de...

– Tu t'en viendras avec Henri. Je peux pas attendre, lui cria-t-il de là-haut.

Imelda fut touchée de son empressement à rejoindre Victor. Elle fut cependant contrariée d'être évincée encore une fois. Charles redescendit en nouant sa cravate.

– Faut que je sois là le plus vite possible; je suis sûr que tu comprends ça.

Oui, elle comprenait sa hâte de réconforter son fils de sa présence, mais elle n'approuvait pas sa précipitation pour autant. «Pour qu'il gagne quelques minutes, moi, je verrai pas Victor avant ce soir.»

Quand Charles arriva à Sherbrooke, Lucien et Antoinette étaient déjà auprès de leur belle-sœur Angèle. La douleur de la mère, pathétique, sembla cependant naturelle à Charles. Mais le chagrin sincère de Lucien le troubla. «C'était juste son neveu», s'étonna-t-il. Son fils, qu'il avait toujours vu stoïque, presque froid, retenait difficilement ses larmes et dut se mordre les lèvres pour ne pas pleurer quand sa nièce Anne se jeta soudain à son cou :

— T'étais un grand frère pour lui ! Tu nous as tellement manqué quand t'es parti d'ici.

Le père se rappela que Lucien avait pensionné durant plusieurs années chez Victor. Angèle, Félix et Anne, ces trois personnes que Charles connaissait si peu, Lucien les aimait profondément et en recevait des signes tangibles d'affection. Tous ces liens noués en dehors de lui entre les membres de sa propre famille le dépossédaient parce qu'ils échappaient à sa connaissance ; paradoxalement, ces mêmes liens le comblaient comme des extensions de sa propre vie. Son regard se posa sur Antoinette, discrète, qui essayait de consoler Angèle. «Elle est comme sa mère ; elle trouve toujours les bons mots», se dit-il en l'admirant pour sa propension à deviner si justement les souffrances des autres.

Victor s'était enfermé dans le salon ; il ne voulait parler à personne, il ne voulait recevoir personne. Son père passa outre au geste impuissant d'Angèle et alla le rejoindre. Il dépassa à peine le seuil et referma lentement la porte derrière lui. Mais, une fois en présence de son fils et de toute la souffrance qu'il ne connaissait que trop bien, sa gorge se noua. Toutes les paroles qu'il s'était répétées en route s'effaçaient, dérisoires en ce mardi après-midi ordinaire où il faisait si beau dehors. Charles resta debout, regrettant amèrement d'être parti sur un coup de tête sans Imelda qui, elle, aurait trouvé des mots, peut-être pas les meilleurs, mais des mots acceptables dans ce genre de situation, inacceptable de toute façon. Agressé par la présence inconnue qu'il devinait derrière lui, Victor se retourna lentement, les yeux hagards. Ceux-ci se fixèrent sur l'arrivant et semblèrent lentement émerger d'ailleurs.

– Vous?

Le ton glaça le père. Que signifiait ce seul mot, prononcé sur un ton aussi coupant? «Je suis venu pour... Je voulais te dire...» Mais rien ne sortit des lèvres de Charles, qui fit un pas et tendit la main. Il voulut la poser sur l'épaule de son fils mais l'arrêta au dossier du fauteuil où celui-ci se tenait.

– Maman n'est pas avec vous? articula péniblement Victor.

Son fils l'écartait spontanément de sa douleur. Ce rejet accabla le père.

– Elle va arriver tout à l'heure, balbutia-t-il, avec Henri.

– Ah...! fit Victor. Vous, vous étiez déjà dans le coin, d'abord?

Il ne lui venait pas à l'esprit que son père eût pu avoir la générosité de se déplacer si rapidement pour lui. Il se leva lentement et passa devant Charles sans un regard, pour retourner à la cuisine où sa femme Angèle, qui pleurait sans arrêt, avait besoin de son réconfort. Charles ne rectifia pas la méprise : l'heure n'était pas à prouver son profond changement, mais à respecter la douleur de son fils. Il mesurait toutefois, presque effaré, la distance qu'il y avait entre modifier ses pensées et les extérioriser dans le quotidien.

Charles et Imelda logèrent quelques jours chez Antoinette, qui déploya toutes ses énergies à recevoir ses parents comme des princes. Ils ne s'aperçurent de rien, absorbés par le deuil. Après le service funèbre célébré pour Félix, dont le corps tombé au champ d'honneur serait inhumé loin des siens, Charles annonça à sa fille, plutôt qu'il ne lui demanda :

— On va rester encore quelques jours. Peut-être moins, je le sais pas.

Imelda et Antoinette échangèrent un regard interrogateur. « Qu'est-ce qu'il attend ? » se demanda Imelda. Il ne le savait pas lui non plus. Le lendemain, il retourna seul chez Victor. Celui-ci était absent.

— Je pense qu'il est au cimetière, grand-papa, lui dit Anne avec tristesse et lassitude.

Son amie Jacinthe, l'amie de cœur de Félix, sanglotait au bout de la table. Comme pour aviver sa peine, elle venait de recevoir l'une de ses lettres, retournée avec une mention cruelle, et en anglais : « *Killed in active service* ».

Charles chercha son fils au cimetière et finit par le repérer devant une pierre tombale dont le nom avait été effacé par le temps. Il revit en pensée le lot familial qui abritait Mathilde et Léontine et il déplora que Félix ne repose pas près d'elles. Trois générations, déjà, le devançaient dans le dernier repos.

Il eut mal à la pensée que Victor ne pourrait jamais se recueillir sur la tombe de son fils, réduit à errer ainsi parmi des inconnus pour tenter de façon si pathétique de se rapprocher de lui. Victor ne réagit pas à son approche et il fallut que son père fût tout près pour qu'il comprenne que le promeneur le cherchait. Charles s'était juré de lui parler, cette fois, de lui dire les mots de consolation qu'il se devait, en tant que père, d'apporter à son fils qui en avait un si grand besoin. Il plongea tout de suite pendant qu'il en avait encore le courage.

– Je sais que c'est dur, mon garçon, mais…

Effondré de chagrin, Victor lui lança au visage :

– Qu'est-ce que vous connaissez là-dedans? Vous savez pas ce que c'est de perdre un fils!

Il pensa immédiatement à sa sœur Léontine et, malgré sa douleur, il sut qu'il avait été injuste et cruel. Il ne l'avait pas voulu. Son père cligna des yeux.

– C'est pas ça que je voulais dire, murmura Victor que le chagrin dépossédait de lui-même.

– J'ai perdu un fils, moi aussi, murmura son père.

Il s'arrêta, sa respiration devint oppressée. Victor le dévisagea un bref instant. Le père respira profondément à quelques reprises avant de poursuivre. Le fils s'était détourné. Charles le regarda, de dos, et sa voix trembla.

– C'était mon plus vieux… Mais moi, je sais pas quand je l'ai perdu…

Victor cligna des yeux à son tour.

– Pourtant…, poursuivit le père difficilement, ça fait aussi mal aujourd'hui que dans le temps.

– Ça peut pas faire aussi mal que d'avoir perdu mon Félix, fit Victor.

– T'as raison… parce que moi, mon plus vieux, peut-être qu'il est pas trop tard pour…

Il se tut. Il ne pouvait pas aller plus loin. Mais Victor, dont une partie de la vie avait disparu avec celle de son fils, ne pouvait pas, lui non plus, aller plus loin. Ils restaient là tous les deux, chacun incapable d'esquisser le moindre geste vers l'autre. Charles respira encore profondément, puis il confia soudain :

– Mathilde avait choisi un autre nom pour toi.

Victor ne put s'empêcher de relever les yeux.

– Mais, continua son père, elle avait tellement souffert pendant des heures que, quand t'es venu au monde, j'ai eu l'impression de revenir au monde avec toi tellement j'avais eu peur de la perdre. Ç'a été plus fort que moi. J'ai dit : «Il va s'appeler Victor! Comme "victoire"…»

Le fils éclata en sanglots convulsifs. Le visage caché dans sa main droite, il courbait l'échine sous ses deux grandes peines.

– Papa! cria-t-il, pourquoi vous m'avez plus jamais reparlé de maman? Quand on est un petit de trois ans, on comprend pas ça, la mort. Je voulais tellement qu'elle revienne, je voulais tellement… J'avais tellement besoin de vous aussi, papa. Mais vous vouliez pas de nous autres. On vous voyait juste quelques heures par semaine.

Il s'arrêta, se moucha, sanglota encore.

– J'avais tellement de peine, poursuivit-il avec douleur, mais grand-papa Gingras me disait que j'étais le plus vieux, qu'il fallait que je sois raisonnable… Mais je le sais bien, aujourd'hui, qu'il n'y a pas d'âge pour accepter de perdre sa mère puis son père en même temps.

Victor était terrassé de chagrin. Le vieil homme regardait son grand fils défait par la peine et il percevait d'un coup, et avec une immense douleur, tout le besoin que son fils avait eu de lui pendant plus de quarante ans. Un sursaut de révolte lui monta au cœur.

– Fais pas comme moi! cria-t-il. Fais pas comme moi! Ça fait trop mal! À trop de monde!

258

Dans sa crainte compulsive de voir Victor s'enfermer dans sa peine comme il l'avait fait durant tant d'années, se faire mal et faire tant de mal autour de lui, Charles se rua quasiment sur son fils. Celui-ci recula brusquement, incapable de recevoir quoi que ce soit de ce père qui l'avait tant rejeté. Les deux hommes se bousculèrent et, dans l'affrontement, ils furent tous deux déséquilibrés. La main du père agrippa l'étoffe du veston de son fils et ne voulut plus lâcher prise. Le fils résista puis céda, abattu de chagrin. Les deux hommes s'appuyèrent l'un sur l'autre, ne sachant plus qui soutenait l'autre. Ils surent seulement qu'ils étaient ensemble. Pour la première fois.

Ils restèrent longtemps au cimetière, assis côte à côte sur un muret, enveloppés dans un grand silence coupé ici et là de souvenirs qui, à première vue, semblaient incohérents mais qui, découlant de la logique du cœur, jaillissaient enfin dans leur conscience.

— Victor, proposa soudain le père, si tu veux le moulin, prends-le. C'est à toi qu'il revient.

Victor se moucha et secoua la tête avec un pâle sourire.

— Des plans pour qu'Henri m'en veuille à mort.

Le mot le ramena cruellement à son deuil. Son sourire se dilua.

— Dans ce temps-là, s'excusa son père, je…

Il se tut, ne se rappelant même plus quelle raison avait pu, aurait pu être importante au point de lui faire refuser que son fils, son aîné, s'associe avec lui.

— Vous aviez peur de perdre toute la place, expliqua simplement ce dernier. Vous n'en aviez jamais assez, de place.

Charles se rappela le petit banc que Victor, jeune garçon, avait fabriqué pour Imelda. Il soupira :

– Ouais… c'était en dedans de moi qu'il y avait pas assez de place.

Victor plissa les yeux devant ces paroles équivoques. Perdu dans ses pensées, son père ajouta :

– Je sais même pas pourquoi on la veut tant que ça, nous autres les hommes, la première place. C'est bien fatigant de l'avoir ; puis tout le temps en plus.

Victor se moucha encore.

– Tous les hommes sont pas comme vous, papa.

L'interpellé ne sut que répondre.

– Dans le temps, papa, c'est en électricité que j'aurais voulu m'associer avec vous ; j'aurais même pas empiété sur votre terrain.

Ce reproche honnête confronta clairement Charles Manseau avec la quête du pouvoir qui l'avait mené toute sa vie. Ils se turent encore, prenant simplement le temps de respirer, de revivre.

– Le moulin, reprit son fils, Henri m'a déjà offert de l'acheter avec lui.

– Ah oui ? s'étonna et se réjouit le père.

– Mais on reste dans deux villes différentes. On a chacun notre vie, à c't'heure.

Victor regarda son père et remarqua à quel point il avait l'air attristé.

– Mais vous y avez pensé… C'est toujours ça de pris.

Ils restèrent ainsi l'un près de l'autre, fixant sans le voir le lieu du dernier repos de tant de gens, et songeant, chacun à sa mesure, qu'ils y arriveraient eux aussi.

Dans les semaines qui suivirent, Charles dormit mal et digérait péniblement. La disparition coup sur coup de Léontine et de Félix, si brusquement et en pleine jeunesse, lui rappelait à quel point il était fragile, maintenant, dans son cœur et dans son corps. Il venait d'atteindre soixante-sept ans. La vieillesse, qu'il n'avait jamais voulu admettre, l'effrayait, l'obsédait.

— Tu devrais aller au monastère, lui suggéra Imelda un matin en le voyant descendre les traits tirés.

— Qu'est-ce que j'irais faire là? bougonna-t-il.

— Wilfrid vous l'a offert, papa, rappela Blandine. C'est pour vous reposer, pour réfléchir.

— Jongler? Je fais rien que ça, jongler! Je vais pas aller là pour me rendre pire que je suis déjà.

— Fais à ta tête! conclut Imelda, sachant pertinemment que c'était le meilleur moyen de l'y inciter.

Effectivement, son mari fit une petite valise le lendemain. Cela lui rappela ses absences hebdomadaires quand, jeune marié, il allait travailler chez Vanasse. Imelda le vit partir avec soulagement et l'atmosphère de la maison s'allégea.

Charles arriva au monastère et demanda son fils Wilfrid. Le portier ne sut de qui il s'agissait.

— Euh... le frère Anselme, rectifia le visiteur.

Le portier l'interrogea sur le but de sa visite et lui fit comprendre que, s'il était le bienvenu à l'hôtellerie des hommes, il devait toutefois respecter le cloître de son fils.

— Qu'est-ce que je viens faire ici, d'abord, si je peux pas le voir? bougonna le père.

— Vous pourrez le voir une fois ou deux, pendant les récréations. Mais vous êtes sans doute venu pour vous reposer et réfléchir, monsieur, sinon vous seriez simplement venu au parloir, s'amusa le frère portier. Restez-vous avec nous, finalement?

— Avec vous autres, c'est une façon de parler, ç'a l'air.

Il était là, dans le portique, se trouvant niais avec sa petite valise, déconfit comme un gamin à qui on refuse une permission.

— Tant qu'à être rendu ici, je suis pas pour m'en aller! Ça coûte combien? dit-il en sortant son porte-feuille.

— C'est laissé à votre choix, répondit le portier.

— Ça veut dire quoi?

— Que vous laissez ce que vous voulez.

— Ce que je veux? Mais... je veux juste payer ce que je vous dois.

— Vous ne nous devez rien, monsieur. Notre fondateur, saint Benoît, a toujours exigé que ses moines offrent l'hospitalité à ceux qui en ont besoin.

— Je suis pas dans le besoin! s'irrita Charles.

Le portier retint son sourire.

— Un besoin spirituel.

— Je suis capable de payer quand même, insista Charles.

— Parfait. Mais c'est à vous de décider combien.

— En voilà une manière de faire des affaires!

— Ce ne sont pas des affaires, monsieur. C'est de l'hospitalité.

Charles était décontenancé, refusant d'être en dette avec qui que ce soit.

— Les autres, ils donnent combien? risqua-t-il.

— Ce qu'ils peuvent.

Il s'irrita carrément.

— Bien là, franchement, vous me prenez de court...

Le portier l'invita simplement à le suivre et le conduisit à une chambre.

— Vous aurez le temps d'y penser pendant que vous serez avec nous.

Dans les heures qui suivirent, le visiteur se promena aux abords du monastère. La fin de mai était enchanteresse, presque à outrance en regard du deuil de Félix. Cela lui rappela le redoux de février aux funérailles de Mathilde, quelques jours seulement après la journée de tempête qui avait failli lui coûter la vie et avait ironiquement pris celle de Mathilde. «Heureusement, dans le fond, que la nature arrête pas de vivre elle aussi.»

Arrêter de vivre. Cette pensée s'installa en lui durant la longue marche qu'il fit aux alentours. Cesser d'être vivant tout en continuant hypocritement de respirer. Puis il perçut, presque sensuellement, qu'il était entouré d'arbres, ces arbres qu'il avait toujours tellement aimés, au fond, pour son commerce, pour leurs odeurs, pour leurs textures.

– Inquiétez-vous pas! marmonna-t-il en souriant. Vous êtes pas sur mes terres : je vous toucherai pas.

Il se réjouissait de pouvoir maintenant les observer et les apprécier intrinsèquement, libéré du profit possible à en tirer. Ses pas distraits le menèrent dans le verger imposant des bénédictins. Il en fut ébahi. Devant lui, derrière lui, à sa gauche et à sa droite, des dizaines et des dizaines de pommiers en fleurs ouvraient leurs pétales blancs et pointaient leurs bourgeons roses. Il s'en dégageait une odeur si sucrée et si forte qu'il ne sut résister à l'envie de les respirer profondément. Leurs branches basses semblaient s'offrir à lui; il n'avait même pas à s'étirer pour les atteindre. Il délaissa le sentier pour se rapprocher de l'un d'eux. Quand il fut parvenu sous une branche en fleurs, il se retrouva alors au cœur d'un panorama complètement différent. Il en resta saisi d'étonnement et d'admiration. Le verger s'étalait autour de lui dans une telle simplicité et une telle abondance qu'il souhaita y rester des heures. «Imelda aurait aimé ça, des arbres de même.»

Mais il n'était pas homme à rester immobile et il poursuivit sa marche. Plus loin, trois frères besognaient aux champs. Il s'étira le cou pour tenter de repérer son fils. Des souvenirs de son père Anselme et de son frère Philippe lui revinrent à la mémoire. «J'ai laissé la terre; à c't'heure, c'est mon fils qui choisit la terre et avec le nom de mon père en plus.»

– Frère Anselme…, murmura-t-il.

Il trouva que ce nom était en accord avec les lieux. Au loin, les frères convers travaillaient chacun dans leur section, dans le silence et la tranquillité, avec soin, sans précipitation. «Au moulin, on courait tout le temps. Dans le fond, c'est la scie qui a toujours été le boss; on était comme des queues de veau à la fournir ou à la clairer.»

Il leva les yeux et déduisit que les arbres devaient produire une quantité étonnante de pommes. «Il y a toutes sortes de commerce à faire avec les arbres!» conclut-il, presque étonné. Il ne put s'empêcher de vérifier l'émondage, critiquant d'abord le fait que les arbres soient rabattus aussi rigoureusement, puis reconnaissant que la forme ouverte, sur le dessus, permettait au soleil de mûrir le plus de fruits possible. «Si on veut de nouveaux fruits, c'est sûr qu'il faut leur laisser de l'espace.»

Il regagna sa chambre, songeur. Henri n'avait toujours pas obtenu le prêt de la banque. Mais, comme Blandine le lui avait appris, un groupe de citoyens avaient demandé l'ouverture d'une caisse populaire à Saint-François-de-Hovey. «Va falloir que je m'informe de cette affaire-là. Si c'est comme une banque, mais décidé par du monde ordinaire, Henri aurait peut-être sa chance, lui aussi. »

À l'aube, il fut réveillé par une cloche. La clarté était hâtive, à la fin mai, mais quand il vit l'heure à sa montre de poche, il sursauta :

– Quatre heures ? En voilà une heure pour se lever !

Le soir, il put enfin se promener avec son fils et proposa d'aller au verger, qui, décidément, l'impressionnait. Ils parlèrent un peu, de tout et de rien. Le père comprit que le fils trouvait en ces lieux le ressourcement que lui-même était si souvent allé chercher sur ses terres à bois. « Mais moi, c'était juste de temps en temps ; lui, c'est pour le restant de ses jours. » Il s'inclina devant ce choix qui n'aurait pas été le sien.

Le lendemain matin, il se leva lui aussi au son de la cloche et se rendit à l'oratoire. Ce n'était pas par piété. Il fut le seul visiteur aussi matinal, mais son fils comprit et fut touché par cette connivence muette entre eux. Leurs regards se croisèrent ; ils étaient habités de la même tranquillité.

Charles resta à l'hôtellerie une semaine et finit par fixer le montant qu'il laisserait pour son hébergement. Mais quand il fut sur le point de le remettre, il le doubla en songeant à Wilfrid. « C'est bien le moins que je peux faire pour lui. »

Il quitta ces lieux presque à regret, tout en sachant qu'il n'y viendrait pas fréquemment. Ces quelques jours de liberté lui avaient plu ; mais la solitude l'avait laissé ambivalent. Depuis son remariage, jamais il n'avait passé une semaine seul. Et il s'étonnait de l'inconfort qu'il en ressentait, ne sachant quelle étiquette lui accoler.

Il revint chez lui et son cœur battit plus vite lorsqu'il fut aux abords de sa maison. Il la trouva grande et solide, mais manquant d'élégance. «Ouais, cette galerie aurait bien besoin d'être renippée.»

De sa chambre, Imelda l'avait entendu arriver même si la radio était ouverte au rez-de-chaussée. Elle jeta un coup d'œil à la fenêtre donnant sur la cour. Il lui avait téléphoné la veille pour la prévenir de l'heure de son retour et, malgré elle, elle en ressentait une fébrilité difficile à nier. Elle regretta de ne pas avoir une coiffeuse pour se recoiffer devant un miroir avant de descendre. Elle s'en voulut d'avoir revêtu une robe ordinaire, et surtout de le déplorer. «C'est bien fou d'être mal fait de même. C'est à croire que...» Elle se refusa à formuler ce que son cœur lui soufflait. Elle s'efforça de descendre lentement, se réjouissant que Blandine fût absente.

Charles s'attarda indûment dehors et Imelda, déçue de son peu d'empressement à la retrouver après leur première séparation, se renfrogna. Elle entendit enfin ses pas sur la galerie, mais, au lieu d'entrer, il l'invita plutôt à sortir. Elle se fit prier, boudeuse. Il insista avec une impatience de bon augure dans la voix. Elle finit par sortir, curieuse.

Il venait de déposer sur la dernière marche deux arbrisseaux presque en fleurs dont les racines et les mottes de terre étaient enveloppées dans de vieux papiers.

— J'en avais demandé rien qu'un, mais ils ont dit qu'il en fallait deux pour qu'ils produisent.

Imelda ne comprenait rien à ces «ils».

— Qu'est-ce que tu me chantes, là? s'enquit-elle.

— C'est des pommiers, Imelda. Il y en a plein, au monastère. Deux de plus ou de moins...

— Mon doux! T'as quand même pas volé des pommiers? s'exclama-t-elle.

Charles s'amusa de la repartie.

— Bien non, quoique prendre sans payer…, énonça-t-il vaguement, conscient que cette imprécision aiguiserait la curiosité de sa femme.

Charles n'aimait pas les travaux inachevés, et, surtout, il craignait que le transport ait asséché les jeunes pousses. Quelques minutes plus tard, pelle à la main, il creusait déjà deux larges cavités dans le potager.

— As-tu envie de planter tout un verger? bougonna Imelda devant l'ampleur des trous.

— Un pommier par trou, Imelda. Ils sont petits, c'est sûr, mais déjà qu'ils sont quasiment en fleurs, faut leur donner une chance de se repartir. Ils m'ont dit d'aller en reprendre d'autres à l'automne, si tu les perdais.

Le «tu» la fit sursauter.

— Qu'est-ce que je viens faire là-dedans?

Il cessa de pelleter et la regarda.

— C'est pour toi que je les ai demandés. Je me suis dit que, à c't'heure, on n'avait plus besoin d'un grand potager; des pommes, ce serait moins de trouble pour toi. Puis des gros arbres de même en fleurs, Imelda, c'est sûr que tu vas aimer ça: c'est beau comme ça se peut pas. Puis ça sent presque aussi bon que le lilas. Mais moins fort, par exemple.

Elle le regarda, sidérée de cette attention qui lui gonflait le cœur d'une émotion si intense qu'elle en était presque douloureuse. Du salon parvinrent confusément à ses oreilles les premières mesures lentes et nostalgiques d'une chanson à la mode:

> *Je t'ai rencontré simplement*
> *Et tu n'as rien fait*
> *pour chercher à me plaire…*

Dans le potager, l'homme continuait sa besogne, prenant grand soin de tasser le terreau autour des racines, allant chercher de l'eau, séparant les deux arbrisseaux d'un espace raisonnable.

Sur la galerie, la femme le regardait planter les arbres. Pour elle qui les aimait tant. Sans même qu'elle ait eu besoin de le lui demander ni d'insister. Des arbres dont il lui tardait déjà de voir se déployer les ramures. La chanson se poursuivait :

> *Je te fuis parfois,*
> *mais je reviens quand même...*

La femme se tourna vers la droite, vers le lilas déjà si beau, si généreux depuis vingt ans, et ensuite vers l'érable qu'elle avait fait planter la première année de son mariage et qui, trente-cinq ans plus tard, devenu immense, embellissait toute la propriété. Puis son regard embué revint vers l'homme qui, les paumes pleines de terre, ramassait la pelle et s'essuyait le front du revers de la main droite.

Quelques jours plus tard, Charles finit son thé après le souper en disant :

— J'ai décidé d'aller à la réunion à soir, pour l'affaire de la caisse, comme ils disent.

— J'y vais avec Dieudonné, annonça Blandine.

Charles fronça les sourcils.

— Dans le temps, Boudrias y était allé avec sa femme Émérentienne. Ça me fait drôle de penser que ma fille va être là avec leur fils.

— Comme ça, c'est pas d'aujourd'hui qu'il y a des femmes qui s'occupent des affaires ? s'amusa Blandine.

— Dans certains commerces, en tout cas, corrigea Imelda.

Charles ne releva pas l'allusion.

— T'es bien jeune, il me semble, Blandine, pour t'intéresser à des affaires importantes de même.

— Antoinette aussi s'occupe d'affaires importantes : la guerre, on peut pas avoir plus important que ça.

— Oui, mais c'est juste pour faire du bénévolat, c'est pas pareil, précisa l'homme sans réfléchir.

Imelda, aiguillonnée par cette remarque désobligeante, regarda son mari.

— Sais-tu, dit-elle brusquement, je pense que je vais y aller aussi. J'y vais avec toi ou avec Blandine et Dieudonné?

Charles se redressa. Décidément, sa femme n'avait pas fini de le surprendre.

— C'est avec moi que t'es mariée, il me semble.

— C'est bien correct. Je serai prête à sept heures.

La rencontre d'information se transforma assez rapidement en réunion de fondation. Les promoteurs avaient bien préparé leurs propositions et la population avait changé en trente ans. La fin de la crise économique avait aussi sensibilisé les gens à l'urgence d'une prise en main de leurs capitaux. Les hommes d'un certain âge n'étaient pas nombreux, et, quand vint le temps d'élire le premier conseil d'administration, Dieudonné Boudrias proposa M. Charles Manseau. Celui-ci jeta un regard à Imelda, qui semblait nettement de connivence avec Blandine et Dieudonné.

— C'est plus de mon âge, bafouilla-t-il, pris de court.

— C'est le contraire, papa, murmura Blandine. Vous avez le temps de voir ce qui se passe; puis vous êtes bien plus au courant des affaires que nous autres.

– De plus, intervint le notaire Lanthier en se tournant vers lui, vous êtes un homme d'affaires depuis longtemps. Ne gardez pas votre expérience pour vous : faites-en profiter les autres.

La séance de mises en candidature fut houleuse. À la perspective de ne pas être choisi, Charles Manseau se prit au jeu et souhaita ardemment siéger à ce comité. « Il n'y a rien comme d'être dans la place pour savoir ce qui se passe là. » Il fut finalement élu et très content de l'être. Ce ne fut que de retour chez lui qu'il se dit soudain : « Ouais, je me suis fait embarquer, je pense bien ! »

Quand la clientèle de la caisse fut suffisante, les premières demandes d'emprunt furent étudiées. Celle d'Henri était du nombre.

– C'est sûr qu'on peut pas donner de l'argent à des gens de nos familles, déclara quelqu'un en lorgnant Charles Manseau. Ce serait du favoritisme.

Charles ne saisit pas tout de suite que cette remarque concernait Henri.

– Mais refuser un prêt à quelqu'un que nous connaissons, dit le notaire, qui avait été nommé secrétaire du comité, cela signifie favoriser ceux que nous ne connaissons pas, simplement parce que, justement, nous ne les connaissons pas. Ce n'est pas plus honnête.

– Il y en a qui feraient n'importe quoi pour se débarrasser de leur commerce, susurra Edgar Côté, qui était président des commissaires d'école lors de l'incendie de la scierie de Charles.

Le notaire Lanthier ramena la discussion à son sujet premier avant qu'elle ne s'envenime.

– Il faut éviter le favoritisme et son contraire, c'est-à-dire pénaliser les gens que l'on connaît.

La première réunion se passa finalement à définir une méthode honnête pour évaluer les dossiers, et quand il fut question, la semaine suivante, de la demande d'emprunt d'Henri Manseau, son père dut se retirer de la pièce. «C'est bien maudit! Je suis dans la place puis je peux même pas aider mon garçon.» Mais le prêt fut accepté, quoique légèrement inférieur à la demande. «Il me paiera le reste plus tard!» se résigna-t-il.

Charles pouvait donc maintenant concrétiser sa décision de l'année précédente : vendre sa scierie. «J'espère qu'il va prendre le tour de commander aux hommes», soupira-t-il, déçu que son successeur manque à ce point d'assurance dans la direction des employés. «Il m'a vu faire, pourtant!» Il devait toutefois admettre qu'il lui avait si peu concédé d'autorité qu'Henri aurait difficilement pu en tirer un apprentissage adéquat. «Heureusement que j'ai pas été là tout le temps l'année passée, se dit-il pour se disculper. Il a eu le temps de s'exercer.» Il acceptait difficilement cette faille chez son fils, même s'il en était en partie responsable. Mais sa décision était irrévocable.

— Il fera son expérience comme tout le monde, dit-il à Imelda.

Charles et Henri, son deuxième fils, se présentèrent enfin chez le notaire Lanthier pour conclure la transaction.

— Je vois vraiment pas pourquoi ta femme a téléphoné d'avance, marmonna le père. Le notaire, je l'ai toujours vu quand j'étais prêt.

— Annette dit que le monde est devenu trop occupé pour attendre. Quand on prend rendez-vous, on perd moins son temps.

«Il a pas encore acheté puis sa femme se mêle déjà du moulin», maugréa Charles.

– Ça fait bien notre affaire que notre petit Yvon commence l'école en septembre, fit Henri. Comme ça, Annette va pouvoir tenir les livres.

Le père se renfrogna devant la confirmation de son appréhension : sa bru tiendrait bel et bien les comptes de son commerce. Il soupira : ce n'était plus sa responsabilité maintenant, de toute façon. Il se résigna en y voyant un avantage : «D'un autre côté, si ça peut aider Henri à s'occuper des employés comme du monde... »

Accompagné pour la première fois d'un de ses fils, Charles s'assit dans le vieux fauteuil au dossier et au siège recouverts de tapisserie gris-vert et aux bras sculptés de feuilles d'acanthe. Henri choisit un fauteuil moderne. Son père jugea que c'était dans l'ordre des choses.

Pour la première fois de sa vie, Charles lut, et attentivement, le contrat qu'il allait signer. «J'aurai lu juste le dernier, pensa-t-il amèrement. Si j'avais pu vérifier les autres, mes affaires auraient rapporté bien plus, je suis sûr de ça! » Il leva les yeux vers Henri qui, assis tout droit, était très nerveux même s'il tentait de le dissimuler. Le père se rassura : «Il prend ça à cœur, c'est bien correct.» Il se concentra sur la transaction. Cette fois, c'était son fils qui était concerné et ce qu'il lui cédait, en toute connaissance de cause, c'était le travail de toute sa vie; heureusement, il le remettait entre les mains de quelqu'un qu'il avait formé et qui lui était cher. Ils quittèrent tous deux l'étude du notaire très émus et Henri, qui ne cachait plus sa joie, reconduisit rapidement son père.

– Venez-vous à la maison, ce soir? demanda-t-il avant que Charles ne descende de voiture. Annette a préparé un petit goûter pour fêter ça.

Ils se regardèrent. Charles n'avait pas vraiment le goût de souligner la fin de sa vie de patron. Henri s'en aperçut mais s'accorda le droit de se réjouir du début de la sienne.

– Pour moi, papa, c'est un grand jour!

Son père le toisa. Assis tous deux dans la voiture, ils étaient plus près l'un de l'autre que dans leur travail quotidien.

– T'as raison, mon garçon. Devenir son patron, il y a pas de plus beau jour que ça dans la vie d'un homme.

– Puis, ce soir, vous venez?

– Je le sais pas, dit finalement Charles. Je pense que ta mère avait prévu quelque chose. Pour la Croix-Rouge, ajouta-t-il vaguement en descendant du véhicule.

Mais devant la déception de son fils, il se ravisa brusquement.

– Quoique… c'est peut-être seulement demain soir. Je me rappelle plus très bien. Ça se peut qu'on y aille, mais juste un petit tour.

Il regarda la voiture de son fils quitter la cour, mais Henri, au lieu de prendre la direction de sa résidence, se dirigea vers la cour à bois. Le père sut que son fils avait besoin d'être seul pour faire la première tournée de « sa » scierie. Il tourna les talons et rentra dans sa maison.

Tiraillé entre l'amertume que lui causait malgré lui la vente de son commerce et le soulagement de ne plus avoir à y travailler de longues journées qui l'épuisaient depuis plusieurs années sans qu'il ait voulu le constater, Charles Manseau se demandait où serait sa place désormais.

Il éprouva tout à coup un sentiment de liberté qui lui causa un petit vertige.

— Ouais... Qu'est-ce que je vais en faire, de ce bel été-là?

14

Dans l'abondance de temps quotidien dont il disposait maintenant, Charles eut le désir soudain de connaître son puîné. Habitué à agir selon des motivations logiques, il ne s'octroya pas toutefois la liberté de répondre à son besoin affectif. Celui-ci revint à la surface par hasard.

– J'aurais bien aimé ça voir où Lucien travaille, dit Imelda un matin en mettant un bouquet de lilas dans un vase.

Charles soupira. «Elle s'habituera jamais à dire : "Je veux"...» Mais ce souhait d'Imelda, camouflé en regret, servait le sien.

– On a du temps et il fait beau. On y va cet après-midi, décida-t-il sur-le-champ.

– Hein? Aujourd'hui? s'exclama-t-elle.

– C'est ça que tu veux?

– Oui, mais...

– On y va.

Imelda dut accepter ce qu'elle avait implicitement demandé et ils allèrent à Sherbrooke. Quand ils aperçurent l'immense édifice, ils se garèrent au bout de la rue. Intimidés, ils marchèrent jusqu'au numéro 3 de la rue Marquette. Autrefois appelé Bâtisse des Arts, l'édifice abritait aujourd'hui le journal *La Tribune*, le poste de radio CHLT et quelques appartements modernes.

Ils prirent le temps de marcher sur le pont Dufferin, sous lequel coulait la rivière Magog. En aval culbutait la dernière chute de ce cours d'eau étroit. Leurs regards distraits flottèrent sur l'eau. Charles se revit quarante ans auparavant quand il était allé chez Vanasse la première fois et qu'il avait aperçu la chute derrière la vieille scierie. Instinctivement, il se sentit heureux pour son fils Lucien qui, lui aussi, travaillait près d'une chute, et il fut étonné de cette coïncidence inattendue. Comme la scierie, l'édifice était construit très près de l'eau. Il s'avançait même sur un bout de terrain contourné par la rivière, comme s'il la défiait, poussant l'impudence jusqu'à élever ses six étages si près d'elle.

L'homme examina ensuite le bâtiment. Du côté droit, au niveau du rez-de-chaussée, une enfilade d'ouvertures conduisait le regard vers la chute. Près de la rue, une fenêtre aveugle était suivie de quatre autres, à guillotine, puis d'une galerie couverte en porte-à-faux qui surplombait trois autres fenêtres plus petites, presque au ras du sol. Au-dessus, deux rangées de cinq fenêtres à guillotine, moins hautes, s'avançaient jusqu'à la partie surmontant la galerie couverte. Au-dessus de celle-ci, trois hautes fenêtres aveugles, de deux étages de haut, amenaient le regard, par leur sobriété, à se perdre dans le ciel.

— Bon, ben, faut y aller, décida Charles, intimidé malgré lui.

Ils revinrent devant la façade et durent se pencher la tête vers l'arrière pour que le regard embrasse l'édifice dans toute sa hauteur.

— Lucien travaille vraiment là-dedans? murmura la mère, impressionnée.

Charles contenait difficilement sa fierté à la pensée qu'effectivement son plus jeune fils, celui qui ne travaillait pas de ses mains, gagnait sa vie dans un édifice aussi imposant. Familier avec la construction, il observa les trois étages de la façade ; trois seulement puisque le niveau inférieur ne pouvait être aperçu de la rue, qui était aussi le pont. Il dénombra les fenêtres de la façade : quatre au rez-de-chaussée, cinq à l'étage, à double arcade, dont celle du milieu, en arc de cercle, s'avançait au-dessus du portail ; cinq identiques et rectangulaires à l'étage supérieur. Tout ce fenestrage lui apparaissait démesurément grand. À la ligne du toit plat, un large panneau horizontal, de la même longueur que le bâtiment, affichait en grosses lettres : LA TRIBUNE.

Imelda remarqua que trois frontons différents ornaient le centre de l'édifice. En bas, le portail était surmonté d'un arc de cercle sculpté. Au-dessus, un demi-dôme à trois côtés. Pour finir, le long de la toiture, un pignon triangulaire sobre décoré d'un œil-de-bœuf. Sur ce fronton triangulaire se dressait la hampe d'une oriflamme où les lettres « LA TRIBUNE » dansaient au vent. Charles fut exalté du seul fait de pouvoir lire ce qui était écrit. Quatre lampadaires s'alignaient de chaque côté de l'oriflamme, courant le long du toit.

– Ça doit être beau le soir, commenta-t-il.

Les gens allaient et venaient, entraient et sortaient, et les Manseau furent contraints ou d'entrer ou de s'en aller, parce qu'ils encombraient le trottoir. Charles lança un regard à Imelda et elle acquiesça. D'informations en informations, de bureaux en corridors, ils arrivèrent à la salle où Lucien travaillait maintenant à la correction des épreuves.

– On entre ici comme dans un moulin, ronchonna nerveusement le visiteur en passant le seuil.

– À mon dire, ils nous ont plutôt laissé venir jusqu'ici parce qu'on est ses parents, murmura sa compagne.

– Ouais…, bougonna-t-il.

Il demanda une fois de plus où se trouvait Lucien.

– Je vais aller le chercher, dit un homme en chemise blanche munie de protège-coudes noirs.

Ils entendirent quelqu'un arriver, puis une voix s'élever :

– Monsieur Manseau ?

Charles se retourna pour répondre. Mais l'homme qui avait parlé passa tout droit devant lui et rejoignit Lucien qui venait d'entrer. Ce dernier, qui ne les avait pas vus, se pencha sur le texte que le commis lui apportait, le parcourut rapidement des yeux et le lui remit en lui donnant une réponse inaudible pour eux.

Charles se remettait du choc. Ce jeune homme, son fils, s'était fait appeler «monsieur Manseau», comme lui. Un autre homme que lui portait ce nom. Imelda le regarda à la dérobée. «Mes filles, on les appelle "mademoiselle Manseau", pas "madame Manseau".» Elle ne sut si elle devait se réjouir ou non de ce statut différent qui étiquetait les femmes seulement. Lucien les vit et ses yeux s'écarquillèrent de surprise.

– Vous ici ?

– C'est à croire que mes garçons ont rien que ça à me dire! répondit Charles, blagueur, pour dissiper le malaise qu'il ressentait dans ce lieu inhabituel.

– Il y a quelque chose de grave? s'inquiéta Lucien.

– Bien non, le rassura sa mère. On est juste venus se promener.

– Ta mère avait ça dans le goût, dit son père.

Imelda en voulut à son mari de ne pas avouer que c'était tout autant sa décision.

– Voulez-vous visiter le journal? proposa Lucien.

Dans une vaste pièce bruyante, ils entendirent des mots qui n'avaient aucun sens pour eux : «linotype», «monotype», «presse à impression», «presse rotative». Lucien s'aperçut qu'il les perdait; il concrétisa ses explications.

– Cette grande-là, papa, c'est une rotative. Elle imprime trente-cinq mille journaux de seize pages en une heure.

Charles examina la presse, incrédule. Imelda était aussi abasourdie que lui.

– Vous savez, maman, il y a vingt-deux mille journaux différents sur le continent.

Cette avalanche d'informations écrites déferla sur Charles, qui fut ébranlé par tout ce qu'il ignorait. «Puis tout ça, c'est pour du monde qui savent lire.» Lucien les emmena dans des bureaux où il fut question d'annonces classées, de réception de nouvelles étrangères par le télégraphe, de campagnes de publicité, de rédaction, de correction d'épreuves, d'heure de tombée, de livraison de journaux par des camelots. Le visiteur fut fasciné par la composition du texte avec des lettres de plomb placées une à une. Mais il ne comprit rien aux «lignes agates».

– C'est une mesure, papa. Il y a quatorze lignes agates dans un pouce.

– Cou'donc, c'est une vraie ville, ici-dedans! s'exclama Charles, ne voulant pas s'attarder sur son ignorance.

Lucien fut touché par l'admiration sincère de son père. Il avait rêvé de ce moment si souvent, cherchant un moyen de se valoriser à ses yeux, lui le benjamin qui n'était pas un manuel comme ses frères et ses beaux-frères. Il s'était imaginé invitant ses parents, les présentant à tout le monde, mais rien n'était aussi inattendu et aussi valorisant que cette visite-surprise et leurs exclamations enthousiastes. Lucien, qui croyait pourtant avoir reçu plus que ce qu'il avait imaginé dans ses fantasmes les plus audacieux, se trouva tout à coup nez à nez avec le rédacteur en chef, M. Louis-Philippe Robidoux. Son humble fonction de correcteur d'épreuves ne le mettait pas souvent en contact avec son grand patron. Il ne put résister à l'envie de lui présenter ses parents. M. Robidoux leur serra la main et les félicita en soulignant le travail minutieux de leur fils.

— C'est dommage qu'il ait fallu l'incendie de novembre dernier pour nous le faire découvrir. Mais on a l'œil sur lui, assura-t-il avec courtoisie; des gens qui travaillent bien, c'est précieux.

Charles Manseau se rengorgea et dévisagea l'homme au visage allongé, dont la chevelure sombre reculait déjà beaucoup sur les côtés. Le regard perçant de l'homme lui plut.

— Corriger des affaires, c'est beau, mais il peut faire bien plus que ça, mon garçon. Vous devriez lui faire écrire des affaires dans votre journal; je suis sûr qu'il serait bon là-dedans. Peut-être même pas mal mieux que bien d'autres ici-dedans.

Lucien cessa de respirer devant ce plaidoyer si maladroit.

— Je vous remercie du conseil, s'amusa le rédacteur en chef. Eh bien, monsieur Manseau, dit-il à Lucien en lui lançant un regard malicieux, il aura fallu la visite de vos parents pour qu'on vous découvre d'autres talents! Décidément, vous gagnez à être connu.

Il se mit à rire. Puis il prit le journal du jour qu'il tenait sous son bras et le tendit au visiteur.

— Tenez, monsieur Manseau, vous lirez ça puis vous me direz quelle rubrique je devrais confier à votre fils.

Il poursuivit sa route. Lucien eut besoin de quelques respirations pour s'en remettre.

— Papa…, reprocha-t-il.

Mais il laissa tomber. La fierté qui avait provoqué l'intervention mal à propos lui allait droit au cœur. «Qui sait, M. Robidoux m'en voudra peut-être pas?»

— Franchement, fit Imelda à voix basse, qu'est-ce que t'as pensé? Aller dire quoi faire à un monsieur comme lui!

— Bien quoi? s'étonna le père. T'aimerais pas ça, Lucien, écrire des affaires dans le journal?

Le fils rougit. Comment son père pouvait-il avoir deviné son rêve le plus cher?

— Bon, voulez-vous voir autre chose? proposa-t-il pour dissiper son émotion.

Quand ils revinrent vers la sortie, Charles aperçut une sténographe prenant une lettre en dictée. Il s'arrêta et fixa longuement la main féminine qui traçait des signes mystérieux. Son cœur dériva. Imelda suivit son regard et son cœur palpita à son tour.

— Viens…, lui dit-elle doucement en le prenant presque précautionneusement par le bras.

Lucien les regarda s'éloigner sous le portail, son père avec un journal et sa mère au bras de son mari, dans un geste inhabituel de tendresse. Il crut sortir d'un rêve. «Papa, ici, à *La Tribune*!» Puis il se crispa. «Il a dit quoi faire à M. Robidoux…» Il respira profondément, puis toute sa raison s'éparpilla devant l'incongruité de la situation. Il éclata de rire sans retenue.

La jeune sténographe leva la tête, agréablement surprise de l'hilarité communicative du sérieux et séduisant M. Manseau. Elle lui sourit si joyeusement à son tour que Lucien, pour la première fois, se sentit en confiance pour lui proposer la sortie qu'il n'avait jamais osé demander. Le rire encore aux lèvres, il revint lentement vers elle.

– C'est bien écrit petit, c't'affaire-là! bougonna Charles quelques jours plus tard.

Il rajusta ses lunettes et écarquilla les yeux. Mais la lumière extérieure ne suffisait pas. Il se trémoussa dans sa berçante, essayant de s'installer dans une meilleure position pour recevoir davantage de clarté. Imelda sourit, moqueuse.

– C'est le toit de la galerie qui te cache la lumière; ça te sert à rien de virailler de même.

Depuis que le rédacteur en chef lui-même lui avait remis un exemplaire du journal *La Tribune*, Charles s'était senti obligé d'en lire quelques articles chaque jour. Mais il butait à chaque phrase sur des mots difficiles pour lui. Le vocabulaire y était beaucoup plus recherché que dans les bulletins ou les lettres des enfants ou encore dans les documents de son commerce. Il s'exaspérait de son ignorance, dénaturant la raison de sa contrariété.

– C'est bien grand, ce papier-là! Pas moyen de tenir ça comme du monde.

Imelda regarda l'heure : elle devait se hâter pour terminer sa besogne d'ici la fin de l'avant-midi. Aujourd'hui, comme tous les mardis, elle rapporterait à la Croix-Rouge les vêtements qu'elle avait cousus pour les soldats, et qu'on lui avait remis en tissu préalablement taillé, la semaine précédente.

– Viens donc lire sur la table, lui suggéra-t-elle distraitement. Tu seras plus à ton aise puis tu te fatigueras moins les yeux.

Il ronchonna quelque chose d'inaudible, tourna une page avec de bruyants froissements de papier, mais ne bougea pas. Imelda finit de préparer le dîner puis se dirigea vers la chambre du fond. Cette petite pièce était maintenant convertie en atelier de couture et elle y travaillait presque tous les après-midi. Le premier jour, Charles lui avait fait des remontrances :

– Tu vas t'arracher les yeux à coudre de même, avait-il maugréé.

– Installe-moi une meilleure lumière, avait-elle rétorqué.

Il s'était exécuté, heureux de se trouver une activité. Encore en santé malgré son âge et une résistance physique normalement diminuée, il était encore énergique et son inactivité lui pesait. La réparation de quelques meubles et l'entretien plus soigné de sa maison, ce qu'il avait toujours négligé, avaient occupé le début de sa retraite. Mais de voir Imelda entreprendre de nombreuses activités nouvelles, et à l'extérieur de la maison, le contrariait. Elle allait chercher ou rapporter des vêtements à la Croix-Rouge, elle participait aux réunions et aux œuvres des Dames de Sainte-Anne, elle rendait visite à Marie-Louise ou à Gemma en pleine semaine. «Quand c'est pas ça, elle s'enferme dans son coqueron pour coudre ou bien dans sa chambre pour tricoter ou lire.» Ce qu'il n'osait lui dire ouvertement, c'était : «Puis moi, là-dedans?» Pourtant, jamais, en trente-cinq ans, il ne s'était soucié de l'horaire de sa femme. «Je vois pas pourquoi je m'intéresserais à ce qu'il fait aujourd'hui», se disait cette dernière, quant à elle.

Elle allait et venait, cousait, sortait, rencontrait des gens qui, comme elle, offraient leur temps et leurs talents, sans pour autant négliger ses tâches domestiques. Mais Charles se sentait seul et ses tentatives maladroites pour attirer l'attention d'Imelda ne réussissaient qu'à les irriter tous deux.

Il se décida à s'asseoir à table pour y étendre son journal au moment où elle venait y déposer des vêtements terminés pour les ficeler en paquets. La table était longue, mais il avait choisi de s'installer au milieu pour mieux recevoir la lumière. Elle lui lança un regard impatient et dut se contenter de l'une des extrémités.

Comme la chaise de Charles était adossée aux portes vitrées du salon, il se surprit à voir la cuisine, qu'il avait pourtant construite lui-même quarante ans auparavant et dans laquelle il prenait ses trois repas par jour, sous un angle tout à fait nouveau, c'est-à-dire face aux armoires et au poêle à bois. Curieusement, jamais il ne s'était assis à cet endroit. Imelda alla vérifier la cuisson du jambon et il la regarda vaquer à ses besognes, devant les armoires, l'évier ou le poêle. Il recula instinctivement. «Je deviendrais fou, le nez collé sur le mur de même.» Il évalua approximativement le nombre d'heures qu'Imelda y avait heurté son regard par jour, par semaine, par mois, et il en resta estomaqué, n'osant multiplier par le nombre d'années.

Il compara avec ses journées dans la vaste scierie ou dans la forêt sur ses terres à bois, où son regard avait porté loin, s'était nourri d'un large horizon. Il éprouva à l'endroit d'Imelda une compassion soudaine pour toutes ces années où le regard de la femme n'avait rencontré que les armoires à cause de ses tâches ménagères sans cesse recommencées. «Dans le fond, je l'ai enfermée ici-dedans », ne put-il s'empêcher de déduire. Il revint à la réalité, aux activités d'Imelda qui, maintenant, ficelait les paquets de vêtements et qui, cet après-midi, sortirait de la maison. « J'aurais même pas enduré ça aussi longtemps », conclut-il.

Cet après-midi-là, quand son petit-fils Jean-Marie surgit au retour de l'école et qu'il le vit lire le journal, il soupira :

— Grand-papa ! Il fait bien trop beau pour rester enfermé !

Le grand-père le regarda par-dessus ses lunettes.

— Je viens juste d'arriver. On est allés porter les affaires à la Croix-Rouge pour en rapporter d'autres.

— Puis grand-maman, vous l'avez laissée où ? demanda le jeune garçon de onze ans en s'étirant le cou pour tenter d'apercevoir Imelda dans le salon ou l'atelier de couture.

— C'est plutôt elle qui m'a laissé tout seul, répondit Charles sur un ton de reproche. Elle reste toujours là-bas une couple d'heures. Quand elle a fini, elle s'en vient à pied ou elle me téléphone quand il fait pas beau.

La journée de juin était magnifique ; Jean-Marie conclut que son grand-père n'avait pas à attendre de téléphone. Un large sourire éclaira soudain son visage.

— Qu'est-ce que tu mijotes, toi ? demanda le grand-père. T'as l'air de quelqu'un qui veut faire un mauvais coup.

Le jeune rouquin, qui portait des lunettes depuis peu, les rajusta et vint s'asseoir à la droite de son grand-père. Il avait fignolé son projet et ne voulait pas risquer de le compromettre maladroitement.

— Vous savez, grand-papa, les examens achèvent. Après, je vais être en vacances.

Il hésita à poursuivre son boniment, mais l'affection qu'il avait pour son grand-père l'emporta sur sa réputation de bon élève.

— Les vacances d'été, c'est long…

— Long? s'exclama le vieil homme. T'es bien le premier enfant à s'en plaindre.

Le mot « enfant » fit se froncer les sourcils du jeune garçon qui terminait déjà sa cinquième année, mais il ne se laissa pas distraire.

— Je m'en plains pas, grand-papa, mais des fois que j'oublierais ce que j'ai appris, peut-être que je serais mieux de m'exercer de temps en temps.

L'homme le toisa. Le jeune attira vers lui une partie du journal.

— Si je venais lire tout haut avec vous, de temps en temps, ça m'aiderait, je pense.

Il se tut et frémit en lui-même. Lui, le premier de sa classe en lecture, laisser entendre qu'il perdrait son habileté au-dessus de la moyenne! Cette horreur avait déjà été difficile à envisager, mais de l'énoncer lui-même à haute voix écorchait son amour-propre encore davantage. Sa mère avait toutefois été ferme sur la question.

— Surtout, ne lui laisse pas deviner que c'est pour lui rendre service. C'est bien compris?

Depuis que Marie-Louise avait appris comment son père avait pu inviter lui-même Victor par écrit pour le jour de l'An, elle avait échafaudé de nombreux plans pour l'aider dans sa démarche, qu'elle supposait ardue, à son âge. Le petit-fils n'avait pas été insensible à cette carence de son aïeul et il avait accepté, parce qu'il l'aimait bien et que son grand-père ressemblait si peu au portrait revêche que sa mère en brossait.

— De temps en temps, avait-il dit. Juste quand il fera pas beau.

Mais de l'avoir vu lire le journal avec un air si laborieux avait suscité un désir impulsif chez l'enfant pour cette activité tout à fait nouvelle pour lui : jouer au professeur. De son côté, le grand-père, qui s'attendait si peu à une telle proposition, en était décontenancé.

— Je te rendrais bien ce petit service-là, finit par dire Charles, mais ta grand-mère va peut-être m'appeler...

— On arrêtera, décréta le petit-fils.

Charles rajusta ses lunettes, cherchant une échappatoire, puis se résigna devant l'air décidé du gamin.

— Bon... ben... commence ! dit-il.

Jean-Marie, tout fier, ouvrit la bouche pour montrer à quel point il était expert. Il se souvint juste à temps de la dernière recommandation de sa mère :

— Oublie pas : laisse-le lire d'abord ! Tu t'ajusteras à sa vitesse.

Jean-Marie toussota.

— C'est pas le genre de textes qu'on a à l'école. Commencez donc, grand-papa.

Charles regarda le téléphone, qui ne sonna pas. Il soupira. Il ramena ses yeux quelques paragraphes en arrière pour se sécuriser en relisant ce qu'il avait déjà déchiffré. Il fut si intimidé qu'il lut à voix basse, ne se reprenant que sur trois mots. Jean-Marie, qui avait eu le temps de parcourir l'article entier à deux reprises, n'en revenait pas des difficultés qu'éprouvait son grand-père. Il se sentit tout à coup responsable de lui.

— On va lire une phrase chacun notre tour, suggéra-t-il avec affection.

Il prit grand soin de lire lentement, ce qui lui demandait un effort épuisant. Il suivait même le texte avec son doigt, ce qu'il ne faisait plus depuis sa troisième année, pour aider son grand-père à déchiffrer les mots au fur et à mesure. La voix de ce dernier, peu assurée à la première phrase, s'enhardit, se raffermit, puis reprit son timbre un peu rauque. L'enfant et le vieil homme s'ajustèrent petit à petit. Le premier y trouva une attention paternelle qui lui avait si souvent fait défaut; le deuxième, une complicité qu'il n'avait jamais su créer avec ses quatre fils.

— Grand-papa! s'écria Jean-Marie, exténué, au bout d'une demi-heure. Mais c'est un vieux journal de trois semaines!

— Bien quoi? répliqua Charles, qui profita aussitôt de cette diversion inespérée pour replier le journal et le ranger. Je l'ai pas fini. J'ai pas juste ça à faire, moi, lire.

— Mais c'est des vieilles nouvelles! s'exclama l'enfant. Ça sert à rien!

— Comment ça, ça sert à rien?

— Un journal, c'est pour savoir ce qui se passe aujourd'hui! Pas le mois passé!

— Bien voyons donc, mon garçon! T'imagines-tu que je vais le jeter si j'en ai lu juste des bouts?

Jean-Marie n'en revenait pas. Il renonça à discuter, se promettant bien d'en apporter un plus récent lors de sa prochaine visite. Après quelques séances, Charles s'améliora et il comprit mieux le contenu des textes. Ce qui n'était pas le cas de son petit-fils, à qui le sens des informations échappait souvent à cause de son jeune âge. Le petit-fils et le grand-père s'apportaient donc mutuellement une aide complémentaire et bientôt

Jean-Marie ne voulut plus se passer de ces tête-à-tête avec son aïeul.

Dans les derniers jours de juin, Jean-Marie était en vacances, lisant et discutant avec son grand-père, quand sa grand-mère revint du bureau de la Croix-Rouge avec Antoinette, en voiture.

— C'est pas la machine de Victor ! s'étonna Charles en sortant sur la galerie.

Il avait dit cela sans même avoir salué la conductrice, mais Antoinette ne lui tint pas rigueur de son manque de tact.

— C'est à nous autres, papa ! dit fièrement Antoinette. Gilbert l'a achetée il y a un mois.

— Elle est venue de Sherbrooke toute seule ! précisa Imelda, subjuguée par autant d'autonomie.

Jean-Marie fit le tour du véhicule, questionnant sa tante sur les performances mécaniques. Celle-ci, nullement prise de court, replia la partie droite du capot et en remontra à son neveu, étonné.

— Si je veux devenir ambulancière pour la Croix-Rouge, il faut que je me débrouille.

— Tu vas être ambulancière ? s'émerveilla le gamin.

— Dans un an et trois mois exactement ! précisa-t-elle. Ça prend deux ans de conduite pour être acceptée. Tu comprends, il faut être sûr de pas faire d'accident quand on transporte du monde déjà blessé.

Charles la regarda attentivement mais la reconnut à peine. Depuis qu'elle avait cette idée en tête, rien ne semblait pouvoir l'en dissuader. Cette jeune femme qui avait toujours été silencieuse et si peu sûre d'elle avait, depuis l'an dernier, embrigadé sa mère et sa sœur Marie-Louise dans des travaux bénévoles, se véhiculait elle-même, bref, organisait sa vie. Et cela la transformait.

– En tout cas, dit-il comme pour limiter les velléités plus ou moins menaçantes de sa fille, mets-toi pas dans la tête de montrer à conduire à ta mère.

Imelda rougit et s'avança vers la galerie. Antoinette referma le capot sans répondre. Jean-Marie pigea vite.

– Tu l'as fait? demanda-t-il, interrogeant autant sa grand-mère que sa tante.

Elles ne répondirent rien et les deux mâles se regardèrent instinctivement, déconcertés.

– Avez-vous déjà vu une carte routière, papa? demanda Antoinette pour faire diversion.

Elle déplia une carte routière des Cantons-de-l'Est sur le capot. Jean-Marie voulut tout de suite repérer Saint-François-de-Hovey, ensuite Sherbrooke et Magog. Charles remit ses lunettes, qu'il traînait maintenant toujours dans la poche de sa veste. Il voulut d'abord déchiffrer les mots, ce qu'il fit lentement en silence. «Carte routière et touristique de la province de Québec.» Le second titre le désarma complètement.

– Qu'est-ce que c'est que ça? s'énerva-t-il.

Antoinette suivit le doigt de son père sur la carte.

– Ah! Ça? C'est la même chose mais en anglais.

– Pour quoi faire? s'irrita-t-il.

– Parce qu'il y a des Anglais aussi, répondit sa fille. Puis il y a des touristes américains qui viennent visiter.

Jean-Marie ajouta sa déduction en lisant un nom propre sur le document.

– Ça doit être parce que c'est la compagnie Shell qui l'a faite, grand-papa. C'est des Anglais, ça.

Imelda vint voir à son tour. Antoinette glissa son doigt sur une ligne plus large que les autres.

– Vous voyez? Ça c'est la route qui passe par Sherbrooke, Magog…

— Comment tu le sais? fit son père. C'est même pas écrit.

— Par le chiffre, papa. Le chiffre 1, ça veut dire que c'est cette route-là.

— Ah bon!

Il conduisait une voiture depuis plus de vingt ans; il connaissait effectivement le numéro des routes pour les avoir vus sur les panneaux routiers, mais jamais sur une carte imprimée. Il fut vite fasciné. Les chemins des alentours, il les avait parcourus en voiture à cheval, puis en une Ford de modèle T, qui faisait des crevaisons à tout bout de champ, et ensuite dans des automobiles de plus en plus confortables. Mais jamais il n'avait vu un plan global de la région et encore moins de la province, situant les diverses localités qu'il traversait et parcourait. Antoinette parlait avec enthousiasme, d'une voix de plus en plus assurée, et elle vit dans les yeux de son père une lueur d'admiration. Elle en fut si émue qu'elle voulut vérifier cette ouverture.

— La prochaine fois, papa, je vous apporterai une carte du Canada.

— Celle qui est accrochée au bureau de la Croix-Rouge, c'est quoi? demanda Imelda.

— C'est l'Europe, maman.

L'Europe. Là où leur petit-fils Félix reposait à tout jamais. Là où la guerre se poursuivait. Là où se trouvait la France, cette vague contrée lointaine d'où provenaient leurs ancêtres et qui venait de capituler, après moins d'un an de guerre. Antoinette intercepta les regards nostalgiques de ses parents et demanda à Jean-Marie :

— T'as pas de livre de géographie, chez toi?

— L'école est finie, ma tante! protesta-t-il.

– Ouais… Je vous trouverai une carte d'Europe, papa, promis! décida-t-elle.

– Grand-papa, fit soudain Jean-Marie, vous aurez juste à la regarder quand vous irez reconduire grand-maman la semaine prochaine!

– Ah bien! si tu décides ton grand-père à rester là plus que cinq minutes, je te donne une médaille! s'amusa sa grand-mère.

Charles regarda son petit-fils. Frêle, rouquin, portant des lunettes, il était si différent de ses autres petits-fils. Mais, dans ses yeux, l'homme retrouvait sa propre lueur, son désir de connaître, d'apprendre.

– Tu vas aller loin, mon garçon, lui dit-il spontanément.

Antoinette les regarda.

– Il y a bien des manières d'aller loin, dit-elle.

Imelda crut qu'elle reprochait à son père son manque d'intérêt pour elle. Charles crut qu'elle le mettait en garde contre un destin très différent des attentes du grand-père. Jean-Marie regarda sa tante et l'admira de se débrouiller si bien.

15

Le vendredi, la nouvelle secoua la population. Le lundi matin suivant, le 15 juillet 1940, tous les hommes célibataires de dix-neuf à quarante-cinq ans seraient mobilisés, même si, pour l'instant, la loi ne stipulait pas l'obligation du combat outre-mer.

— Tous les hommes non mariés? pâlit Blandine en entendant la nouvelle à la radio. Mon Dieu!

— Bien quoi? s'étonna Charles qui s'inquiétait déjà pour Lucien, le seul de ses fils qui n'était ni marié ni en communauté. Les filles sont pas concernées, il me semble? Énerve-toi pas avec ça.

Blandine quitta précipitamment la maison.

— Qu'est-ce qui lui prend? On dirait qu'elle a le diable à ses trousses.

— Voyons donc, Charles! soupira Imelda. Tu sais bien que c'est pour Dieudonné qu'elle s'inquiète.

Il fronça les sourcils. «Elle y tient tant que ça? Une autre affaire qui m'a échappé, si je comprends bien.» À la fin de l'après-midi, Dieudonné acheva de placer Charles Manseau devant la réalité. Il vint lui demander la main de sa fille.

— On va se marier dimanche, renchérit Blandine, la voix tremblante.

Le père, confronté à l'urgence causée par la guerre, ne pouvant réfuter le sérieux du prétendant, et impressionné par la détermination de sa fille, qui était majeure de toute façon, n'eut qu'à donner un accord purement conventionnel. La mère, qui se réjouissait du bonheur de sa fille, au lieu de lui offrir des vœux selon ce que lui dictait son cœur, exprima plutôt un souci domestique décevant :

– Mon doux ! On n'aura jamais le temps de te faire une noce, ma petite fille !

– Vous n'aurez rien à préparer, maman, la rassura Blandine, malgré le besoin qu'elle aurait eu de partager sa joie avec sa mère. Je vais dire à tout le monde d'apporter leur part, comme pour un pique-nique.

Les nouveaux fiancés partirent rapidement ; ils n'avaient qu'une journée pour finaliser ce projet qui leur était si cher et qui aboutissait presque brutalement, sous la contrainte extérieure de la guerre. La porte moustiquaire claqua derrière eux et le bruit de leur pas s'évanouit rapidement. Les parents, qui venaient d'apprendre le départ imminent de leur dernière enfant, soupèrent en silence. À la fin du repas, le père ne put s'empêcher de maugréer devant ce mariage hâtif. Imelda, piquée par la remarque qui lui rappelait une discussion acerbe, se redressa le dos sans rien dire. Il plissa les yeux.

– T'avais fait ça, la première fois que j'étais allé chez ton père, dit-il pensivement.

– Faire quoi ? s'étonna-t-elle.

– Te redresser le dos. Ton père t'avait dit une platitude ; tu t'étais redressée de même.

Il s'arrêta, n'osant énoncer ce qui venait d'allumer ses prunelles. Son autocensure était si évidente qu'Imelda ne put s'empêcher de le relancer.

– Puis… ?

Il sourit.

– Bien, c'est là que… que je t'ai voulue…

Elle déglutit devant cet aveu soudain de sensualité.

– Tu m'as voulue… parce que je me suis redressée! Franchement…! protesta-t-elle.

– Parce que t'étais fière. T'avais la tête haute. T'étais jeune. Tu travaillais dans la cuisine d'un bon pas, tu savais ce que tu faisais et tu le faisais bien.

– Puis tu m'as voulue! railla-t-elle.

Il la fixa droit dans les yeux et l'obligea à soutenir son regard. Mais il baissa le ton.

– Oui, je t'ai voulue. Je t'ai voulue pour moi, pas pour les enfants. Pour la première fois en cinq ans de veuvage, j'avais le goût de refaire ma vie avec une autre femme. Une femme qui serait dans ma maison pour le restant de mes jours. Une femme dont j'aurais jamais honte. Puis… une femme qui aurait le cœur assez large pour mes enfants aussi.

Elle baissa les yeux vers sa tasse de thé, détournant son regard du sien trop sincère pour qu'elle puisse douter de ces paroles si longtemps attendues.

– Je m'étais pas trompé, poursuivit-il. Mes trois premiers enfants, t'as été une mère pour eux autres. Mais…, ajouta-t-il avec amertume, j'ai jamais pensé que ce cœur-là serait pas assez grand pour me prendre moi aussi.

Le rejet qu'au contraire elle avait si péniblement subi de son mari lui remonta au cœur.

– T'as pas le droit de dire ça, protesta-t-elle vivement. C'est toi qui voulais pas de moi en dedans de toi.

Il l'observa et souffrit pour elle de ce malentendu qui les avait déchirés tous les deux.

– Mais toi, Imelda, demanda-t-il lentement, pourquoi t'as accepté de te marier avec moi?

Elle ne sut que répondre. Cet homme avait fait battre son cœur dès qu'il avait passé le seuil de la porte, chez son père. Mais elle l'avait connu si peu de temps avant d'accepter, de tout son cœur pourtant, de partager sa vie avec lui. Aujourd'hui, malgré tous les silences, toutes les colères, ces mêmes yeux la fixaient et lui fouillaient le cœur, lui causant un émoi qu'elle ne parvenait plus à nier. C'étaient bien les mêmes mains aussi, moins fermes et parfois tremblotantes, mais aussi protectrices. Et Imelda s'avoua le besoin, encore plus grand qu'autrefois, de ces larges mains couvrant les siennes, tremblotantes parfois, elles aussi. Une buée dilua son regard et Charles sut, hors de tout doute, qu'elle l'avait toujours aimé. Il se rappela la toque de fourrure mitée et s'en voulut de s'être empêché de vivre si longtemps.

— T'as raison, Imelda… J'avais le cœur trop petit.

Deux jours plus tard, à la noce de Blandine, Charles et Imelda s'étonnaient tous deux que ces quelques phrases puissent leur rester dans le cœur. Autour d'eux, leur famille s'amusait, pique-niquait avec désinvolture, comme l'avait proposé la jeune mariée.

Blandine était radieuse. Elle portait un ensemble blanc à la jupe étroite et descendant à peine plus bas que les genoux. Pour retenir le court voile blanc, Dieudonné lui avait apporté un diadème de petites fleurs blanches, artificielles en ce temps de restrictions à cause de la guerre, et le lui avait posé lui-même sur la tête.

— Ma princesse, lui avait-il murmuré.

Blandine avait posé son front contre la joue de son mari.

— J'ai voulu me donner à Dieu, mais aujourd'hui c'est lui qui te donne à moi.

Elle le regarda si intensément qu'il fut envahi par une sérénité inaltérable.

— Dieudonné…, murmura-t-elle presque solennellement.

Le ton de profonde tendresse réconcilia l'homme de quarante ans avec un prénom qu'il avait toujours difficilement supporté. Il n'avait jamais su que c'était pourtant le sens que lui avait accordé son père, Maurice Boudrias, lors de sa naissance quasi miraculeuse d'une mère dans la quarantaine avancée.

Puis ils avaient rejoint les quatorze autres couples qui s'uniraient en même temps qu'eux, dans une cérémonie presque communautaire.

En voyant leur fille si manifestement heureuse à la noce, ses parents s'en voulurent d'être déjà vieux, loin d'une émotion aussi totale. Charles alla retrouver Victor. Les deux hommes parlèrent de travail, mais du travail d'électricien, cette fois. Le père écouta plus qu'il ne parla, laissant son fils prendre l'espace qui lui avait toujours été dû. Angèle expliqua à sa belle-sœur Annette qu'elle aidait parfois son mari à son commerce.

— Je réponds au téléphone, je commence à servir les clients au comptoir. Ça aide Victor puis ça me change les idées.

Elle ne mentionna pas Félix, mais celui-ci était présent dans son regard qui se voila. Sur la galerie, sa fille Anne parlait de ses études à son cousin Bruno, âgé de seize ans comme elle.

— Je veux devenir institutrice, déclarait Anne. J'aime ça, le monde autour de moi.

— T'as juste à te marier! la taquina Bruno. Une belle fille comme toi, ça restera pas sur les tablettes longtemps.

L'adolescent l'enveloppa d'un regard soutenu qui gêna sa cousine. Elle s'insurgea :

– Puis toi, si tu te maries pas, on va dire que tu restes sur la tablette ?

– Non, répliqua-t-il sérieusement. On va dire que je prends mon temps pour choisir.

– Bien, moi aussi ! répliqua-t-elle en descendant prestement de la galerie.

La jeune fille arborait une chevelure blonde comme celle de sa grand-mère Mathilde. Le grand-père en fut brusquement frappé. Inconsciente de son regard attendri, Anne alla rejoindre ses cousines Francine et Françoise, les jumelles de son oncle Henri. La sage Francine la prit à témoin devant sa jumelle.

– Tiens, demande-lui donc, à Anne, si c'est convenable.

Sa primesautière jumelle de quatorze ans alla aussitôt chuchoter quelque chose à l'oreille de sa cousine et pouffa de rire. Charles, qui lui tournait le dos, resta immobile. Le rire sonore qui s'égrenait dans la chaleur de juillet ressemblait à s'y méprendre à celui de Léontine. Charles leva les yeux et ceux-ci rencontrèrent ceux d'Imelda qui, la petite Pauline endormie contre elle, avait, elle aussi, été saisie par la similitude du rire spontané.

– Faudrait pas exagérer, s'amusa Anne. Les filles…

– Les filles, les filles, protesta Françoise. On a autant le goût de faire des folies que les garçons !

– Oui, mais faut rester à notre place, répliqua sa jumelle Francine en fronçant les sourcils.

La discussion des adolescentes s'envenima quand Bruno vint l'attiser et que sa sœur Estelle le prit à partie à son tour, déjà sérieuse à douze ans.

Charles s'étonna une deuxième fois : les jumelles étaient aussi les petites-filles de Mathilde. L'une en avait la vivacité du geste ; l'autre, la pondération dans ses propos. Le grand-père ne put que remercier le ciel de ces héritages qui prolongeaient la vie des uns et des autres, comme un cadeau tout simple, si quotidien et si subtil qu'il en passait presque inaperçu.

Leur tante Antoinette regardait cette jeunesse insouciante de la guerre qui se poursuivait là-bas, en Europe. Insouciante aussi des souffrances que la vie d'adulte apporte parfois avec elle.

— C'est plate que Gilbert ait pas pu se libérer, dit son frère Henri.

— C'est dimanche ; c'est bien occupé à l'hôtel, répondit-elle en détournant les yeux.

— L'important, c'est que toi t'es avec nous autres, dit-il sobrement en devinant le trouble de sa jeune sœur.

Démuni devant la souffrance non exprimée, il prétexta qu'il devait rejoindre ses beaux-frères. Antoinette entra dans la maison et passa aux cabinets, ce qui lui rappela ce qu'elle tentait d'oublier. Quand elle ressortit, elle alla s'asseoir sur la balançoire, dont les cordes solides avaient été suspendues à l'une des branches du gros érable.

Antoinette ne se balançait pas vraiment. Elle s'arc-boutait parfois du bout du pied droit sur une racine noueuse qui saillissait à la surface du sol. Puis elle ralentissait, absorbée dans ses pensées. « J'ai jamais rien fait de pas correct ; c'est pas juste que je sois salie par une affaire de même. »

Marie-Louise vint derrière elle et la poussa légèrement, comme sa cadette le lui demandait autrefois.

Aujourd'hui, la plus jeune aurait tant eu besoin de se confier, mais elle eut peur de la honte et du souvenir que l'autre personne garderait de sa confidence. «Si je suis pas capable d'oublier que Gilbert m'a donné la syphilis, je vois pas comment je pourrais reprocher à une autre personne de pas l'oublier non plus.» N'eût été son bénévolat assidu à la Croix-Rouge, elle aurait subi cette maladie sans trop savoir ce qui lui arrivait et aurait ainsi aggravé son cas. Mais l'information médicale qui circulait dans ce milieu l'avait incitée à consulter un médecin sans tarder. Ce dernier lui avait assuré que le traitement sévère à la pénicilline, parce que administré à temps, lui éviterait les graves conséquences de cette maladie. «Mais moi, je le saurai toujours que je l'ai eue, s'obstinait-elle. Puis qu'il m'a toujours trompée; ça, il ne pourra plus jamais le nier.» Elle recommença à se balancer doucement, pour endormir sa peine et se donner la force de prendre des décisions. «Je vais me trouver du travail, puis faire ma vie sans lui.» Un tel souffle de panique lui brouilla le cœur qu'elle se leva brusquement pour persister dans sa décision.

— T'as l'air bien soucieuse! dit Marie-Louise, surprise de son mouvement soudain.

Antoinette fut tentée, encore une fois, de s'ouvrir à quelqu'un de sa grande désillusion, mais elle ne put s'y résoudre.

— Ah…! des affaires pas importantes, mentit-elle en se dérobant et rejoignant sa mère pour aller coucher la petite Pauline endormie, trop lourde pour sa grand-mère.

L'aînée la regarda s'éloigner, déçue d'avoir été jugée indigne de la confidence qu'elle avait sentie si proche. «Personne n'a besoin de moi.»

– Comme ça, c'est pour bientôt, votre déménagement à Coaticook? demanda Dieudonné qui s'était approché d'elle.

Le marié était aussi resplendissant que la mariée. «Il a rajeuni de dix ans», ne put s'empêcher d'admettre sa cousine. Elle lui en voulut de la lueur amoureuse qui brillait au fond de ses yeux depuis qu'il fréquentait Blandine. «J'aurai jamais connu ça, moi, un homme qui me regarde de même.»

– Sais-tu que t'embellis avec l'âge? lui dit-elle en le taquinant affectueusement.

– Tu te fais un compliment, ma cousine : on est du même âge!

Ils se toisèrent affectueusement en riant et elle enchaîna sur ses projets de famille.

– Hé oui! On déménage pour le 1er août. Antoine a maintenant un travail sûr à Coaticook. Il a trouvé une petite maison, aussi. C'est pas grand, mais ce sera chez nous.

– Vous avez bien raison de vous décider. Il paraît que les logements vont devenir pas mal rares. Puis que le bois de construction, c'est l'armée qui va l'avoir, pas le monde ordinaire.

– On n'a pas été chanceux, soupira Marie-Louise. Quelques années après notre mariage, la crise a commencé : nos projets de maison ont pris le bord.

– Tu vois, ça valait la peine d'attendre. Tu vas l'avoir, ta maison.

– Toi aussi, ça valait la peine d'attendre…, fit sa cousine en voyant arriver Blandine.

Les mariés s'enrobèrent d'un regard qui exclut tous les invités. Marie-Louise se sentit de trop.

– Bon, réagit-elle, vous voulez votre gâteau de noces, vous deux? Je vais aller le chercher.

Elle entra dans la maison de ses parents et en ressortit avec le gâteau à deux étages. Son magnifique travail fut chaleureusement applaudi mais, manquant de confiance en elle, elle ne put accepter cette gratification méritée et se dénigra.

— C'est le premier gâteau de noces de ma vie, s'excusa-t-elle. Faut pas trop m'en demander. Puis, vite de même, c'est pas un chef-d'œuvre…

— Comment ça, pas un chef-d'œuvre? fit Henri de son ton qui devenait plus sévère depuis qu'il gérait la scierie. T'as pris tous les coupons de sucre de la famille puis c'est même pas un chef-d'œuvre?

— Ouais, le petit frère! Ça paraît que t'es rendu le boss au moulin, à c't'heure! s'exclama Victor, amusé.

Le ton autoritaire d'Henri était si nouveau, effectivement, que Victor n'avait pu s'empêcher de le remarquer. Henri rougit.

— On fait ce qu'on peut, marmonna-t-il, déjà revenu au naturel.

Son frère éclata de rire et lui donna une tape dans le dos. Les deux hommes décidèrent de tirer au poignet pour évacuer l'émotion qui s'emparait d'eux.

— Arrêtez donc ça, protesta Imelda; les mariés vont couper le gâteau!

Lucien se pencha vers Maryse, la jeune sténographe qui l'accompagnait.

— Mes frères sont plus vieux que moi, mais des fois…, commenta-t-il en riant.

La jeune femme le regarda intensément.

— Vas-tu leur dire que tu vas publier ta première nouvelle bientôt? demanda-t-elle à voix basse mais avec ferveur.

Lucien retrouva son air sérieux. Depuis le début de la journée, il attendait le moment propice pour annoncer cette nouvelle si importante pour lui. Mais il ne voulait pas accaparer l'attention le jour des noces de sa sœur. L'attention, il l'avait déjà suscitée abondamment en surgissant avec une amie que personne ne connaissait, pas même Angèle ni Victor ni Anne, mais que ses parents, par contre, avaient reconnue. Lucien avait suivi le regard inquisiteur de sa mère scrutant la jeune femme. Il avait détourné la tête, incapable de sonder ses traits fermés. «Pour eux autres, je serai toujours un petit gars pas assez grand pour juger de ma vie moi-même.» Il se rapprocha de Maryse et l'enlaça discrètement. Ils s'appréciaient de plus en plus l'un l'autre, mais la possibilité que Lucien soit envoyé à la guerre était trop réelle pour lui permettre de s'engager vraiment d'ici la fin du conflit.

Une fois le gâteau de noces découpé et distribué, Charles attira Marie-Louise dans la maison.

— Viens, j'ai quelque chose à te faire signer. Il y en a une copie pour toi.

— Mon Dieu! s'énerva Marie-Louise. C'est votre testament, papa? Vous vous sentez pas bien?

Il garda son air sévère et lui tendit le papier.

— Tu signeras les deux feuilles.

Marie-Louise déplia une feuille et écarquilla les yeux dès la première phrase. Dans le document, Charles s'engageait, si jamais il lui reparlait encore de la mort de sa mère le jour de son anniversaire, à lui verser un chèque à chaque fois, du montant de son âge. Marie-Louise en eut les larmes aux yeux et regarda son père qui, pince-sans-rire, essayait de continuer à paraître solennel.

— Le montant, ce serait de votre âge ou du mien…? se moqua-t-elle.

Elle renifla, signa.

— Papa, j'espère que vous me donnerez jamais d'argent pour ça, lui dit-elle en l'embrassant furtivement sur la joue.

Mais il la retint un bref instant contre lui, lui englobant timidement la nuque de sa large main, cachant ainsi son regard à sa fille.

— C'était pas pour mal faire, marmonna-t-il. C'était pour que t'oublies pas ta mère.

— Mais je l'ai jamais connue, maman, protesta-t-elle avec tristesse. Même pas une journée. C'était me faire de la peine pour rien, papa.

Il desserra son étreinte, la deuxième de sa vie, si longtemps après le pique-nique du mois d'août 1905, quand il avait pris dans ses bras la petite Marie-Louise de cinq ans, qui le connaissait si peu qu'elle s'était mise à pleurer, soulevée ainsi entre ciel et terre.

— Je devrais peut-être ajouter des intérêts, d'abord? dit-il, moqueur.

— Voyons donc, papa! se culpabilisa sa fille, l'air déjà inquiet.

Il la fixa intensément, constatant à quel point elle manquait d'assurance. «J'ai pas fait grand-chose pour lui en donner», se reprocha-t-il. Il se décida brusquement.

— Marie-Louise, à c't'heure que j'ai plus de temps, je vais aller te voir un de ces après-midi.

— Me voir? Mais… on s'en va à Coaticook.

Il avait oublié.

— C'est pas au bout du monde, admit-il.

— C'est si important que ça? s'inquiéta-t-elle de nouveau.

Il hocha la tête.

– Oui et non. Bien… Au lieu de te rappeler la mort de ta mère quand c'est pas le temps, j'aurais peut-être dû te dire que… qu'elle avait tellement hâte que tu viennes au monde.

Sa fille cligna des yeux.

– Puis que c'était pas de ta faute, ce qui est arrivé.

Marie-Louise se moucha. Le père dut faire un effort pour poursuivre la conversation, mais il comprenait enfin à quel point sa fille en avait besoin. Sa voix fut moins assurée, mais il devait aller plus loin.

– Ta mère serait fière de toi. Tu sais, c'est elle qui avait choisi ton nom. Mais les mères, ça a de drôles d'idées : elle voulait que tu me ressembles…

La femme n'osa esquisser le geste dont elle avait tant de fois rêvé : se réfugier dans les bras de son père, ce père qui lui avait toujours paru si fort, capable de la protéger de tout. Il lui passa doucement le bras autour des épaules en toussotant pour se raffermir la voix.

– On continuera ça plus tard.

Il voulut dissiper son émotion et blagua.

– J'ai hâte de le goûter, moi, ton gâteau. Si ça continue, il m'en restera même pas un morceau.

Elle se laissa entraîner, goûtant un début d'intimité si longtemps espérée. Son père s'ajusta à son pas.

– Sais-tu que ça m'a coupé mon sucre pour mon café pour la semaine, cette affaire-là? blagua-t-il en lui ouvrant la porte.

– Du café, papa? s'étonna-t-elle. Vous buvez du café, à c't'heure?

– De temps en temps, admit-il. Ça change du thé. Mais le thé, ça restera toujours mon préféré.

– Aussi fort que dans le temps? murmura-t-elle.

– Tu te souviens de ça?

Il se demanda jusqu'où remontaient les souvenirs de ses enfants à son sujet. Cela lui sembla impossible à retracer. Il préféra revenir au présent et se donner le temps et le plaisir de découvrir ses enfants d'adulte à adulte. La pensée du petit Jean-Marie lui descendit au cœur.

– En tout cas, je vais perdre mes jasettes avec ton Jean-Marie. Vous aviez bien d'affaire à déménager...

Il s'arrêta, réalisant qu'il reprochait encore quelque chose.

– Ouais, admit-il, un vieil arbre poussé tout croche, ça se redresse pas facilement.

– Vous avez raison, déclara-t-elle sévèrement. Il y a rien à faire avec un arbre poussé tout croche.

Il se raidit malgré lui.

– Mais, ajouta-t-elle malicieusement, vous êtes pas un arbre...

Elle éclata de rire et ils rejoignirent les autres qui entouraient Lucien, très intimidé tout à coup.

– Grand-papa! s'exclama Jean-Marie. Mon oncle Lucien va publier une nouvelle!

– Une nouvelle? s'étonna Charles. Mais une nouvelle, c'est démodé le lendemain!

Il exprimait tout haut ce que beaucoup d'entre eux pensaient. L'amie de Lucien précisa que, dans ce contexte-ci, le mot « nouvelle » désignait une histoire assez courte, trop brève pour être publiée isolément, et qui le serait dans *La Tribune*, comme c'était souvent le cas pour des journalistes. Jean-Marie tira son grand-père par la manche et celui-ci se pencha.

– Grand-papa! murmura l'enfant, vous allez pouvoir lire une histoire publiée dans le journal, écrite par votre fils!

Une joie indescriptible envahit Charles et son regard l'exprima. Près de lui, Gemma souleva son avant-dernière dans ses bras, se réconfortant de la vie qu'elle avait transmise, cherchant des yeux ses aînés Guillaume, Martine et Marcel. Elle était enceinte d'un sixième enfant, et elle se défendait mal d'une colère contre son mari. La seule échappatoire qu'elle avait trouvée pour accepter sa lourde tâche avait été de la sublimer; en conséquence, elle ressentait une certaine aigreur à l'endroit des autres femmes qui n'accordaient pas autant de place à la maternité.

– Si tu veux, lui glissa Annette, je connais des femmes qui les font «passer». T'en as déjà cinq; le bon Dieu t'en voudra pas.

– C'est ce que t'as fait? répliqua sèchement Gemma.

– Bien sûr que non! protesta honnêtement Annette. Mais je sais que ça se fait.

– Léontine aussi l'a su! trancha Gemma. Mais moi, j'ai rien à cacher!

– Non, mais t'aurais peut-être besoin de temps pour t'occuper de ceux qui sont là, par exemple, répliqua l'autre, blessée.

Les deux belles-sœurs se toisèrent; un monde les séparait.

Imelda s'approcha de Marie-Louise.

– Vous allez nous manquer, lui dit-elle.

La fille serra le bras de sa mère; l'attachement s'exprimait maladroitement, mais il devait être sous-jacent à la simple phrase.

– C'est pas le bout du monde; papa a dit que vous viendriez nous voir.

Plus loin, Antoine, qui avait bu un peu, contrairement à son habitude, provoquait son beau-frère d'un ton faussement badin.

— Comme ça, t'aimes ça, être boss? lança-t-il. Il paraît que t'es moins dur que le beau-père mais que tu commences à tirer du grand!

Henri préféra ne pas relever l'allusion agressante, parce qu'ils auraient à se côtoyer de nouveau : Charles avait presque exigé qu'Henri reprenne Antoine à la scierie. «C'est sa manière d'aider Gemma, avait admis le nouveau propriétaire, mais c'est moi qui vais être pris avec, par exemple.» Devant sa réticence, son père avait ajouté :

— Ça va te forcer à montrer à tout le monde que c'est toi le boss.

— C'est déjà assez compliqué comme c'est là! avait protesté le nouveau patron.

— Un boss, ça a du fil à retordre tous les jours. Mais je suis pas inquiet. Tu vas finir par prendre le tour.

Henri avait hoché la tête. «Oui, mais quand?» Sa femme Annette passa près de lui avec un sourire de connivence et les problèmes de la scierie lui parurent moins menaçants.

— Ma femme a pris des cours de comptabilité, dit-il à Dieudonné qui l'avait rejoint. Ça me laisse du temps pour m'occuper du reste.

Blandine frappa dans ses mains pour attirer l'attention.

— Écoutez! J'aimerais qu'on ait tous une bonne pensée pour Wilfrid, même s'il est pas avec nous autres aujourd'hui!

L'absent, qui manquait à la jeune mariée en cette journée si heureuse pour elle, fut instantanément au milieu d'eux tous et ils portèrent un toast à sa santé. Charles se remémora la tranquillité des abords du monastère.

– Au fait, Imelda, les femmes aussi peuvent aller à une hôtellerie là-bas, dit-il. Il y en a une juste pour elles.

Elle s'étonna qu'il le lui offre et se réjouit ensuite à la perspective de voir son fils plus longuement qu'au parloir, peut-être. Elle fronça tout à coup les sourcils en se souvenant d'une demande qu'elle voulait formuler à son mari.

– Faut que je te parle, lui dit-elle en l'attirant à l'écart. Antoinette m'a dit qu'elle devait se faire soigner. Elle aurait besoin d'un peu d'argent; les remèdes, c'est cher sans bon sens.

– Qu'est-ce qu'elle a? s'inquiéta le père.

– Je le sais pas au juste, avoua-t-elle. Mais tu la connais : elle a jamais rien demandé; si elle se décide, c'est parce que c'est sérieux. On pourrait l'aider sans faire une enquête, il me semble, insista-t-elle.

Charles rejoignit sa fille pour lui remettre lui-même la somme dont elle avait besoin, mais il exigea de connaître son problème davantage. Antoinette fondit en larmes en lui transmettant, avec gêne, le minimum d'informations. Une fureur indignée s'empara de lui; il menaça de poursuivre son gendre tout en blâmant sa fille d'avoir cru en son mari. Elle releva brusquement la tête.

– C'est vous qui me dites ça, papa? s'écria-t-elle. Vous? Savez-vous ce que j'ai fait toute ma vie, papa? J'ai obéi. À vous, puis ensuite à mon mari, comme j'ai vu maman faire toute sa vie, sans jamais dire un mot plus haut que l'autre! Puis aujourd'hui c'est vous qui me reprochez de pas savoir me défendre?

Elle pleurait de colère et d'indignation, fâchée autant contre elle-même que contre son père. Celui-ci endossa les reproches justifiés.

— Bien, à c't'heure, t'es prévenue, marmonna-t-il.

— Comptez sur moi, je me ferai pas prendre deux fois.

Ils étaient tous deux pressés de clore cet entretien pénible. Charles sortit son portefeuille.

— Inquiète pas ta mère avec ça. Si t'as besoin d'autre chose, viens me voir directement.

Elle fut si surprise qu'il crut nécessaire de se justifier.

— C'est normal… qu'un père soit là quand ses enfants en ont besoin.

Sa voix avait vacillé et sa fille perçut une émotion intense chez lui. Par-delà les billets de banque qu'il lui remit, elle serra les deux mains d'homme dans les siennes, petites mais fermes.

À la fin de la soirée, les mariés rentrèrent chez eux. Charles Manseau se rappela qu'il avait failli avoir à regagner ce même logis, autrefois, après ses noces. La brunante tombait. Les enfants et les petits-enfants partaient les uns après les autres. La vieillesse des parents commençait à s'imposer, visible par l'évolution de leurs enfants et des enfants de leurs enfants. Ils n'osaient l'avouer, mais aujourd'hui ils s'étaient sentis presque isolés parmi cette jeunesse. Chacun des deux avait été rassuré par la présence de l'autre; ils partageaient tant de souvenirs, même si ceux-ci n'avaient pas toujours été heureux.

Charles et Imelda se retrouvèrent finalement tout seuls, dans la quiétude de la belle soirée de juillet, assis côte à côte sur la pelouse dans deux fauteuils d'osier usés. Derrière eux, les petits pommiers s'enorgueillissaient de cinq pommes à eux deux.

— Mes enfants, dit Charles pensivement, je leur ai donné une famille, un toit, trois repas par jour. Je les ai jamais battus. C'est sûr, ajouta-t-il en soupirant, qu'il y a bien des choses que je leur ai pas données, mais j'ai fait mon possible, Imelda, avec ce que je connaissais. Je leur souhaite d'en faire autant avec leurs enfants. Bien plus, même.

– Ils ont plus d'instruction que nous autres, au moins, dit Imelda, laissant pendre de ses mains des rubans qu'elle venait de ramasser et qui oscillaient mollement dans la douce brise d'été. C'est comme ça que le monde avance, je suppose…

L'homme revit mentalement chacun de ses enfants et de ses petits-enfants, lentement, pour retarder le moment où, une fois de plus aujourd'hui, d'autres présences s'imposeraient à lui : une jeune mère rieuse avec un bébé qui aurait maintenant un an et demi. Le petit se serait peut-être traîné toute la journée un peu partout entre eux tous, les membres de sa grande famille. Il aurait peut-être… Le grand-père devint perplexe, ignorant totalement à quel moment un jeune enfant prononçait ses premiers mots.

– À quel âge ça parle, un bébé? demanda-t-il impulsivement.

Imelda cligna des yeux. « Ça doit être bien souffrant de toujours être à contre-courant de même », songea-t-elle avec compassion et amertume.

– T'as juste à écouter la petite Pauline à Gemma. Elle a à peu près cet âge-là…

Charles comprit. Il eut des remords pour le peu d'attention qu'il avait accordée à la dernière de ses petites-filles, son esprit ayant été occupé une fois de plus par celui et celle qui n'étaient plus là, et ayant négligé encore ceux qui partageaient sa vie. Alors, il se décida.

– Imelda, avoua-t-il enfin, Léontine… m'avait laissé une lettre…

La brise effleura le visage d'Imelda et dissipa le trouble qui y était apparu.

– Si tu veux la lire, poursuivit-il, je vais te la montrer. T'es sa mère; cette lettre-là, c'est autant à toi qu'à moi.

Il y eut un long silence.

– Si c'est à toi qu'elle l'a écrite, dit-elle, c'est toi que ça concerne.

Elle s'étonna d'en être si détachée. Ce soir, elle se surprenait à ne plus en ressentir aucun dépit, seulement de la tristesse. Charles hocha la tête.

– Ce qu'il y a dedans, au fond, tu le sais déjà. Elle m'a dit ce que le monde pense de moi.

Elle le regarda, étonnée, interrogative. Il esquissa un signe impuissant de la main.

– C'est pas ce que j'ai lu de plus réjouissant dans ma vie, confessa-t-il.

Il s'arrêta. Il tenait à prouver à Imelda qu'il lui redonnait sa fille, leur fille. Mais il craignait aussi que sa femme ne soit profondément blessée par ce mot cruel : déjeter. Il en était toutefois arrivé à la conclusion que de garder cette lettre pour lui seul laisserait toujours une brèche entre eux.

Imelda se leva et ramassa lentement quelques autres rubans qui flottaient paresseusement dans l'air si doux.

– Léontine avait décidé que c'était une lettre pour toi. C'est bien correct de même.

Elle passa posément devant lui. Il tendit la main et retint doucement l'un des rubans. Elle s'arrêta et se tourna un peu vers lui. Ils se regardèrent paisiblement. Il entrouvrit les doigts et libéra la fine bande de tissu.

Elle fit encore quelques pas, puis se tourna encore vers lui.

— Charles, je suis contente pour toi que…

— Que quoi? s'étonna-t-il.

Elle ne savait comment lui exprimer sa fierté.

— Que… que t'aies fait ce qu'il fallait pour lire la lettre. Ç'a pas dû être facile.

Il fronça les sourcils, se leva et souleva le premier fauteuil pour le rentrer dans la maison.

— Comment t'as su ça? ne put-il s'empêcher de lui demander en entrant lui aussi dans la cuisine.

Elle sourit et secoua la tête.

— On a chacun nos petits secrets, dit-elle simplement d'un air amusé.

16

Charles Manseau replia la courte lettre de son petit-fils. Cette complicité lui manquait. Depuis le déménagement de ses parents à Coaticook, Jean-Marie lui écrivait fidèlement chaque semaine. Le grand-père lui rendait la pareille non sans un pincement au cœur pour cette jeune présence, devenue si vite une absence. Chacune de ces brèves missives rappelait à l'homme à quel point l'avenir est insondable et cela décuplait chez lui un désir nouveau : profiter sans délai de la présence des gens aimés. « Le monde, on peut pas mettre ça en banque pour l'avenir. » Il leva la tête et constata qu'Imelda le regardait, curieuse elle aussi de connaître les dernières nouvelles de Jean-Marie.

— Quand on est jeune, soupira-t-il en lui tendant la lettre, on croit pas que le temps va passer si vite.

— Si on savait, renchérit-elle pensivement, il y a bien des affaires qu'on ferait pas. Ou pas de la même manière, nuança-t-elle en mettant ses lunettes pour parcourir la lettre à son tour.

— Imelda, je pense qu'on a fait ce qu'on pouvait, avec ce qu'on connaissait.

Elle parut en douter.

— Si t'avais su…, risqua-t-elle.

Il esquissa un geste impuissant de sa large main.

— Tu pourrais dire ça toi aussi. Mais en ce qui me concerne…

Il posa longuement son regard sur elle, ce qui la troubla. Il sourit, un peu triste des années qu'il avait perdues à refuser de vivre.

— … tu sais que j'ai la tête dure. J'ai pas changé d'idée par rapport à toi…

Ils se toisèrent et en oublièrent d'essayer de dissimuler, même un tant soit peu, le fond de leur pensée.

— C'est sûr qu'on pourrait passer nos journées à renoter tout ce qu'on a fait de travers, dit-il.

— On en aurait bien pour dix ans! fit-elle d'un ton équivoque.

— Mais on pourrait peut-être aussi essayer de trouver ce qui a marché, osa-t-il à son tour.

— On n'aura pas grand-chose à trouver, s'obstina-t-elle.

— Justement, ça nous fera une occupation, de chercher ça. Dans le fond, on n'a pas tant de choses à faire de nos journées, il me semble.

Elle ne répondit rien. Il poursuivit lentement :

— En plus, ça peut me prendre du temps; des affaires de même, je sais pas par quel bout prendre ça.

— C'est peut-être comme la vaisselle, sourit-elle timidement. Un morceau à la fois.

Il resta songeur.

— Prendre le temps de vivre, Imelda, dit-il brusquement en claquant sa main sur le bras de la berçante, comment on fait ça? Le sais-tu, toi?

Elle se redressa, défiée à son tour. Prenait-elle le temps de vivre? Avait-elle trouvé le moyen de se rendre heureuse? Elle non plus ne put identifier de recette infaillible pour le bonheur.

— Je le sais pas, finit-elle par avouer; on m'a juste montré à travailler.

Il réfléchit, se berça un peu, puis se décida :

– C'est bien correct de même que personne nous l'ait montré. Comme ça, on va inventer notre manière à nous autres!

Elle cligna des yeux et déplia la lettre, s'occupant pour cacher son admiration spontanée devant la vitalité inépuisable de son mari qui le poussait à relever constamment les défis, quels qu'ils puissent être. «Rien n'a pu le jeter à terre; s'il se servait de cette énergie-là du bon bord...» Elle n'osa poursuivre cet espoir.

La semaine suivante, Charles commença à réparer l'une des deux chaises qu'il avait fabriquées en 1905 pour l'arrivée de sa deuxième épouse dans sa maison et qui, brisée depuis plusieurs années, avait échoué dans le débarras.

– Laisse donc faire ça! s'irrita Imelda. C'est pas réparable, cette vieille affaire-là. T'as assez d'argent pour t'en acheter une neuve, jamais je croirai!

– Je le sais, protesta-t-il, mais cette chaise-là, je l'avais faite de mes mains. Dans la vie, il y a des affaires qui s'achètent pas.

Une fois le meuble réparé, il le réinstalla dans la cuisine. Puis il s'attaqua au ménage du débarras et jeta enfin la toque de fourrure mitée. Ce n'était que le préambule. Il lui fallait maintenant prouver à Imelda qu'il l'avait vraiment choisie, autrefois, et qu'il maintenait son choix.

Après mûre réflexion, il finit par trouver un moyen. Ce n'était pas simple et, surtout, c'était risqué. Mais pour être concluante, il fallait que sa proposition prouve vraiment sa bonne foi. La semaine suivante, mine de rien, il annonça, un matin :

– Je vais défaire les deux cloisons du fond, dans le corridor du haut.

– Pour quoi faire? s'irrita-t-elle. C'est ma chambre qui est là.

– Justement. Au lieu des deux petites chambres grandes comme ma main, ça va t'en faire une grande.

– C'est pas nécessaire, protesta-t-elle. Si c'était suffisant pour deux des garçons, il y a pas de raison de faire des dépenses de même juste pour une personne.

– As-tu oublié ce que la petite Martine a dit, aux fêtes? Un grand-père puis une grand-mère, ça a droit à des chambres aussi grandes l'une que l'autre.

– Voyons donc! C'était juste un mot d'enfant.

– Ça se peut que ce soit juste un mot d'enfant, mais elle avait raison, la petite à Gemma. Puis en plus, t'es la maîtresse de maison. Tu mérites bien ça.

– Tu vas agrandir ma chambre?

– Bien certain. Peut-être même que je pourrais percer une fenêtre au milieu. Ça t'en ferait trois.

Elle le dévisagea avec incrédulité. Puis, devant le sérieux de cette proposition, une joie presque enfantine éclata en elle à la pensée d'un tel espace pour elle seule. Mais elle ressentit ensuite un certain malaise devant les implications de cette rénovation. Il acceptait donc pour de bon qu'elle ne partage plus ni sa chambre ni son lit. À son corps défendant, elle se sentit définitivement rejetée de la chambre de son mari et s'en voulut rageusement de ce sentiment de dépit, contradictoire avec ce qu'elle croyait et ce qu'elle avait choisi depuis déjà deux ans.

Il la scrutait, ambivalent. En proposant d'agrandir la chambre de sa femme, Charles Manseau visait deux objectifs. Le premier : lui prouver qu'elle comptait davantage pour lui que la satisfaction de ses désirs d'homme, même s'il n'en avait plus ressenti de façon impérieuse depuis longtemps. Le deuxième, inverse du premier : la placer devant sa décision de faire chambre à part. Mais pour s'assurer qu'Imelda le croie, il devait honnêtement être prêt à effectuer les travaux. De son côté, pour vérifier si Charles était vraiment prêt à exécuter les travaux, il fallait qu'Imelda les accepte.

– Mais... les enfants? insista-t-elle avec moins de conviction.

– Quoi, les enfants? s'étonna-t-il. J'ai pas de permission à leur demander.

– C'est pas ça que je veux dire. Mais quand ils viennent en visite, ils ont besoin de chambres.

– Ça fait deux ans que t'as une des deux chambres; ça n'a empêché personne de venir.

– Oui mais... il restait deux chambres; si t'en prends une des deux pour agrandir...

– Il en restera une, c'est tout, répondit-il sans hésitation.

Imelda comprit qu'il s'obstinait à garder fermée la chambre qui avait été celle de Léontine. «Il change, mais pas jusque-là. Il me semblait bien, aussi.»

– L'autre chambre, poursuivit-il d'un ton calme, je vais en faire une salle de bains cet automne. Une vraie salle de bains avec tout le confort moderne, comme ils annoncent dans le journal. On est pas dans un monastère pour vivre dans la privation.

– Mon doux! s'exclama-t-elle malgré elle. Tu te jettes le corps à la dépense!

– J'ai plutôt envie de jeter mon corps, comme tu dis, dans un bain, un bon bain chaud. Ça devrait être bien reposant, une affaire de même, il me semble.

Imelda dut presque se pincer pour admettre qu'elle ne rêvait pas. Plus que les commodités que cela apporterait, la décision de rouvrir la chambre de sa fille, et d'aller jusqu'à la transformer, lui prouvait, cette fois hors de tout doute, et elle en eut le cœur serré, que Charles décidait vraiment de cesser de vivre au passé. Il admettait ainsi, d'une certaine façon, que la manière de vivre comptait autant que le seul fait de vivre. Cette attitude annonçait tant de changements qu'elle craignit presque ce que cela pouvait signifier dans le quotidien.

— Puis ta chambre? insista-t-il en craignant la réponse au fond de lui. Qu'est-ce que tu décides?

— Si tu me l'offres…, accepta-t-elle implicitement.

Imelda déménagea temporairement dans la première chambre à gauche de l'escalier, celle qu'occupait Antoinette lors de ses séjours chez ses parents. Charles commença les travaux. Il abattit les deux cloisons, ferma le corridor par la porte de la chambre, qui serait au centre, et il perça une troisième fenêtre. Il avait plaisir à travailler le bois, sans le bruit ahurissant des scies mécaniques, sans le va-et-vient des employés autour de lui, dans la tranquillité de sa maison, et surtout sans échéancier contraignant.

Au bout de quelques semaines, la chambre rénovée se révéla très spacieuse et fort bien éclairée par ses trois fenêtres : à l'est, au sud et à l'ouest. Charles en fut presque jaloux. Et Imelda, la première étonnée de ses propres réactions, eut un désir, voisin de l'excitation, de la meubler de neuf. Heureux du contentement qu'elle affichait ouvertement, Charles accepta d'emblée.

— C'est bien certain qu'une belle chambre comme ça, on remplit pas ça avec de vieilles affaires, approuvat-il sincèrement, fier de son travail et tout autant de l'appréciation que sa femme lui en témoignait.

Imelda avait constaté que son mari modifiait visiblement son comportement à son égard, mais de là à ce que, une fois la chambre terminée, il pousse la générosité jusqu'à la meubler la déconcerta. Elle n'était pourtant pas au bout de ses surprises.

— Je vais essayer de pas trop lambiner, promit-elle. Mais des meubles, ça fait si longtemps que j'en ai acheté que je sais même plus ce qui est à la mode.

— Tu prendras le temps qu'il faut, offrit-il. Pour choisir des meubles, faut pas être pressé.

Charles allait même jusqu'à lui offrir de lui consacrer du temps. Aux yeux de la femme, cette dernière preuve de sa transformation profonde était encore plus flagrante que la rénovation et l'achat de meubles. L'espoir du bonheur, enfoui au creux de son cœur durant tant d'années, voulut obstinément recommencer à déployer ses ailes. «Pars pas en peur, se refréna-t-elle. Des changements, tout le monde est capable d'en faire, même s'il y en a qui prennent plus de temps que d'autres à les commencer. Mais les continuer, ces changements-là, ça, ça reste à voir.» Cette méfiance la troubla. Était-ce d'elle-même, de sa propre capacité de changer qu'elle doutait à ce point?

Charles eut donc à la conduire ici et là, souhaitant d'une journée à l'autre que ces moments de détente les rapprocheraient l'un de l'autre. Ironiquement, ils partageaient réellement une activité pour la première fois de leur vie commune, et pour concrétiser la délimitation de leurs espaces respectifs.

Il l'emmena à Magog et même à Sherbrooke. Imelda prit plaisir à visiter magasin sur magasin, prenant le temps de peser le pour et le contre, sans parvenir toutefois à se décider. Un après-midi, la circulation étant peu importante sur la route, Imelda déclara, feignant l'indifférence quand, au contraire, la nervosité la tenaillait :

– Antoinette a commencé à me montrer à conduire.

L'homme faillit dévier de sa route. Il répliqua de façon irréfléchie :

– À ton âge ?

Elle se tourna vers lui, piquée.

– T'as quelques années de plus que moi, Charles Manseau ; ça t'empêche pas de conduire.

– Oui, mais moi…

– Charles, la seule différence avec moi, c'est que t'as appris depuis plus longtemps. Mais t'as appris, comme tout le monde. Comme je vais le faire aussi.

Il se tut, contrarié. Puis il se demanda en quoi cela pouvait le déranger. Finalement, ne trouvant aucune raison logique, il éclata de rire.

– Jean-Marie avait saisi ça avant moi, si je comprends bien.

Après une longue pause, Imelda ajouta, d'un ton calme mais décidé :

– Mais il faudrait que je m'exerce, comme de raison.

L'homme abaissa instinctivement ses yeux sur le volant, comme si celui-ci était menacé. Puis il observa sa femme à la dérobée. Elle se tenait toute droite, faussement absorbée dans des pensées étrangères à leur conversation.

– J'ai été capable de faire et d'élever des enfants, finit-elle par conclure. Je dois être capable de conduire un paquet de tôle.

Elle n'insista pas. Il avait besoin de temps pour se faire à l'idée et elle n'était pas pressée. Ce jour-là, ils visitèrent le onzième magasin de meubles. Elle ne trouvait toujours pas de mobilier à son goût. « C'est les premiers et derniers meubles que je vais me choisir ; il faut pas que je me trompe. » D'ailleurs, il n'y avait guère de variété : chacune des boutiques semblait copier les autres. Imelda n'arrivait pas à se décider pour un mobilier à la mode en plaqué de noyer.

— Regarde, suggéra son mari qui commençait à trouver cette tâche fastidieuse ; c'est un bon prix pour tout ce que t'aurais. Une « vanité »…

— C'est pas mon genre de passer mes journées à me farder, ronchonna-t-elle.

Pourtant, elle avait regretté de ne pas avoir de coiffeuse quand son mari était revenu du monastère. Ayant mauvaise conscience, elle se concentra sur le meuble que lui désignait la main de Charles.

— Il y a aussi un grand bureau, une petite commode avec un banc. T'aurais même un sommier à ressorts.

Ce qu'il taisait, c'est que le lit était double, avec deux oreillers en prime. Imelda se garda bien d'y faire allusion elle aussi. Le lit au matelas avachi qu'elle utilisait était large également, les enfants ayant toujours dormi à deux. Elle n'avait aucunement l'intention de perdre du confort en achetant un lit étroit ; mais elle ne voulait surtout pas que son mari s'illusionne à ce sujet. Et la publicité – « Imaginez quelle jolie chambre ! Notez le dessin aux lignes aérodynamiques, l'effet de chute d'eau avec ses bords arrondis » – ne l'impressionnait pas.

Le jour vint où les meubles en osier finalement choisis par Imelda furent livrés et montés à sa chambre, lit double compris.

— T'as même pas de commode, lui reprocha son mari pour la troisième fois.

— J'ai tout ce qu'il me faut, le rassura-t-elle pour la troisième fois. Un lit, un chiffonnier, une « vanité », un bon fauteuil avec des accoudoirs bien larges, puis une jardinière pour mettre le long de la fenêtre. Tant qu'à avoir autant de lumière dans une chambre, autant mettre quelques fougères.

— Mais ton linge de corps, tu vas le mettre où?

Imelda toussota.

— Dans ma commode.

— Quelle commode? T'en as même pas acheté.

— Celle que tu m'avais faite, c'est bien à moi, il me semble? rappela-t-elle en évitant son regard.

Il se rappela le meuble qu'il avait fabriqué pour elle avant leurs noces et il la revit entrant dans leur chambre le jour de leur mariage, posant sa main sur la sienne et la portant spontanément à ses lèvres. L'attachement d'Imelda à cette commode lui donnait la première preuve depuis longtemps qu'elle ne le repoussait plus entièrement.

— Ouais… Si tu m'enlèves un morceau, plaisanta-t-il pour dissimuler le plaisir et l'espoir que cela lui causait, faudrait peut-être que tu m'en redonnes un autre en retour.

— Un de mes nouveaux meubles? s'étonna-t-elle. Mais ça va pas avec tes affaires.

— Un morceau, corrigea-t-il d'un air coquin, c'est pas nécessairement un meuble.

Imelda prit quelques secondes avant de comprendre l'allusion.

— Compte pas là-dessus! fit-elle vivement.

Mal à l'aise de la vivacité de sa réplique, elle ajouta :

— C'est plus de notre âge.

— On le sait pas, répliqua-t-il à son tour. Faudrait essayer pour le savoir.

Elle recula d'un pas. Il soupira.

— Crains pas. Des « affaires » par obligation, je pourrai plus jamais en supporter. Ça m'a fait plus de mal que de bien.

Imelda le regarda, étonnée et touchée. «Le pire, admit-elle presque avec appréhension, c'est qu'il est sincère.» Elle eut mauvaise conscience et lui tourna le dos pour aller récupérer ses effets et les installer dans son nouveau mobilier.

— Puis, lui lança-t-il, la vieille commode, tu la gardes?

Elle répondit sans se retourner :

— Je la garde.

«Comme ça, déduisit-il, c'est pas si facile de se débarrasser de ses vieilles affaires...» Heureusement pour lui, Imelda le précédait et elle ne vit pas son large sourire.

L'agrandissement de la chambre d'Imelda et la recherche de nouveaux meubles, qu'il avait faite de bon cœur avec elle, l'avaient accaparé et stimulé pendant des semaines. Le changement, les travaux manuels, tout cela le rendait heureux, l'avait toujours rendu heureux, et c'était seulement maintenant, à soixante-sept ans, qu'il s'en rendait compte. Il était obligé d'admettre qu'il avait attendu plus de reconnaissance d'Imelda pour tous les efforts sincères qu'il avait déployés afin de lui faire une chambre agréable, même si cela était contraire à sa conception d'une bonne conduite conjugale. Pourtant, elle lui en était reconnaissante et le lui montra par de petites attentions qu'elle avait cessé de lui accorder depuis longtemps et qu'elle recommença, petit à petit, à lui témoigner. Mais elle refusait toujours de redevenir une femme mariée, mariée avec lui.

— Le mariage, lui avait-elle dit, c'est pas juste dans la couchette que ça se passe.

— Mais c'est là aussi! avait-il répliqué.

– T'as mené ça à ton goût pendant trente-cinq ans; à c't'heure, c'est mes goûts à moi que j'écoute.

Elle savait que cette idée d'agrandissement de sa chambre, qui était pourtant venue de lui, avait donné des résultats qui le chicotaient. Plus éclairée que celle de Charles à cause de la troisième fenêtre au milieu du mur du fond, sa chambre était maintenant beaucoup plus agréable; au fond de celle de Charles, par contraste, ne se trouvait qu'une petite porte qui donnait sur le débarras. Elle constatait aussi que le confort dont elle profitait maintenant – un bon lit avec un matelas ferme et un large fauteuil en osier, bien coussiné, pour tricoter ou lire, puisque ses enfants, surtout Lucien, lui prêtaient régulièrement des livres – l'agaçait.

– Toi aussi, tu mériterais bien d'autres meubles, lui avait-elle dit.

– J'ai passé ma vie avec; on est encore capables de s'endurer, eux autres puis moi.

«Fais à ta tête», avait-elle simplement pensé. Et elle savait qu'il était offusqué qu'elle ne lui impose pas de se gâter davantage. Le seul plaisir qu'il s'octroyait vraiment, c'était de lire le journal, ce qui l'occupait une heure par jour. Le soutien patient de Jean-Marie avait porté ses fruits. Maintenant, Charles achetait le journal chaque jour et suivait les nouvelles de la guerre en Europe, songeur parfois à la pensée de tous ces peuples qui vivaient ailleurs sans que jamais leur existence n'eût compté pour lui auparavant, quand il ne savait pas lire.

Dans ses lectures, Imelda constatait que des personnes, même imaginaires, vivaient des émotions ou des situations qui ressemblaient parfois aux siennes. Elle en était réconfortée, car cela relativisait ses problèmes et ses souffrances, tout en confirmant ses attentes légitimes.

Septembre était arrivé. Charles avait craint de ne pas s'exprimer avec naturel, parce que sa proposition n'avait aucune raison utilitaire. Il préféra laisser un mot à Imelda sur la table de la cuisine après le déjeuner, pour qu'elle le lise pendant qu'il se rasait. Elle le lut et, effectivement, ne sut que penser : il l'invitait à se promener, à pied. Elle refusa, prétextant un mal de jambes réel.

— Un tour en machine, d'abord ? insista-t-il.

Elle fronça les sourcils. Déjà qu'il l'ait proposé, c'était étonnant ; ce devait être important pour qu'il insiste en plus.

— Pour aller où ? répondit-elle avec méfiance.

— Je connais…

Il s'arrêta, réalisant qu'il allait encore décider unilatéralement, comme il l'avait toujours fait. S'il ne voulait plus nécessairement imposer ses idées, il ne voulait pas non plus se soumettre à celles de sa femme.

— On décidera chacun notre tour, proposa-t-il.

— Comment ça, chacun notre tour ?

— À chaque fois qu'on partira. On a rien que ça à faire à notre âge. On va pas s'encabaner en plein mois de septembre !

— Pour aller où ? répéta-t-elle.

— Je sais pas encore. On pourrait voir si on aime ça, voyager.

— Voyager ? Je trouve que ça nous a pas tellement réussi, rétorqua-t-elle en se rappelant leur périple dans l'Ouest.

— C'était peut-être trop loin. Ou trop longtemps. Ça faisait peut-être trop changement pour nous autres.

Mais dans les alentours d'ici, ça nous ferait du bien, il me semble.

Imelda crut avoir mal entendu, se rebiffa, puis se dit qu'un peu d'air ne lui ferait pas de tort. «Ça m'oblige à rien», se dit-elle.

— Dans le fond, on a des enfants à Sherbrooke, puis à Coaticook aussi, admit-elle, heureuse à la pensée des visites en perspective. On est pas encore allés voir Marie-Louise.

— Si on a le goût d'aller plus loin, on pourrait même aller voir ta sœur aux États-Unis, puis ma sœur Hélène, par la même occasion.

Ils se surprirent tous deux à rêver de ces voyages proches ou lointains, vers des personnes aimées, vues récemment ou depuis si longtemps.

Ils sortirent en début d'après-midi. Charles ramena Imelda à son village natal en une demi-heure à peine.

— Ça nous avait pris plus de temps que ça, dans le temps, dit-il en évoquant leur retour des noces. Le cadre aurait été moins bardassé aujourd'hui.

Elle se rappela l'image de la Sainte Famille, encadrée et sous verre, que le curé de sa paroisse leur avait offerte à leurs noces. Un sourire effleura ses lèvres au souvenir du sort qu'elle avait réservé à cet objet après de nombreuses années de mariage.

— Des affaires de même, ça a la vie dure, soupira-t-elle.

Ils se dirigèrent vers ce qui avait été la ferme des Lachapelle, dans le but de se promener dans le chemin de la forêt, là où Charles Manseau avait demandé à Imelda Lachapelle de devenir sa femme. Mais le village s'était agrandi et avait rejoint l'ancienne ferme, qui avait été démolie et remplacée par des maisons neuves. Ils en furent peinés.

Pour chasser cette tristesse, Charles, après une dernière hésitation, proposa tout à coup :

— La route est pas trop passante. Veux-tu essayer ?

Prise de court, Imelda dut s'exécuter. Elle conduisit, lentement et nerveusement, sur quelques kilomètres du retour. Elle en fut si épuisée qu'elle dut s'allonger avant le souper. Elle s'assoupit lourdement et s'éveilla en humant le thé que, dans la cuisine, son mari lui préparait. Elle se sentit alors prête à poursuivre son apprentissage.

Ils prirent ainsi l'habitude de partir à chaque bel après-midi, un peu endimanchés, pour se balader dans des alentours pas si lointains pourtant, découvrant qu'à l'extérieur de la scierie et de la maison le ciel était beau et qu'ils vivaient dans un pays grandiose. Imelda prenait le volant peu de temps à la fois, mais à chaque sortie. Ils s'y habituaient l'un et l'autre.

Un jour d'octobre, Imelda s'extasiait sur les feuilles d'automne et Charles s'habituait à ne plus évaluer les arbres selon leur rendement, pour profiter simplement de leur beauté gratuite. Il faisait si beau qu'ils descendirent de voiture et marchèrent lentement.

— C'est pas comme dans l'Ouest, dit Imelda qui appréciait beaucoup plus ces promenades qu'elle n'aurait pu l'imaginer ces derniers mois.

— Les gens de l'Ouest, ils aiment peut-être mieux les plaines que nos collines d'ici. Qu'est-ce que t'en penses ?

Imelda cligna des yeux : il lui demandait son avis. La conversation de son mari empruntait de plus en plus souvent des avenues autres qu'utilitaires ou quotidiennes.

— C'est de leurs affaires, c'est leur pays, répondit-elle.

– C'est peut-être à nous autres aussi, mais c'est comme une coupe de bois : faut pas payer plus cher que ce que ça vaut.

Elle ne répondit rien. Le paysage était beau. Il faisait bon prendre l'air, sortir de l'espace clos de la maison. Charles poursuivit :

– Dans le fond, c'est comme ça pour tout, dit-il en se tournant vers elle un instant. Il faut trouver une manière de s'arranger pour que personne soit perdant.

– Ça prendrait bien du temps, dit Imelda.

– C'est bien parfait de même. On a juste ça à faire.

Elle se demanda tout à coup à quoi tout cela rimait.

– Mais c'est pas facile de s'arranger pour que personne soit perdant, ajouta Charles.

Il attendit encore. Imelda continua à marcher, désarmée par la tournure de la conversation, le regard toujours droit devant elle.

– Ce doit être bien difficile, parce que j'ai pas encore vu ça, finit-elle par dire.

Charles prit le temps de fignoler sa phrase, autant pour elle que pour lui.

– On a jamais été habitués dans le facile, dit-il simplement. Ça veut pas dire que c'est pas faisable.

Elle ne disait rien.

– Mais je peux changer de moyens, par exemple, quand je vois que c'est pas la bonne méthode, poursuivit-il. Si je demande mes affaires comme je devrais le faire…

Imelda se sentit forcée d'exprimer sa volonté, son désir. Elle respira profondément pour calmer un petit vertige au-dedans d'elle. Puis elle se décida brusquement, comme lors de la promenade dans la forêt trente-cinq ans auparavant quand elle avait vu accourir les trois enfants au-devant d'eux. Sans se raidir, elle laissa la phrase pénétrer en elle tout doucement.

Ils remontèrent en voiture. Avant de démarrer, Charles posa un autre jalon : il tendit la main vers celle de sa femme et la couvrit enfin, sans brusquerie, d'un mouvement presque naturel. Imelda en ressentit un émoi de fiancée. Elle se redressa discrètement, puis retira lentement sa main, incertaine. Le silence lui fut inacceptable, dorénavant. Elle déclara d'un ton qui se voulait neutre :

— Je peux pas t'empêcher d'essayer...

Et ce fut plus fort qu'elle : sa main revint effleurer celle de l'homme, du bout des doigts. L'homme accepta la joie qui l'atteignait au cœur.

— On a tout notre temps, dit-il presque doucement. Mais tu me connais : quand je veux quelque chose...

Ils se regardèrent, aussi intimidés l'un que l'autre, presque rassurés de tout ce qui leur restait à découvrir l'un de l'autre, comme s'ils commençaient à peine à se dévoiler dans toute leur complexité encore inexprimée.

Puis ils osèrent commencer à croire que cet automne-là s'annonçait bien et qu'il serait bon à vivre. Et qu'il leur en restait de nombreux autres, et qu'ils seraient sans aucun doute les meilleurs de toute leur vie.

Retrouvez Bernadette Renaud sur son site web
www.bernadette-renaud.com

De la même auteure

Jeunesse

20 textes de lecture dans *Théo et Raphaëlle,* manuels C et D, ERPI, 2000.

Le Petit Violon muet, album avec cassette ou D.C., Le Groupe de
divertissement Madacy, 1997.

30 textes de lecture dans *En tête 2,* ERPI, 1992.

20 textes de lecture dans *Trivol, Trifouine, Trimousse,* Éditions Graficor,
coll. Trioh, 1988.

Bach et Bottine, roman, coll. Contes pour tous # 3, Québec Amérique Jeunesse,
1986. Traduit en anglais et en chinois.

Comment on fait un livre ? documentaire pour la jeunesse, Éditions du
Méridien, 1983.

La Grande Question de Tomatelle, conte, Éditions Leméac, 1982.

La Dépression de l'ordinateur, roman de science-fiction pour adolescents,
Éditions Fides, 1981, traduit en anglais, 1984.

Une boîte magique très embêtante, théâtre pour enfants,
Éditions Leméac, 1981.

La Maison tête de pioche, conte, Éditions Héritage, 1979.

La Révolte de la courtepointe, conte, Éditions Fides, 1979.
Mention d'excellence de L'ACELF, 1978.

Reproduction en braille, 1983.

Nouvelle édition révisée, Québec Amérique Jeunesse,
sous le titre *Drôle de nuit pour Miti,* coll. Bilbo, 2004.

20 albums seize pages, Éditions Le Sablier/Graficor,
coll. Tic Tac Toc, 1978, 1979 et 1980.

Émilie, la baignoire à pattes, album, Éditions Héritage, 1978.

Le Chat de l'oratoire, roman, Éditions Fides, 1978. Réédité en 1983, traduit en
anglais, 1983 et reproduit en braille, 1984.

Émilie, la baignoire à pattes, conte, Éditions Héritage, 1976.
Prix du Conseil des Arts du Canada - 1976
Prix de l'ASTED - 1977

Nouvelle édition révisée, Québec Amérique Jeunesse, coll. Bilbo, 2002.